Walter ist Postbote und ziemlich gut darin, sich unbeliebt zu machen. Mit knapp sechzig wird er schließlich in die Abteilung für unzustellbare Briefe strafversetzt: in die Christkindfiliale der Post in Engelskirchen. Natürlich ist niemand schlechter für den Job geeignet als er. Eines Tages erreicht ihn ein Schreiben an den lieben Gott. Es stammt vom zehnjährigen Ben. Er will weder Handy noch Playstation, sondern nur wissen, wie man einen Klempner ruft. Walter antwortet vage und bekommt einen zweiten Brief, in dem Ben den lieben Gott ganz schön zusammenfaltet: Warum hilft er ihm nicht? Walter beginnt einen Briefwechsel mit Ben, selbstverständlich als Gott. Er erfährt immer mehr über das Leben des Jungen, der allein mit seiner depressiven Mutter lebt. Mehr als alles andere wünscht Ben sich einen Freund. Unterdessen naht Weihnachten, und Walter ist mit seinem eigenen Familiendrama beschäftigt: Die Beziehung zu seinen Kindern ist kompliziert, geschieden ist er schon lange, und da ist diese schwere Schuld aus seiner Vergangenheit, die ihm einfach keine Ruhe lässt. Vielleicht kann Walter ja Ben helfen und Ben Walter?

Andreas Izquierdo

KEIN GUTER MANN

Roman

DUMONT

Von Andreas Izquierdo sind bei DuMont außerdem erschienen:

Das Glücksbüro
Der Club der Traumtänzer
Schatten der Welt
Revolution der Träume
Labyrinth der Freiheit
König von Albanien

Das bei der Produktion dieses Buches entstandene CO_2 wurde
durch die Finanzierung von Klimaschutzprojekten kompensiert:
climate-id.com/17531-2110-1001/de

September 2024
DuMont Buchverlag, Köln
Alle Rechte vorbehalten
© 2023 DuMont Buchverlag, Köln
Umschlaggestaltung: Lübbeke Naumann Thoben, Köln
Umschlagabbildung: © Andrea Ventura / 2 Agenten
Satz: Angelika Kudella, Köln
Gesetzt aus der Adobe Garamond Pro
Druck und Verarbeitung: CPI books GmbH, Leck
Gedruckt auf säurefreiem und chlorfrei gebleichtem Papier
Printed in Germany
ISBN 978-3- 7558-0515-1

www.dumont-buchverlag.de

Für Pilar

EINE FRAGE
DER SCHULD

I

Lange bevor Walter aus Versehen Gott wurde, suchte seine Chefin bereits nach Wegen, ihn loszuwerden. Nicht nur, weil er ein gewisses Alter erreicht hatte und den Anforderungen seines Berufes als Postbote kaum mehr gewachsen war, sondern vor allem, weil sich die Liste der Beschwerden über ihn zu einer Fahne ausgewachsen hatte, die man, auf den höchsten Hügeln des idyllischen Ründeroths aufgestellt, im gut vierzig Kilometer entfernten Köln ebenso hätte sehen, wie man den Weg dorthin mit ihren vielen mahnenden, zuweilen auch weiß glühenden Worten hätte asphaltieren können.

Allein es half nicht.

Jeder Versuch, ihn zu entlassen, war zum Scheitern verurteilt, denn Walter war formell unkündbar und hielt sich zudem an die Regeln. Mehr noch: Er sorgte dafür, dass sich alle anderen ebenfalls an die Regeln hielten, was ständig neue Konflikte heraufbeschwor, deren Eskalation er mit den stets gleichen Worten an sich abperlen ließ: »Nicht meine Schuld!«

Eigentlich war *nichts* seine Schuld, weil er lediglich darauf bestand, dass sich jeder so verhielt, wie es einer Gemeinschaft zum allseitigen Vorteil gereichte. Und wenn eine Situation aus dem Ruder zu laufen drohte, fühlte er sich schon aus rein pädagogischen Gründen berufen einzugreifen, um Ordnung und Anstand wiederherzustellen.

Doch wie hieß es so schön? Dinge geschahen aus Gründen!

Auch wenn die nicht immer gleich erkannt wurden.

Die Causa Leyendecker war jedenfalls mehr als die bloße Ausweitung eines an und für sich lächerlichen Streits.

Alles begann an einem völlig verregneten Novembertag.

Frau Witzke, Zeugin jener schicksalhaften Begebenheit, konnte zu Walters Ehrenrettung bestätigen, dass ihn am Ausbruch der Feindseligkeiten keine Schuld traf, was ihn aber nicht von dem Vorwurf freisprach, eine Gedankenlosigkeit zu einer eichenharten Fehde eskaliert zu haben. Walter hätte die Sache großzügig auf sich beruhen lassen, wie Herr Leyendecker sich kleinlaut hätte entschuldigen können, aber weil der eine für den anderen in etwa so viel Verständnis aufbrachte wie ein brunftiger Widder für ein rivalisierendes Männchen, trat nichts von beidem ein.

Es pladderte an diesem Tag ohne Unterlass, kaltes, unwirtliches Wetter, zu scheußlich, um auch nur eine Sekunde vor die Tür zu gehen, es sei denn, man hatte wie Walter gar keine andere Wahl. Die Kanalisation war vollgelaufen, die Agger über die Ufer getreten, Wasser lief in Strömen von den Flanken des Tals die Straßen hinab und sammelte sich in Senken zu riesigen Pfützen.

Bis zum Mittag hatte Frau Witzke gehofft, dass die Schauer nachlassen würden, es dann aber aufgegeben und sich für den Einkauf warm und wasserfest angezogen. Sie trat just auf den Bürgersteig, als Walter vor einem der grauen, unscheinbaren Kästen am Wegesrand sein elektrisches Fahrrad anhielt, um dort seine leeren Packtaschen mit frischem Postgut aufzufüllen.

Kaum aber hatte er den Kasten geöffnet, da jagte auch schon Herr Leyendecker in seinem silbernen Golf von hinten heran und fegte dabei durch eine besonders tiefe Pfütze. Für einen Wimpernschlag wölbte sich eine schlammig braune Springflut in die Höhe, um im nächsten Moment über Walter zusammenzubrechen und ihn unter sich zu begraben.

Frau Witzke, die sich auf der anderen Straßenseite befunden hatte, wusste später zu berichten, dass der arme Walter hinter dieser Wasserwand vollständig verschwunden war, bevor er eine Sekunde später nach Luft schnappend aus ihr wieder auftauchte, nass bis auf die Unterhosen, die Post in seinen Händen nur mehr ein feuchter Klumpen. Das alles war, fand auch Frau Witzke, eine große Gemeinheit, zumal es höchstens sechs Grad Außentemperatur hatte und das Wasser sicher kein Grad wärmer war.

Walter sah empört den roten Rücklichtern des Golfs nach, der eine Straße weiter links in den Wilhelmsweg abbog, eine Sackgasse, an deren Ende Herr Leyendecker in einem kleinen, ungepflegten Bungalow wohnte. Ohne sich um die restliche Post zu kümmern, marschierte Walter ihm nach, um kurze Zeit später an seiner Haustür zu klingeln.

Herr Leyendecker öffnete und starrte Walter erstaunt an, der vor Nässe triefend und mit schlierigem Gesicht vor ihm stand und ihn mit wütenden Blicken in feine Scheiben laserte.

»Sie sind aber früh dran!«, rief Herr Leyendecker und rückte seine dicke Hornbrille zurecht.

»Was sollte das?«, zischte Walter wütend.

»Was sollte was?«, fragte Herr Leyendecker interessiert zurück.

Walter deutete mit dem Finger an sich hoch und runter. »Das!«

Herr Leyendecker schien ehrlich überfordert mit der Frage und kratzte sich an seinem ebenso spärlichen wie widerborstigen grauen Haarkranz.

»Neue Uniform?«

»Sie haben mich eingesaut!«

»Ich?«

»Ja, Sie! Gerade. Mit dem Auto!«

Herr Leyendecker schüttelte den Kopf. »Kann nicht sein!«

»Ich war dabei!«, knurrte Walter.

Sekundenlang starrte Herr Leyendecker Walter an, dann antwortete er: »Quatsch.«

»Sie leugnen es?«, fragte Walter scharf.

Herr Leyendecker kniff ein wenig die Augen zusammen. »Ich leugne gar nichts, weil es nichts zu leugnen gibt. Ich glaube, Sie nehmen sich ein bisschen zu wichtig, kann das sein?«

Ein paar Atemzüge standen sich die beiden gegenüber.

Regen prasselte aus dunklen Wolken herab und beschwor ein erstaunlich passendes Endzeitszenario herauf.

Dann aber nickte Walter.

Nicht als Antwort auf Herrn Leyendeckers Behauptung, sondern eher als Bestätigung, dass hiermit ein Krieg erklärt und die Front gezogen worden war. Er drehte sich unheilvoll schweigend um und stapfte davon. Die Gelegenheit, sich für das an ihm begangene Unrecht zu revanchieren, würde kommen.

Ganze vier Monate später.

2

Vielleicht wäre diese unglückselige Begegnung in einer richtigen Stadt mit nervös flackernden Lichtern, pulsierendem Leben und lockenden Abwechslungen von Walter wenn nicht vergessen, so doch verdrängt worden. Aber Ründeroth war nun mal Ründeroth, ein entzückender kleiner Ortsteil im Bergischen Land mit Fachwerkhäusern und Schieferwerk, zwei Kirchen – für jede Konfession eine –, mit Pflastersteinen im Zentrum und einem Kurpark samt künstlichem Teich in der Mitte und ein paar Parkbänken zum Verweilen drum herum. Eine friedliche Agger wälzte sich träge durch den Ort, um erst nach einem kleinen Wasserfall ein wenig mehr Fahrt aufzunehmen, nicht zu viel natürlich, was man durchaus als eine hübsche Allegorie für Ründerother Dramatik werten durfte. Immerhin sorgten die nahen Aggertalhöhlen im Sommer für touristische Neugierde und das bewaldete Tal wusste mit romantischer Natur zu überzeugen.

Zum Winter hin aber trudelte das Leben aus und an verregneten November-, nasskalten Dezember- oder gefrorenen Januartagen schlief es ganz ein. Selbst der Weg ins nahe Engelskirchen, dem der Ort offiziell angehörte, kam einem weiter vor als die ausgewiesenen fünf Kilometer, da man sich hier von einem Tal ins nächste schlängeln musste und außer der Agger nicht viel zu sehen bekam.

Walter mochte Ründeroth.

Er lebte in einem kleinen Häuschen am Ende einer ruhigen Gasse, hatte wenig Kontakt zu seinen Nachbarn und noch weniger zu seiner Familie, mit Ausnahme seiner Tochter Sandra. Anders als ihre Mutter und ihr Bruder, die Walters Schroffheit schon lange überhatten, besuchte sie ihn dann und wann, so wie sie es just an jenem regnerischen Tag tat, als Herr Leyendecker seine Missetat an Walter so unverschämt bestritten hatte.

An diesem Tag aber traf sie Walter noch viel übellauniger als sonst an, was sie, nachdem sie sonnenbebrillt eingetreten war, mit breitem Lächeln und übertriebener Freundlichkeit aufzufangen versuchte, ohne zu ahnen, dass Walters Tag bereits unrettbar verloren war und ihm weder der Sinn nach Konversation noch nach Nettigkeit stand.

Er saß in seinem Wohnzimmersessel, während Sandra durch das Zimmer huschte und feststellte, dass hier mal wieder Ordnung gemacht werden musste. Dann begann sie aufzuräumen, obwohl es gar nicht unordentlich war, Staub zu wischen, obwohl sich kaum welcher gelegt hatte, und über alles Mögliche zu plaudern, die Tatsache ignorierend, dass ihr Vater gar nicht antwortete. Sie redete, weil sie sein Schweigen nicht ertrug, aber nichts von dem, was sie Walter mitteilte, war für den von Belang. Weder wer gestorben war, noch wer geheiratet oder eine Affäre hatte, wessen Kinder bei einer Schulaufführung geglänzt hatten und wessen Essen auf einer Party versalzen gewesen war.

Sie wischte und räumte um Walter herum, immer auf der Suche nach dem einen Thema, auf das er reagieren würde. Bis sie endlich auf das zu sprechen kam, weswegen sie eigentlich aufgetaucht war: Weihnachten.

»Wir feiern bei Christian. Möchtest du nicht auch kommen?«

»Bin nicht eingeladen«, gab Walter murrend zurück.

»*Ich* lade dich ein!«

»Es ist Christians Haus, er lädt ein.«

»Er hat sicher nichts dagegen«, entgegnete Sandra defensiv.

»Warum hat er mich dann noch nie eingeladen?«, fragte Walter.

Sandra mied seinen Blick und putzte eine Stelle im Wohnzimmerschrank, auf der sich kein einziges Staubkorn mehr befand.

Nach einer kurzen Stille antwortete sie leise: »Vielleicht sollten wir die Vergangenheit ruhen lassen und wieder eine Familie sein.«

Daraufhin schwieg Walter.

Eine gute Minute hoffte sie auf eine Antwort, dann gab sie auf, verschwand in der Küche und begann, mit Töpfen und Tellern zu klappern. Er ging ihr nach und stellte sich schweigend hinter sie.

Sandra drehte sich um. »Hast du einen bestimmten Wunsch? Soll ich vielleicht noch etwas einkaufen?«

Walter schüttelte den Kopf und fragte stattdessen: »Warum trägst du eine Sonnenbrille?«

Unwillkürlich kontrollierte sie mit den Fingerspitzen deren Sitz und antwortete dann: »Winterlicht. Ich habe empfindliche Augen. Das weißt du doch!«

»Auch hier drinnen?«

Sie lächelte unsicher. »Ich lass sie lieber auf. Wenn ich sie ablege, dann vergesse ich sie später nur.«

Walter sah sie nur stumm an. Trotz der schützenden Sonnenbrille hielt sie seinem Blick nicht stand und senkte den Kopf. Da nahm er ihr die Gläser vorsichtig ab, und als sie ihren Kopf wieder anhob, konnte er ein fast schwarzes Veilchen sehen.

»Es ist nicht das, was du denkst!«, sagte sie schnell.

»Was denke ich denn?«, fragte Walter.

»Du denkst, dass das Uwe war!«

»Und? War er es?«

Sie hob an zu antworten, wagte dann aber nicht, ihren Vater anzulügen.

Walter sagte: »Er hat keinen Job und will auch keinen. Er hat keine Bildung und will auch keine. Er ist zwanzig Jahre älter als du, er treibt sich rum, säuft und bezahlt alles von deinem Geld. Und er schlägt dich, wann immer er denkt, dass du schuld bist an seinem Elend!«

»Das ist nicht wahr!« In ihren Augen schimmerten Tränen. »Er hat auch seine guten Seiten. Die Leute kennen ihn nur nicht!«

»Die Leute?«, fragte Walter.

»Du!«, zischte Sandra. »Du kennst ihn nicht! Das Einzige, was du kannst, ist, ihm die Schuld für alles zu geben!«

Walter schüttelte den Kopf. »Ich gebe ihm nicht die Schuld. Ich gebe sie dir!«

»Mir?«, würgte sie förmlich hervor.

»Du hast diesen Versager in dein Leben gelassen!«

»Er ist kein Versager!«

»Ich kenne solche Typen, Sandra. Seine Stärke ist deine Schwäche. Er lebt von dir, bis er dich zerstört hat. Dann zieht er weiter. Schneid ihn von dir ab, Sandra. Schneid ihn ab oder ….«

Tränen liefen ihr die Wangen herab. »Oder was?«

»Oder du bist tatsächlich selbst schuld.«

Sie brach in Tränen aus. »Wie kannst du nur so …, so …«

Der Satz versank in Rotz und Wasser. Ein kleines Mädchen, das sich in ihrer Hilflosigkeit nichts mehr wünschte, als dass ihr Vater sie tröstete. Sie in den Arm nahm und ihr sagte, dass alles wieder gut werden würde.

Walter aber war wütend: auf sich, auf Sandra, auf diese Made, die sich bei ihr eingenistet hatte, auf Herrn Leyendecker und im Grunde genommen auf die ganze Welt.

Er war wütend und wusste nicht, wie er daran etwas ändern konnte.

Es gab so viel Ausgesprochenes und Unausgesprochenes, das ihn daran hinderte, für seine Tochter, seinen Sohn, seinen Enkel oder seine Ex-Frau da zu sein – oder sie für ihn. Die Kluft, die sie trennte, war zu tief, als dass er sie hätte überbrücken können.

So kehrte er ins Wohnzimmer zurück.

Hörte, wie Sandra leise seine Wohnung verließ.

Sah sie, am Fenster stehend, davoneilen und wusste, dass sie für lange Zeit nicht mehr zurückkehren würde.

Er war wieder allein in seinem verwitterten Fachwerkheim, das ihm mehr Burg als Zuhause war, und blickte auf eine Welt, die ihn verlassen hatte.

Oder besser: er sie.

Was nicht einer gewissen Ironie entbehrte, denn schließlich war er doch einer von denen, die täglich diese Welt in jedes Heim brachten und dabei mehr über ihre Mitmenschen erfuhren, als diese ahnten. Postboten verwandelten nicht nur leere Briefkästen in volle, sondern konnten auch anhand der Form und des Absenders einer Sendung erraten, was in ihr enthalten war. Sie durchschauten Vorlieben und Fetische, wussten, ob man gern zu schnell fuhr oder falsch parkte, seine Familie liebte oder seinen Nachbarn hasste. Ob man ordentlich war oder schlampig, überfordert oder sorglos, seine Frau schlug, seine Kinder wusch, seinen Garten pflegte oder sein Auto anbetete: Postboten sahen es. Und was sie nicht sahen, konnten sie sich zusammenreimen.

Sie waren wie Geister, deren Namen sich niemand merkte, deren Schicksale die anderen nicht interessierten, die eigenartig vertraut und gleichzeitig vollkommen fremd waren. Dienstleute, die als selbstverständlich hingenommen wurden, täglich aufs Neue erwartet und gleich wieder vergessen.

Die Tage nach dem Streit verliefen für Walter jedenfalls wieder in altvertrautem Gleichklang. Morgens um halb sechs stand er auf, duschte, versorgte seinen schmerzenden Fuß, sprang in seine Dienstkleidung, schmierte sich für seine Tour ein paar Stullen, braute Kaffee, verschloss ihn in einer Thermoskanne und stieg dann auf ein kleines Moped, um damit zum Zustellstützpunkt in die Gerberstraße nach Lindlar zu fahren, von wo er seine tägliche Route in Angriff nahm.

Jeder Tag gleich.

Jede Woche gleich.

Jeder Monat gleich.

Walter wehte wie ein Herbstblatt durch den November und den Dezember, verbrachte ein freudloses Weihnachten ohne Familie, hörte, wie sich eine kleine Gruppe draußen an Silvester *Frohes neues Jahr!* zurief, und dachte nur, dass nichts an diesem Jahr neu sein würde und schon gar nicht froh.

Januarzeit war Urlaubszeit.

Ausschlafen zu Hause.

Die Welt durch ein Fenster betrachten.

In der Stille verharren.

Im Februar dann posaunte der Karneval.

Und im März endlich kehrte der Frühling zurück.

Ründeroth erwachte, reckte sich, streckte sich und blinzelte verschlafen in einen ersten blauen Himmel. Genau wie Walter, dem war, als erfüllte ein neuer Duft die Morgen.

Vier Monate waren vergangen und doch war manches wie stehen geblieben. Sandra war nicht zurückgekehrt und er verspürte deswegen erst eine große Trauer, dann eine große Wut.

Alles hätte so anders sein können.

Alles.

3

Für Herrn Leyendecker schlich sich das Unheil in Form einer geradezu grotesk wirkenden Kleinigkeit in sein Leben: Er wechselte den Mobilfunkbetreiber und bestellte eine neue SIM-Karte. Das war schon alles – und doch Auftakt eines ziemlich beeindruckenden Idiotenrennens.

Nachdem Walter ihm monatelang nur Standardpost geliefert und der Versuchung widerstanden hatte, sie in eine Pfütze zu tunken oder Schlimmeres damit anzustellen – was ganz eindeutig gegen die Regeln verstoßen hätte –, klingelte er an diesem Tag mit einem kleinen Päckchen in der Hand an der Tür des Bungalows im Wilhelmsweg und wartete, dass der Hausherr ihm öffnete.

»Ah!«, rief Herr Leyendecker erfreut. »Da ist sie ja endlich!« Er kniepte Walter vertraulich zu. »Bin schon seit zwei Tagen ohne Handy!«

Walter antwortete unbewegt: »Den Personalausweis, bitte.«

»Den Personalausweis?«, fragte Herr Leyendecker überrascht.

»Wertzustellung.«

»Aber Sie kennen mich doch?«

»Ist Vorschrift!«, antwortete Walter ungerührt.

Herr Leyendecker sah erst Walter, dann das Päckchen

mit der SIM-Karte, dann wieder Walter an und wusste, dass es nur einen Weg gab, an das zu kommen, was er bestellt hatte.

»Moment!«, rief er und verschwand wieder in der Wohnung.

Er war nicht der Ordentlichste und seinen Personalausweis hatte er nicht wie die meisten im Portemonnaie, sondern irgendwo zwischen seinen Unterlagen verstaut, sodass er hektisch danach suchte, um ihn dann nach einer gefühlten Ewigkeit aus einer Schublade zu fischen. Beglückt eilte er zur Haustür, wo er feststellte, dass Walter seine Tour fortgesetzt hatte.

Am nächsten Tag stand Walter erneut mit dem Päckchen vor der Tür.

»Sie hätten ruhig warten können!«, maulte Herr Leyendecker, als er Walter geöffnet hatte.

»Können Sie sich jetzt ausweisen?«, fragte Walter kühl.

Herr Leyendecker konnte.

Walter besah sich den Personalausweis und gab ihn Herrn Leyendecker zurück. »Abgelaufen.«

Herr Leyendecker blickte überrascht auf seinen Ausweis und sah, dass er tatsächlich zwei Monate über der Zeit war.

»Na ja«, entgegnete er. »Ein Ausweis ist ein Ausweis. Und am Bild sehen Sie ja, dass ich ich bin!«

Er hielt fordernd die Hand hin, aber Walter machte keine Anstalten, ihm die SIM-Karte zu überreichen.

»Die Vorschriften sind da ganz eindeutig, Herr Leyendecker: Aushändigung nur gegen Vorlage eines *gültigen* Ausweisdokuments«, antwortete Walter ruhig.

»Aber das bin doch ich!«, rief Herr Leyendecker beinahe schon verzweifelt. »Das ist mein Haus! Und das da ist meine SIM-Karte!«

Walter blickte auf das Paket und sagte: »Noch ist es das Eigentum der Mobilfunkfirma – bis Sie mir ein gültiges Dokument zeigen!«

»Ich bitte Sie«, beschwor ihn Herr Leyendecker hilflos.

»Die Regeln sind für alle gleich, Herr Leyendecker!«, sagte Walter.

»Muss ich jetzt Ihretwegen etwa einen neuen Personalausweis beantragen?«, empörte sich Herr Leyendecker.

»Meinetwegen?«, wunderte sich Walter. »Also bitte, so wichtig bin ich wirklich nicht.«

Das schien bei Herrn Leyendecker eine Erinnerung auszulösen, denn plötzlich funkelte er Walter wütend an. »Ist es etwa wegen dieser Sache im November?«

»Welcher Sache im November?«, fragte Walter unschuldig zurück.

Herr Leyendecker antwortete nicht, möglicherweise, weil er ansonsten hätte zugeben müssen, dass er Walter übel mitgespielt hatte.

Stattdessen bat er beinahe flehentlich: »Jetzt kommen Sie schon: Ich brauche diese SIM-Karte!«

»Und ich ein gültiges Ausweisdokument.«

So standen sie sich wieder ein paar Atemzüge lang still gegenüber. Diesmal jedoch bei strahlendem Frühlingswetter und fröhlich zwitschernden Vögeln.

Schließlich fragte Herr Leyendecker ratlos: »Und jetzt?«

»Nehme ich das Päckchen wieder mit. Es bleibt sieben Tage in der Filiale, danach geht es wieder zurück.«

Herr Leyendecker schnaubte.

Dann aber hellte sich seine Miene auf. »Also ist es heute am späten Nachmittag dort?«

Walter nickte.

Ohne ein weiteres Wort warf Herr Leyendecker die Tür zu, und da Walter wusste, was er vorhatte, beendete er an diesem Tag gut gelaunt seine Runde, lieferte die Post, die er nicht hatte zustellen können, wieder in der Filiale ab und wartete draußen auf Herrn Leyendecker, der auch prompt auftauchte und hineineilte.

Normalerweise hätte man über den Umstand, dass der Ausweis abgelaufen war, hinweggesehen – wenn es denn überhaupt aufgefallen wäre –, diesmal aber waren die Kollegen vorgewarnt, und während Herr Leyendecker drinnen diskutierte, machte Walter draußen ein paar schöne Fotos von dessen silbernem Golf und schickte die dem Ordnungsamt. Denn vor der Filiale galt ein eingeschränktes Halteverbot und Herr Leyendecker hatte angenommen, er würde nur schnell mal rein- und wieder raushuschen können.

Ganz schön naiv, wie Walter fand.

Jedenfalls verließ Herr Leyendecker die Post ohne SIM-Karte, dafür aber mit einem Bußgeldbescheid über achtundsiebzig Euro und fünfzig Cent: fünfzig fürs falsche Parken, fünfundzwanzig für die Zustellurkunde und drei Euro fünfzig Cent für die Auslagen eines Schreibens, das ihm Walter ein paar Tage später recht zufrieden dreinschauend überreichte.

Sauer öffnete Herr Leyendecker den Brief und las nicht nur ordentlich eingerahmt Tag, Ort und Zeit seines Vergehens, sondern vor allem auch die Bemerkung darunter.

Beweismittel: Fotos.

Zeugen: Zusteller.

Damit waren auch für Herrn Leyendecker die Spiele eröffnet.

4

Betrachtete man Herrn Leyendeckers nächsten Zug unvoreingenommen, so kam man nicht umhin zuzugeben, dass sich darin eine boshafte Eleganz verbarg.

Herr Leyendecker pflanzte Rosen an.

Nicht nur, weil man das bei einem Mann, der seit ein paar Monaten die Frührente genoss und offenbar viel zu viel Tagesfreizeit hatte, erwartete, sondern vor allem, weil ihm über Nacht eingefallen war, wie er sich für Walters Ruchlosigkeit erkenntlich zeigen konnte.

So pflanzte er mannshohe Sträucher, aber nicht in seinem Garten oder auf seiner Terrasse, sondern rund um seinen Briefkasten. Er machte sich sogar die Mühe, Pflastersteine zu lösen, Boden auszuheben und die Löcher mit Rosenerde zu füllen, um das ausgewachsene, herrlich duftende dornige Gewächs zu pflanzen.

Kurz darauf sah Walter sich mit dem neuen Pflanzenarrangement konfrontiert. Er stand auf dem Bürgersteig und visierte skeptisch den Briefkasten an, der gut zwei Meter tief in den Rosen steckte. Die Haustür erlaubte ihm nicht, die Post darunter durchzuschieben, und sie einfach auf der Fußmatte abzulegen war verboten, denn Post musste *ordentlich* zugestellt werden, eine unumgängliche Vorschrift, an die Walter sich hielt.

Seufzend zupfte Walter an seinem Dienst-Kurzarmshirt, presste sich dann ganz eng an die Hauswand und schob sich langsam über den kratzigen Rauputz Richtung Briefkasten.

Etwa auf halber Strecke verfingen sich die ersten biegsamen Äste mit nadelspitzigen Stacheln in Haar und Kleidung. Mit einer Hand versuchte er, die Briefkastenklappe zu öffnen, aber auch hier griffen gemeine grüne Kraken nach ihm und wickelten sich kratzend und stechend um seine nackten Unterarme. Ohne blutige Striemen würde er nicht weiterkommen, ganz gleich, in welche Richtung er sich noch bewegte. Wieder schob sich Walter ein Stückchen vor, erreichte unter Stöhnen und Fluchen den Briefkastendeckel, nur um festzustellen, dass der sich nicht anheben ließ, weil er offenbar zugeklebt worden war.

Er mühte sich wieder aus den gewaltigen Rosenbüschen heraus, während sich überall die Dornen in ihn hineinbohrten. Schließlich aber schaffte er es doch. Er pflückte noch die mitgerissenen Stängel und Äste von sich herunter, als Herr Leyendecker voller Genugtuung die Haustür öffnete. »Hach, diese Rosen! So schön, nicht?«

Walter wahrte Haltung und überreichte ihm schweigend den Packen Post.

»Einen Augenblick, bitte!«, rief Herr Leyendecker, als Walter bereits im Begriff war, sich umzudrehen, und reichte ihm den Großteil zurück.

Walter sah ihn irritiert an.

Da grinste Herr Leyendecker und sagte: »Annahme verweigert!«

Und bevor Walter etwas erwidern konnte, fiel auch schon die Haustür zurück ins Schloss. Erst jetzt sah Walter, dass es sich bei den großen Umschlägen um Werbung handelte, die Herr Leyendecker wohl nur angefordert hatte, um sie abzulehnen. Die ganze schmerzhafte Zustellung war damit nicht nur umsonst gewesen, er durfte den ganzen Mist auch wieder mit zurücknehmen. Zähneknirschend musste Walter zugeben, dass der Tag an Herrn Leyendecker gegangen war.

Am nächsten Morgen kehrte Walter mit einer Rosenschere zurück.

Die Pflanzen erhielten einen nicht gerade fachmännischen Rückschnitt, der Deckel des Briefkastens wurde mit ein bisschen roher Gewalt geöffnet und Walter war bereits wieder verschwunden, als Herr Leyendecker etwas später neugierig aus der Haustür trat.

Mit Bestürzung entdeckte er da seine Rosen, deren Zweige gemeuchelt auf dem Boden lagen, umkränzt von abgefallenen Blütenblättern.

Das war der Tag, an dem Walters Chefin Sabine ihn das erste Mal in ihr Büro bat und ihn dringend aufforderte, sein Verhalten gegenüber Herrn Leyendecker zu überdenken. Auf diese massive Beschwerde würden bald viele weitere folgen, die wie zuschnappende Mausefallen auf Sabines Schreibtisch in die Luft sprangen und ihr die Tage ruinierten.

Walter dagegen hatte mit dem Betriebsrat gedroht und darüber hinaus nur das gesagt, was er in solchen Situationen immer sagte: »Nicht meine Schuld.«

5

So groß war der Kummer, dass Herr Leyendecker die abgeschnittenen Äste und herabgesegelten Blüten demonstrativ auf dem Boden verrotten ließ, als Fanal an die Schlechtigkeit der Welt im Allgemeinen und die der Zusteller im Besonderen.

Vielleicht hätte dieses Memento deutlicher verfangen, wenn er seinen Vorgarten in Ordnung gehalten hätte, aber in dessen verwilderter Liederlichkeit fiel der gestutzte Rosenbusch nicht einmal auf. Keiner der Nachbarn nahm ihm seine neu entdeckte Liebe zu duftender Vegetation ab. Herrn Leyendeckers Gefühl des Unverstandenseins wuchs mit jedem Tag. Und da er wie Walter das Bedürfnis hatte einzugreifen, wenn es der guten Sache diente, dachte er darüber nach, wie er alles wieder in Ordnung bringen könnte. Und kam zu dem wenig überraschenden Ergebnis: Walter musste weg!

Herr Leyendecker verbrachte von nun an seine Vormittage geduldig wartend, bis Walter die Post in der Straße eingeworfen hatte, stahl sich dann nach draußen und fischte Briefe aus den Kästen, um sie woanders wieder einzuwerfen, was ein großes Zustellchaos zur Folge hatte. Da im Gegensatz zu ihm selbst all seine Nachbarn einer Arbeit nachgingen, unterband niemand sein Treiben.

Zunächst nahmen die Nachbarn die fehlgeleiteten Sendungen noch mit einem Lächeln hin und warfen abends, wenn sie von der Arbeit zurückgekommen waren, die Irrläufer in die richtigen Briefkästen. Doch bald schon mussten sie feststellen, dass ihr Briefträger offensichtlich nicht nur *einen* schlechten Tag, sondern nur noch schlechte Tage hatte. Die Post war oft tagelang in der Nachbarschaft unterwegs, was zunehmend zum Ärgernis wurde und weitere Beschwerden auf Sabines Schreibtisch nach sich zog.

Walters Ehre als Zusteller war beschmutzt, denn er lieferte niemals falsch ab, was er auch all denen versicherte, die sich Tag für Tag ihre Post zusammensuchen mussten. Was ihn über alle Maßen frustrierte, war, dass niemand hören wollte, wovon er überzeugt war: dass Herr Leyendecker der Grund allen Übels war.

Das tat weh.

Eine Weile dachte Walter tatsächlich darüber nach, mit Herrn Leyendecker Frieden zu schließen, aber es widerstrebte ihm mit jeder Faser seines Seins, sich für abgeschnittene Rosen zu entschuldigen, die nur gepflanzt worden waren, um ihm das Leben schwer zu machen.

Und so spitzte sich der Streit weiter zu.

An einem Samstag fuhr Walter auf seinem Moped zum Supermarkt, wieder einmal verärgert über Herrn Leyendeckers hinterhältige Umsortierung der Post. Mit Schwung bog er auf den großen Parkplatz des Discounters, als plötzlich jemand gedankenlos zwischen zwei parkenden Wagen heraussprang und ihn zu einer Vollbremsung zwang.

Quietschend und schlingernd kam Walter im letzten

Moment zum Stehen und blickte in die schreckensweiten Augen von Herrn Leyendecker.

»SIE!«, schrie der wütend.

»Können Sie nicht aufpassen?«, schrie Walter genauso wütend zurück.

»Ich soll aufpassen? Sie sollten aufpassen!«

»Ich habe aufgepasst, sonst wären Sie jetzt tot!«

»Ah! Jetzt wollen Sie mich auch noch umbringen? Das könnte Ihnen so passen!«

Konnte es – so viel musste Walter zugeben. Aber er besann sich und rief gereizt: »Gehen Sie aus dem Weg!«

»Gehen Sie doch aus dem Weg!«

Sie starrten einander grimmig an.

Da legte Walter schließlich einen Gang ein, um Herrn Leyendecker zu umkurven, während Herr Leyendecker gleichzeitig aus dem Weg zu gehen versuchte, sodass Walter abermals hart bremsen musste und dabei Herrn Leyendeckers Schienenbein mit dem Reifen anstupste.

»SIE!«, giftete Herr Leyendecker erneut.

Walter verzichtete auf eine Replik, verdrehte stattdessen die Augen und wies Herrn Leyendecker mit einer übertriebenen Geste an voranzuschreiten, bevor er es sich anders überlegte und ihn vielleicht doch noch überfuhr.

Herr Leyendecker stapfte wutschnaubend davon.

Und besorgte sich einen Dobermann.

6

Knapp zwei Wochen später klopfte Walter an Sabines Büro und hörte schon an ihrem gut gelaunten *Herein!*, dass etwas anders war als an all den anderen Tagen, an denen sie ihn zum Rapport einbestellt hatte. Er drückte die Klinke herab und trat in ein aufgeräumtes Büro mit grauen Möbeln und gelben Wänden, in dem Sabine hinter ihrem Schreibtisch in gebügeltem Diensthemd, tadelloser Diensthose, mit akkurater Dienstfrisur und zurückhaltend geschminktem Dienstgesicht, nun ja, Dienst tat. Einzig ein buntes Seidentuch, ein für ihre Verhältnisse geradezu verwegenes Accessoire, steckte ordentlich in ihrer moderat geöffneten Bluse.

Sie saß dort, die Ellbogen auf den Schreibtisch gestützt, die Finger wie zum Gebet verschränkt, lächelte milde und gebot Walter mit einem freundlichen Nicken, sich zu setzen.

»Guten Morgen, Walter! Wie geht es Ihnen?«

Walter fand, dass so viel gute Laune am frühen Morgen ein Grund für Misstrauen war. Daher antwortete er lauernd: »Gut, warum?«

»Was macht Ihr Fuß?«

»Mein Fuß?«, fragte Walter zurück, um Zeit zu gewinnen.

Mit einer Unterbrechung brachte er jetzt seit fast fünfundvierzig Jahren den Menschen ihre Post, fünfundvierzig Jahre, in denen er bei Wind und Wetter anfangs noch einen Wagen vor sich hergeschoben hatte, später dann von seinem Elektrorad auf- und abgestiegen war. Bis heute rund zweihunderttausend Kilometer, die nicht ohne Folgen geblieben waren: Seit Monaten piesackte ihn eine Arthrose, die er aber vor den Kollegen und auch den Empfängern verbarg, weil es sie, wie er fand, nichts anging und er zudem wenig Lust hatte, sich darüber zu unterhalten.

»Was ist mit meinem Fuß?«, fragte er schließlich in Sabines vielsagendes Schweigen.

»Man teilte mir mit, dass Sie hinken?«

»Wer teilte Ihnen das mit?«

Sabine zögerte, was Walter vermuten ließ, dass sie, ewig gepeinigt von Bedenken, gerade abwog, ob sie mit der Antwort gegen Datenschutzrichtlinien verstieß oder nicht.

Dann aber antwortete sie: »Ein Kunde.«

»Sie meinen einen Empfänger?«, fragte Walter argwöhnisch zurück.

»Nein, ich meine einen Kunden, Walter. Ich weiß nicht, warum Sie sich damit so schwertun. Wir haben seit dreißig Jahren Kunden.«

»Als ich angefangen habe, und da waren Sie noch gar nicht geboren, hießen Briefträger Briefträger. Und die Menschen, denen wir jeden Tag die Post brachten, Empfänger.«

»Jetzt heißen sie Kunden. In Ihrem Fall sind es leider unzufriedene.«

Leyendecker, dachte Walter mürrisch und verschränkte die Arme vor der Brust.

Es wurde still im Büro.

Dann ließ ein letztes Röcheln der Kaffeemaschine sie beide zur Kanne blicken: Braune Schaumkronen tanzten auf einer schwarzen, duftenden Oberfläche.

Sabine lächelte versonnen. Kaffee!

Sie wandte sich Walter zu. »Kaffee?«

»Nein, danke«, antwortete er unfreundlicher als beabsichtigt.

Enttäuscht warf sie der Maschine einen sehnsüchtigen Blick zu.

»Nehmen Sie sich nur einen«, sagte Walter, doch augenscheinlich ärgerte es sie, dass er ihr in ihrem eigenen Büro eine Tasse ihres eigenen Kaffees anbot.

Sie verzichtete.

Und nahm dann das Gespräch wieder auf: »Hören Sie, diese Geschichte mit Herrn Leyendecker muss endlich aufhören.«

»Finde ich auch!«, antwortete Walter ruhig.

Sabine nickte erfreut. »Deswegen habe ich mir etwas überlegt …«

Walter starrte sie skeptisch an.

»Sie sind jetzt fast sechzig, nicht wahr?«

»Warum?«

»Da blicken Sie natürlich auf ein langes, erfülltes Arbeitsleben zurück. Vielleicht wäre es ja an der Zeit, es ein bisschen ruhiger angehen zu lassen?«

»Was meinen Sie?«

»Vorruhestand!«

Walter starrte sie an. Das also war anders als an den sonstigen Anschisstagen! Sabine hatte eine Idee entwickelt, ihn loszuwerden.

»Nein, danke«, antwortete Walter abwehrend.

»Vorruhestand ist toll! Sie können Ihren Hobbys nachgehen. Müssen nicht mehr früh aufstehen. Vielleicht reisen Sie etwas, sehen sich die Welt an?«, lockte Sabine.

»Nein, danke«, entgegnete Walter knapp.

Einen Moment nahm Sabine ihn genau ins Visier, dann schoss sie ihren Trumpf ab: »Ich könnte Sie zum Amtsarzt schicken, Walter!«

Walter schwieg. Eine Arthrose im Fuß bei einem Briefträger war eine ernste Sache. So etwas konnte schnell dazu führen, für arbeitsunfähig erklärt zu werden. Und aus einer Arbeitsunfähigkeit konnte man noch schneller in das lauwarme Pinkelbecken der Frührentner geschubst werden.

»Ich hinke nicht!«, gab Walter zurück.

»Dann sagt Herr Leyendecker die Unwahrheit?«

»Nein!«, antwortete Walter bestimmt.

»Nein?«

»Er hat seinen Hund auf mich gehetzt. Der hat mich gebissen. Das ist alles.«

Ihrem Gesicht konnte Walter ansehen, dass Sie ihm nicht recht glaubte.

»Sie können sich die Merkkarte im Sortierspind gerne ansehen! *Bissiger Hund! Gilt auch für die Kollegen.*«

»Aber …«, begann Sabine verstört.

»Ich nehme an, seinen Köter hat Herr Leyendecker nicht erwähnt?«, setzte Walter rasch nach, die günstige Wendung für sich nutzend. »Typisch.«

»Ist das wirklich wahr?«

»Ist es.«

»Warum sollte Herr Leyendecker so etwas tun?«, fragte Sabine erschrocken.

Walter dachte kurz nach.

Und antwortete dann ungerührt: »Er ist ein schwieriger Typ.«

Walter nutzte die Gelegenheit, sprang auf und verabschiedete sich mit einem Kopfnicken. »Wenn sonst nichts mehr ist …«

Bevor Sabine antworten konnte, war er auch schon durch die Tür.

Das war knapp.

7

Das mit dem Biss war wahr.

Herr Leyendecker war schon am Montag nach dem Vorfall auf dem Parkplatz des Supermarktes stolzer Besitzer eines Dobermanns aus dem Tierheim geworden, den er in kürzester Zeit mit ein paar knackigen Befehlen steuern konnte.

Ein paar Tage später dann wartete das Mistvieh bereits knurrend und zähnefletschend im Flur, als Walter Herrn Leyendecker die Post brachte. Und obwohl Walter für einen Mann seines Alters, den zudem noch eine Arthrose plagte, erstaunlich schnell aus dem Vorgarten in Richtung des umgrenzenden Jägerzauns gesprungen war, erwischte ihn das Tier und zerbiss so lange seine Hose, bis Herr Leyendecker es am Halsband zurück ins Haus zerrte und erklärte, was die meisten Besitzer unberechenbarer Hunde in solchen Fällen erklärten: »Also wirklich, so was macht er sonst nie!«

Seitdem sah man Walter mehrfach aus dem leyendeckerschen Vorgarten sprinten, mit wechselndem Erfolg, was seine Hose betraf.

Natürlich wusste Walter, dass es so nicht weitergehen konnte, desgleichen, dass er sich *nicht* bei Herrn Leyendecker entschuldigen würde, genauso wenig wie der sich bei ihm. Und selbstverständlich würde Walter auf keinen Fall den Zustellbezirk wechseln, nicht nur, weil seine Route schon seit vielen Jahren seine Route war, sondern auch, weil es ihm wie eine Kapitulation vorgekommen wäre. Und mochte man Walter auch vieles vorwerfen: Feigheit vor dem Feind gehörte nicht dazu. Sabines Bemühungen, ihn zu versetzen, hatte er jedenfalls mithilfe des Betriebsrats ganz gut abwehren können.

Dennoch war der Dobermann ein Problem.

Es gab die Möglichkeit, seinerseits mit Beschwerden oder gar Anzeigen gegen das wilde Tier vorzugehen, aber Walter war sich sicher, dass Herr Leyendecker alles abstreiten und der Hund bei einer Begutachtung lammfromm und gehorsam sein würde. Am Ende würde Herr Leyendecker wahrscheinlich behaupten, dass Walter sich dem Tier gegenüber aggressiv benahm und somit einen Selbstverteidigungsreflex auslöste.

Für den Moment war es vielleicht das Beste, Herrn Leyendecker zu einer Zeit die Post zu bringen, wenn er ihn nicht erwartete, gleich morgens nämlich. Das aber war leichter gesagt als getan, denn der Weg eines Postboten war nicht zufällig, sondern von einem Computer berechnet. Die meisten Briefe aus den Verteilzentren kamen bereits als *gepackte Tasche* im *Zustellstützpunkt* Lindlar an, von einer Maschine in die richtige Gangfolge vorsortiert.

Eine Technik, die Walter nach all den Jahren immer noch faszinierte und die ihn manchmal versonnen mit dem Zeigefinger über die zarten blassorangen Strichcodierungen auf den Briefen fahren ließ, hinter denen sich die Adresse des Empfängers verbarg.

Eine Änderung der Gangfolge verlängerte unnötig den Arbeitstag, aber sie war allemal besser, als gebissen zu werden. So trat Walter dann schließlich eines Morgens um sieben Uhr seinen Dienst an, packte seine Tasche und zog die Briefe an die Anwohner des Wilhelmswegs ganz nach vorne.

Mit Erfolg.

Ein paar Tage überlistete Walter Herrn Leyendecker, aber irgendwann hatte der das Manöver dann doch durchblickt und erwischte ihn unvorbereitet eines Morgens, als er sich beinahe sorglos dem Briefkasten näherte und zu spät das boshafte Knurren des Dobermanns hinter den restlichen Rosenbüschen wahrnahm. Der Hund ging zum Angriff über, jagte Walter durch den Vorgarten und erwischte vor dem Jägerzaun nicht nur dessen Hose, sondern diesmal auch sein Bein. Mit großer Mühe gelang Walter die Flucht, mit ein paar Bisswunden in der Wade und nur noch einem halben Hosenbein. Das andere steckte dem Drecksköter zwischen den Lefzen.

Walter war wütend.

Er hatte es wirklich im Guten versucht, aber was zu viel war, war zu viel! Da er seit ein paar Monaten Oxycodon gegen die schmerzende Arthrose einnahm, das dann und wann auch die Verdauung stören konnte, hatte er zu Hause starke, rezeptpflichtige Abführtropfen vorrätig, mit denen er noch am selben Tag ein leckeres Steak großzügig einrieb.

Am nächsten Morgen entdeckte er den Dobermann rechtzeitig hinter den Rosenbüschen und warf ihm das Steak zu, das dieser in Sekunden auffraß. Gerade genug

Zeit für Walter, zum Briefkasten und zurück auf den Gehsteig zu hetzen.

Zufrieden lächelnd setzte er seine Runde fort und stellte sich vor, wie Herr Leyendecker seinem Hund mit Putzlappen und Eimer nachlief, um das Desaster in seiner Bude wieder in den Griff zu bekommen. Er war sich sicher, dass Herr Leyendecker den Dobermann nicht mehr vor die Tür lassen würde, denn wo ein Steak herkam, konnten noch viele andere herkommen.

Tags darauf kehrte Walter dann zur alten Gangfolge zurück und erreichte das Haus am Ende des Wilhelmswegs zu der üblichen Zeit. Vorsichtig blickte er sich um, suchte Vorgarten wie die Rosenbüsche nach verräterisch spitzen Ohren und tückischen kleinen Augen ab, konnte den Dobermann aber nirgendwo entdecken.

Dann aber flog die Haustür auf und Herr Leyendecker schoss händefuchtelnd hinaus in seinen Vorgarten.

»SIE! … SIE!«, rief er wütend.

Walter blieb vorsichtshalber hinter dem Jägerzaun stehen – auch wenn der Dobermann nicht zu sehen war.

»Herr Leyendecker …«, antwortete Walter bedächtig.

»Sie haben meinen Hund vergiftet!«, schrie der.

»Ich?«

»Ja, Sie!«

»Was hat er denn?«, fragte Walter, so unschuldig er nur konnte.

»Das wissen Sie am besten!«

Walter schüttelte den Kopf. »Ich habe wirklich keine Ahnung …«

Herr Leyendecker drehte sich zum Eingang, wo prompt der Dobermann erschien.

»Der sieht doch ganz munter aus«, stellte Walter nüchtern fest.

Aber da hockte sich das Tier auch schon hin, um mit zitternden Beinen von sich zu geben, was das Abführmittel seinem Gedärm an Aufruhr verursacht hatte.

»Oh, nein! Nicht schon wieder!«, schimpfte Herr Leyendecker.

Rasch lief er dem Hund entgegen.

Hielt plötzlich inne.

Fasste sich ans Herz und ging mit einem Stöhnen in die Knie.

Walter, dem das ganze Spektakel bis dahin ausgesprochen gut gefallen hatte, erschrak. Ohne weiter darüber nachzudenken, sprang er über den Zaun und packte Herrn Leyendecker unter den Armen, bevor der zu Boden sinken konnte.

Vorsichtig setzte er ihn ab und knöpfte ihm den Hemdkragen auf.

»Das Herz?«

Herr Leyendecker nickte.

»Nehmen Sie Medikamente?«

Herr Leyendecker schüttelte den Kopf.

Walter zückte sein Handy und rief den Notarzt an.

Dann wandte er sich wieder Herrn Leyendecker zu: »Der Krankenwagen ist in ein paar Minuten da! Halten Sie durch!«

Herr Leyendecker nickte wieder.

Endlose Minuten verstrichen.

Walter hielt Herrn Leyendecker fest, der mit halb geschlossenen Augen versuchte, ruhig zu atmen. Das Scharmützel hatte mit einem Mal einen schalen Beigeschmack. Walters Gedanken kreisten, bis er sich gefährlich der einen Frage näherte, die ihm schon beinahe sein ganzes Leben den größten Kummer bereitete.

Das hier war doch nicht seine Schuld.

Bestimmt nicht.

Oder?

Schließlich flüsterte er: »Herr Leyendecker?«

Der nickte sachte, hörte zu.

»Wir müssen damit aufhören …«

Er nickte.

»Das ist es nicht wert.«

Wieder ein Nicken.

Schon hörte Walter ein schmetterndes Martinshorn herannahen und sah ein paar Sekunden später einen Rettungswagen in den Wilhelmsweg hineinstechen, der vor dem kleinen Bungalow zum Stehen kam. Arzt und Sanitäter sprangen heraus und übernahmen die Versorgung.

Walter stand ein wenig verloren nebendran und beobachtete, wie die Mediziner Puls, Blutdruck und Herztöne kontrollierten, den Patienten an einen Tropf anschlossen und ihm gezielt Fragen stellten. Dann wurde Herr Leyendecker auf eine Trage geschnallt und in den Fond gehoben. Mittlerweile waren auch einige Schaulustige dazugestoßen, die leise miteinander tuschelten.

»Kommt er durch?«, fragte Walter den Notarzt, als der

bereits im Begriff war, wieder in den Rettungswagen zu steigen.

»War nur eine Ischämie. Hatte er viel Stress in letzter Zeit?«

»Stress?« Walter schluckte.

»Der Stress könnte ihn das nächste Mal umbringen«, sagte der Notarzt.

Walter sah zu Herrn Leyendecker, der jedes Wort gehört hatte. Seinem wütend flackernden Blick war unschwer zu entnehmen, was er gerade dachte. Eben noch halb ohnmächtig war in Herrn Leyendecker mit der ausgesprochenen Diagnose des Notarztes neuer Kampfgeist erwacht: Es war noch nicht vorbei.

8

Die Beharrlichkeit, mit der sich die beiden duelliert hatten, sorgte in Ründeroth für einiges amüsiertes Getuschel. Man hegte zunächst Sympathien für Walter, den die meisten natürlich vom Sehen kannten, so wie man einen Postboten eben kannte, und der den Bonus des seriösen Amtsmannes für sich verbuchen konnte.

Herr Leyendecker dagegen wurde von den meisten als wunderlich empfunden. Mit seiner Ischämie allerdings erfuhr er ein schönes Upgrade, weil aus der Komödie eine Tragödie hätte werden können und Herr Leyendecker doch nur ein einsamer Mann war, der Rosen liebte. Plötzlich war man der Meinung, dass man von einem Postbeamten etwas mehr Vernunft erwarten konnte, vor allem, wenn alte Leute kauzig wurden.

Walter spürte den Umschwung an den Blicken seiner Empfänger, an den kurzen, ernsten Grüßen, die ihm wie Mahnungen entgegenwehten. Er versuchte sie zu ignorieren, doch der Magen wurde ihm flau davon.

Schließlich aber trugen wechselvolle Tage die Erinnerung an Herrn Leyendeckers Zusammenbruch davon, die Mienen der Empfänger hellten langsam auf, die Begrüßungen wurden wieder freundlicher, Walters Magen begann sich zu beruhigen.

Eine Woche verging.

Zehn Tage.

Und dann, an einem Montagmorgen, als Walter aufstand und sich eine Tasse Kaffee brühte, stellte er fest, dass es ihm wieder gut ging, dass er fast schon wieder der Alte war und das ganze Wochenende nicht einmal an Herrn Leyendecker gedacht hatte.

Recht aufgeräumt trat er so seinen Dienst an und wurde kurz nach seiner Ankunft im Zustellstützpunkt in Sabines Büro bestellt. Wo er zu seiner Überraschung auch Detlef Kröber antraf, seinen Betriebsrat, der ihn mit einem so knappen Kopfnicken grüßte, dass Walter sich innerlich wappnete.

»Guten Morgen, Walter!«, grüßte Sabine freundlich.

»Guten Morgen«, grüßte Walter vorsichtig zurück.

»Setzen Sie sich doch!«

Sie nahmen alle Platz.

Die Kaffeemaschine gurgelte, letzte Tropfen fielen in die Kanne und verströmten einen satten Duft.

»Kaffee?«, fragte Sabine.

»Nein, danke!«, antwortete Walter.

Diesmal stand Sabine auf. »Also, ich gönn mir einen! Wie steht es mit Ihnen, Herr Kröber?«

Herr Kröber lehnte ebenfalls dankend ab.

Wenn die ewig zaudernde Sabine so beschwingt vorging, war er in echten Schwierigkeiten, ahnte Walter. Sie goss sich eine Tasse ein, nahm einen genießerischen Schluck und kommentierte ihn mit einem kleinen »Ahh!«.

Dann wandte sie sich wieder Walter zu. »Sie können sich sicher vorstellen, warum Sie hier sind?«

»Nein«, antwortete Walter.

»Dann will ich es Ihnen erklären. Der Anwalt von Herrn Leyendecker hat uns angerufen.«

»Sein Anwalt?«, fragte Walter irritiert.

»Ja, er will uns verklagen.«

»Uns?«

»Eigentlich Sie, aber er will das Ganze öffentlich machen, sodass wir unweigerlich mit an Bord sind.«

»Ich verstehe nicht …«

»Herr Leyendeckers Anwalt sagt, Sie haben versucht, seinen Hund umzubringen. Und ihn dazu.«

»Das ist doch ein Witz, oder?«, rief Walter empört.

»Leider nein. Unsere Abteilung für Öffentlichkeitsarbeit ist sehr besorgt. Die haben mich gefragt, warum einer unserer Zusteller in ein Mordkomplott verwickelt ist …«

»Wie bitte?«

Sabine winkte ab. »Die meinten den Hund. Dabei ist das juristisch gesehen nur Sachbeschädigung. Jedenfalls fürchtet sie um unser Image.«

»Was für ein Image?«, fragte Walter gereizt.

Sabine zögerte, nicht sicher, wie sie Walters Antwort zu werten hatte, dann aber sagte sie ruhig: »Unser Konzern lebt vom Vertrauen unserer Kunden. Jeder Konzern tut das. Verlieren wir das Vertrauen, schadet das unserem Geschäft.«

»Und?«, fragte Walter, immer noch gereizt.

»Unsere Zusteller sind nicht in Hundemorde verwickelt, Walter. Hundemorde sind nicht gut fürs Geschäft. Menschen mögen Hunde, vor allem ihre eigenen. Jedenfalls möchten wir diese Diskussion im Keim ersticken und ich denke, wir haben eine gute Lösung gefunden …«

»Die wäre?«

»Sie gehen in Rente.«

Es wurde ganz still im Büro.

Blicke wanderten.

Dann fauchte Walter Herrn Kröber an: »Würdest du dazu mal was sagen, Detlef?«

Herr Kröber sackte ein wenig in sich zusammen und antwortete: »Du hast es einfach übertrieben, Walter!«

»Ich? Jetzt ist das alles meine Schuld?«, rief Walter wütend.

Sabine machte eine beschwichtigende Geste mit den Händen. »Niemand redet von Schuld, Walter.«

»Sondern?«

»Von Image«, antwortete Sabine munter. »Der Konzern möchte nicht, dass seine Kunden unseretwegen tot sind.«

»Er ist ja gar nicht tot!«, stellte Walter fest.

»Mag sein, aber wenn die Leute glauben, wir killen sie oder noch schlimmer: ihre Hunde, können wir den Laden dichtmachen. Und Gott bewahre, das Fernsehen taucht auf und berichtet darüber! Niemand will so etwas, Walter.«

»Ich bin nicht schuld!«, beharrte Walter.

»Das wissen wir doch!«, beruhigte ihn Sabine. »Die Öffentlichkeit könnte das aber anders sehen. Und wir wollen nicht, dass die Öffentlichkeit es anders sieht. Wir wollen Sie schützen, Walter!«

»Sie wollen mich schützen?«, rief Walter ungläubig.

In seinen Ohren klang es eher so, als hätte Sabine Schwierigkeiten, die Verben *schützen* und *opfern* auseinanderzuhalten.

»Aber natürlich! Sie sind doch einer von uns!«

Wieder Schweigen.

Dann fragte Walter: »Und was bedeutet das jetzt?«

»Das bedeutet«, antwortete Sabine, »dass Sie in Ihren wohlverdienten Vorruhestand gehen. Und wir sorgen dafür, dass Herr Leyendecker klein beigibt! Wenn Sie weg sind, ist er bestimmt zufrieden. Und wir spendieren ihm unseren schönen Bildband *Mittelrhein* aus unserem Shop.«

»Oh, krieg ich auch einen?«, ätzte Walter.

»Nein«, gab Sabine ungerührt zurück.

»Ich kann nicht in den Vorruhestand gehen!«, entgegnete Walter wütend.

»Aber sicher können Sie!«, lächelte sie gewinnend. »Das wird toll!«

»Wird es nicht, weil ich mir einen Vorruhestand nicht leisten kann!«, antwortete Walter bestimmt.

Für einen kurzen Moment bröckelte Sabines Selbstsicherheit wie alter Putz von einer maroden Hauswand, dann streckte sie sich und sagte fröhlich: »Aber natürlich können Sie!«

Walter schob die Brauen zusammen. »Sie meinen, weil unser Konzern seine Zusteller so üppig entlohnt?«

»Bitte lassen Sie uns sachlich bleiben«, mahnte Sabine.

»Dann ganz sachlich: Wenn ich jetzt in den Ruhestand gehe, sind die Abzüge so hoch, dass ich mir ein ordentliches Rentnerleben nicht leisten kann!«

Sabine wandte sich Herrn Kröber zu. »Wir können ihm doch sicher seinen Abgang vergolden, oder?«

Der nickte. »Da ist eine schöne Abfindung für dich drin, Walter.«

»Ihr könnt mich nicht zwingen!«

»Können wir nicht, Walter«, stimmte Herr Kröber zu. »Aber dann legst du dich mit dem ganzen Konzern an. Und als dein Betriebsrat rate ich dir: Tu das nicht!«

Walter lehnte sich zurück und antwortete: »Und wenn doch? Ein Konzern, der einen verdienten Mitarbeiter wegen Altersrassismus loswerden will – was macht *das* mit eurem Image?«

Sabine, die im Begriff gewesen war, einen weiteren Schluck aus ihrem Becher zu nehmen, verschluckte sich und spuckte Kaffee auf ihren Kalender. Verärgert wischte sie über die Tropfen und machte damit alles nur noch schlimmer.

Dann fauchte sie: »Sie gehen, Walter!«

»Nein.«

»Dann schicke ich Sie zum Betriebsarzt!«

»Was?«

»Sie haben schon verstanden! Sie hinken. Das haben mir mittlerweile mehrere Quellen bestätigt. Und wenn der Betriebsarzt Sie für dienstunfähig erklärt, sieht die Sache schon anders aus!«

Walter protestierte: »Verstehen Sie doch! Ich kann mir eine Frührente nicht leisten. Es geht einfach nicht!«

Wieder Schweigen.

Wieder Blicke.

Da hellte sich plötzlich Herrn Kröbers Gesicht auf, er beugte sich zu Sabine, um ihr ein paar Worte ins Ohr zu flüstern. Die schien zunächst nicht sehr begeistert von dem Vorschlag, dachte dann aber nach und wandte sich schließlich wieder Walter zu. »Da gibt es vielleicht noch eine andere Möglichkeit, wie wir Sie aus der Schusslinie bringen können. Zumindest übergangsweise. Bis sich alles wieder beruhigt hat.«

»Welche?«, fragte Walter neugierig.

»Unsere Christkindfiliale!«

Walter starrte sie an. »Sie verarschen mich, oder?«

In Sabines Gesicht zogen blitzartig dunkle Sturmwolken auf. »Das oder Frührente! Sie haben die Wahl!«

»Mach es, Walter!«, appellierte Herr Kröber an ihn. »Das ist eine gute Sache. Du bleibst im Konzern. Und was später wird, sehen wir dann.«

Sie sahen ihn beide durchdringend an.

Unter dem Tisch ballte Walter die Fäuste.

Um sie Sekunden später wieder zu öffnen.

Er war geschlagen.

BEN

9

Viel Gutes konnte Walter an seiner neuen Aufgabe nicht erkennen, obwohl es objektiv gesehen viel Gutes gegeben hätte. Sein Weg zur Arbeit verkürzte sich beispielsweise. Nicht mehr zwölf Kilometer nach Lindlar, sondern nur noch knapp fünf nach Engelskirchen waren im windigen, oft kalten Oktoberwetter schon eine klare Verbesserung. Auch musste er nicht mehr um sieben Uhr morgens, sondern erst eine Stunde später anfangen. Und im Gegensatz zur schmucklosen Halle des Zustellstützpunkts der Postboten und Paketfahrer war sein neuer Arbeitsplatz wenigstens historisch interessant. Zudem blieb ihm die Fahrt durch die Gerberstraße in Lindlar erspart, mit all den Erinnerungen an eine Zeit, die gleichermaßen sein größtes Glück als auch Unglück war.

Jetzt stand er also vor der ehemaligen Baumwollspinnerei Ermen & Engels, hinter deren schönen Bruchsteinfassaden nicht nur ein Museum und das Rathaus, sondern auch die Christkindfiliale residierte. Letztere allerdings nur in den Wintermonaten.

Eigentlich war die Baumwollspinnerei nur eine von vielen in Deutschland und doch hatte sie einst große Bekanntheit erlangt, was vor allem am Sohn des Firmenmitgründers lag: Friedrich Engels, der Jüngere, hatte wegen der entsetzlichen Lebensbedingungen der Arbeiter dort im ständigen Clinch mit seinem Vater Friedrich Engels senior gelegen. Wütend über den heuchlerischen Pietismus seines Vaters hatte er über neue Gesellschaftsformen nachgedacht und in Karl Marx einen feurigen Mitstreiter gefunden. Zusammen wurden sie die Väter einer neuen Bewegung, die die Welt gerechter machen sollte und doch nur noch mehr Ungerechtigkeit und Willkür gebären würde.

An seinem ersten Arbeitstag jedenfalls hatte Walter nur wenig Sinn für Historisches, verdrossen ob der Tatsache, dass er jetzt kein Postbote mehr war. Als Fünfzehnjähriger hatte er seinen Beruf gelernt, jetzt durfte er ihn nicht mehr ausüben. Stattdessen musste er nun Dienst leisten in einer vom Konzern aus *Imagegründen* erfundenen Zentrale für Unzustellbares: Briefe an das Christkind oder den Weihnachtsmann landeten hier. Sechs weitere dieser Büros gab es über ganz Deutschland verteilt. In Himmelpfort und Himmelsthür, in Himmelpforten und Himmelstadt sowie in Nikolausdorf und St. Nikolaus.

Über einen Eckeingang stapfte er missmutig die Treppen hinauf in das zweite Stockwerk, wo sich eine große, renovierte Fabrikhalle mit riesigen Industriefenstern erstreckte, die jetzt, da die Ausstellung des Museums für den Winter bis auf ein paar antike Maschinen, Generatoren, Schalt- und Karteischränke ausgeräumt worden war, ziemlich kahl wirkte. Die Leiterin der Filiale begrüßte ihn freundlich und bot ihm gleich das Du an, welches er schlecht gelaunt annahm.

»Ich bin Sabine«, stellte sie sich vor und gab ihm die Hand.

»Echt jetzt?« Walter seufzte.

Sie sah ihn irritiert an.

»Warum?«

»Ach, nichts«, gab Walter zurück.

Sabines als Chefinnen waren offensichtlich sein Schicksal. Zu allem Überfluss präsentierte sich diese vor ihm mit scheinbar unverwüstlichem Frohsinn. Ohne weiter auf Walters Bemerkung einzugehen, machte sie eine einladende Geste. »Willkommen in der Christkindfiliale!«

Walter sah sich um: Ein paar Schreibtische und moderne Schreibtischstühle standen verloren herum, dazu die nackten Wände, versiegelte Betonböden. Er wäre nicht überrascht gewesen, wenn trockene Wüstenwinde Tumbleweeds durch die verwaiste Halle gerollt hätten.

Ob es im Himmel auch so aussah?

Sie schien seine Gedanken zu erraten. »Wir sind früh dran, die anderen kommen erst in einer guten Woche.«

»Die anderen?«

»Freiwillige, Ehrenamtler. Menschen, die sich engagieren.«

»Also keine von der Post«, antwortete Walter.

Sabine war der griesgrämige Sarkasmus nicht entgangen, aber sie blieb positiv, vielleicht, weil man sie vor Walters Gnatzigkeit gewarnt hatte, vielleicht, weil sie nicht daran dachte, sich den Tag von ihm vermiesen zu lassen.

»Ende Oktober, Anfang November geht's richtig los. Wir bekommen Tausende Briefe jeden Tag!«

»Wie viele arbeiten denn hier?«, erkundigte sich Walter.

»Na ja, so fünfzehn, sechzehn Leute.«

»Die können doch keine Tausende von Briefen pro Tag beantworten!«

»Wir haben Vordrucke«, erklärte sie. »In zwölf Sprachen.«

Walter sah sie mit hochgezogenen Augenbrauen an. »Also stecke ich jeden Tag Vordrucke in Briefumschläge? Das ist mein neuer Job? Das ist das, was das *Christkind* den ganzen Tag so macht?«

»Das ist das, was *wir* machen.«

»Ah, eine Nobelpreisträgerin der Spitzfindigkeiten …«, gab Walter zurück.

Sie ließ sich nicht beirren und erläuterte nachsichtig: »Wir bekommen weit über hunderttausend Zusendungen in der Saison, Walter. Das ist anders gar nicht zu schaffen!«

Walter schwieg. Das war alles noch viel schlimmer, als er gedacht hatte. Wo war da der Unterschied zu einem Fließbandjob in der Fabrik? Wo war Friedrich Engels, wenn man ihn mal brauchte?

Sie stieß ihn munter in die Seite. »Na, komm, es ist wirklich halb so schlimm. Und die Kinder freuen sich, wenn sie Post vom Christkind kriegen.«

»Wirklich?«, fragte Walter grantig zurück.

»Ja, tun sie. Aber ich kann dich beruhigen, wir beantworten einzelne Briefe auch individuell. Wenn sie uns besonders berühren oder wenn sie von sehr weit herkommen. Oder wenn die Kleinen nach Dingen fragen, die man mit Vordrucken nicht beantworten kann.«

»Und was schreiben die Kinder so?«, erkundigte sich Walter.

»Manchmal wünschen sie sich mehr Frieden auf der Welt oder dass Corona endlich aufhört. Oder sie erzählen einfach, was sie sorgt. Wir machen ihnen dann Mut, schreiben ihnen etwas Warmherziges.«

»Ach ja, was denn? Dass die Menschheit bestimmt irgendwann mal friedlich wird und sie immer schön die Hände waschen sollen?«

Sie lächelte ihm munter zu. »Ein bisschen netter formuliert vielleicht. Du könntest zum Beispiel schreiben, dass jeder für sich selbst friedlich sein kann. Denn wenn jeder friedlich ist, ist die Welt friedlich. Und dass Corona weggeht, wenn man aufeinander Rücksicht nimmt. Wenn man Kinder mag, fällt einem immer etwas Nettes ein. Du magst doch Kinder, oder?«

»Nein«, antwortete Walter.

»Okay, wir sind heute wohl etwas brummelig, aber das kriegst du schon hin. Ein paar Briefe und es wird dir ganz leicht von der Hand gehen.«

Walter sah sich im kahlen Raum um. »Wo ist mein Platz?«

»Such dir einen aus!«

Walter fand, dass alle Plätze gleich trostlos waren.

»Wenn du willst, führ ich dich durch das Gebäude. Unten gibt es Turbinen und Schwungräder zu sehen. Riecht alles ein bisschen feucht, ist aber sehr interessant.«

»Nein, danke.«

»Na gut. Wir müssen sowieso erst mal was einkaufen ...«

Sie musterte ihn von oben bis unten.

Walter starrte sie empört an. »Wenn du glaubst, ich trage ein Nikolauskostüm …«

Sie lachte, warf sich ihre Jacke über und zog ihn gut gelaunt mit nach draußen.

10

Zu Walters großer Beruhigung durfte er in der Christkind-filiale tragen, was immer er wollte. Sabine hatte nur vor, etwas Dekoration für ihr Büro zu besorgen, denn eine äußere Stimmung färbe auch auf die innere Haltung ab, erklärte sie. Das wiederum bezweifelte Walter.

Gleich nach Betreten des größten Supermarkts in Engelskirchens Innenstadt schnappte sie sich alles, was rot, gold, grün, glitzerig oder süß war, während Walter hinterherschlurfte und ein wenig verstohlen nach links und rechts schaute: Sandra arbeitete hier.

Bald ein Jahr war nun vergangen, seit er sie das letzte Mal gesehen und sie dabei so verletzt hatte, dass sie ihn mied. Nur eine Karte zu seinem Geburtstag war gekommen, die er sich selbst zugestellt hatte. Anfangs hatte er noch angenommen, dass sie sich bald wieder beruhigen würde, schließlich war das Gespräch über ihren Schlägerfreund Uwe nicht das erste dieser Art, das sie geführt hatten. Doch die Funkstille blieb und sein Verhalten tat ihm zunehmend leid. Er hätte niemals sagen dürfen, dass es ihre eigene Schuld sei. Wenn jemand wusste, wie sich Schuld anfühlte und was sie in einer Seele anrichten konnte, dann war er das. Umso unverzeih-licher erschienen ihm mittlerweile seine Worte.

Er schlich durch die Gänge, hielt Ausschau und fürchtete, Sandra zu entdecken, bis er gleichermaßen mit Bedauern und Erleichterung zu dem Schluss kam, dass sie heute einen freien Tag haben musste. Doch dann sah er sie ein Regal einräumen. Er zögerte, versuchte, sich zusammenzunehmen, und ging ihr entgegen. Sie kniete, schob Dose um Dose in die leeren Böden, hielt dabei immer wieder kurz inne, verzog das Gesicht, rieb sich den Ellbogen, um anschließend weiter einzuräumen.

Bis Walter direkt vor ihr stand und sie zu ihm aufblickte. »Papa?«

Es klang verwundert, ängstlich und erfreut.

»Hallo, Sandra.«

Sie richtete sich auf, ein wenig unschlüssig wirkend.

»Was machst du hier? Du kaufst doch hier nie ein?«

Walter zuckte ein wenig mit den Schultern und antwortete: »Ich habe einen neuen Job …«

»Einen neuen Job? Du?«

»Ist 'ne lange Geschichte«, antwortete Walter. »Bin aber immer noch bei der Post.«

»Ah«, machte sie nur.

»Wie geht es dir?«, fragte Walter.

»Gut«, antwortete sie schnell.

Zu schnell.

Trotzdem lächelte Walter. »Freut mich zu hören.«

Einen Moment schwiegen beide.

Dann begann Walter: »Hör mal … diese Sache letztes Jahr … das tut mir alles sehr leid.«

Sandra sah aufrichtig erstaunt aus, dann lächelte sie schief und sagte: »Schon vergessen.«

»Nein, das war nicht in Ordnung von mir. Ich entschuldige mich dafür.«

Sie nickte erfreut. »Angenommen!«

Zu ihrer noch größeren Überraschung breitete er die Arme aus. Sie ließ sich nicht lange bitten und stürzte ihm fast schon entgegen, froh, sich versöhnt zu haben. Froh, dass er zu ihr gekommen war.

Froh, dass er wieder ihr Vater war.

Dann aber umschloss er fest ihre Ellbogen. Ein Schmerz schien ihr durch den rechten Arm zu schießen, sodass sie zusammenzuckte und sich von ihm wegdrehte.

»Was ist?«, fragte Walter betont nonchalant. Mochte die Umarmung auch herzlich gewesen sein, wollte er doch wissen, was ihr fehlte.

»Nichts«, gab sie schnell zurück.

Doch da hatte er ihren Arm schon gepackt und den Pullover blitzschnell hochgezogen. Der Arm war grün und blau, die Hämatome schienen sich bis hoch zur Schulter zu ziehen. Beschämt schob Sandra den Pullover herab, kniete sich hin und begann, erneut Dosen einzuräumen.

Walter war so wütend, dass es ihn alle Kraft kostete, nicht wieder eine fruchtlose Diskussion anzuzetteln, an deren Ende er möglicherweise etwas Gemeines sagen würde. Doch er konnte unmöglich hinnehmen, dass Sandra ihr Leben an einen Schläger verschwendete und sich von ihm demütigen ließ!

»Liebes …«, begann er vorsichtig.

Sie antwortete nur: »Hat mich gefreut, dich wiederzusehen, Papa.«

Kurz stand er noch reglos neben ihr, betrachtete ihren blonden Pagenkopf und die schmalen Schultern, erinnerte sich daran, wie sie als kleines Mädchen immer auf ihn gelauert und sich ihm lachend in die Arme geworfen hatte, wenn er von der Arbeit gekommen war. Barbara, seine Ex-Frau, hatte ihm mal verraten, dass sie jeden Tag mindestens eine Stunde am Fenster lauerte, damit sie ihn ja nicht verpasste. Jetzt war sie eine erwachsene Frau und hatte das Lachen verlernt.

Walter kniete sich zu ihr herab. »Kommst du mich wieder besuchen?«

Sie fragte hoffnungsvoll: »Möchtest du denn?«

»Natürlich möchte ich das.«

»Dann komme ich gerne.«

Er lächelte ihr zu.

Dann stand er auf, wandte sich um und ging ein paar Schritte, bis er ihre Stimme im Rücken hörte.

»Papa?«

Er drehte sich zu ihr um.

»Es tut mir leid.«

Walter nickte, ohne zu verstehen.

II

Ein paar Tage später nahm die Mission Christkindfiliale Fahrt auf.

Nicht nur, weil die Ehrenamtler eingetroffen waren, freundliche Menschen, die Walter heimlich *Zivilisten* nannte, sondern auch, weil die leeren Fabrikräume durch die weihnachtliche Dekoration verändert wirkten. Vor allem aber schwappten die Wünsche der Kinder hinein.

Körbeweise.

Die Post wurde auf die verschiedenen Schreibtische aufgeteilt, wo sie geöffnet, gelesen und dann in neuen Umschlägen und mit Antwortvordrucken versehen an die Absender zurückgeschickt werden sollte. Walter las die Briefe natürlich nicht, sondern beantwortete sie ungesehen mit den Weihnachtsformblättern. Bis Sabine ihn beim akkordartigen Umpacken der Briefe entdeckte und ihn freundlich fragte, ob er nicht in ein paar von den Wunschzetteln hineinsehen wolle.

Wollte er nicht.

»Das macht Spaß«, versicherte sie.

»Ich glaube«, antwortete Walter, »dass wir ganz verschiedene Auffassungen von *Spaß* haben.«

Sie seufzte leise.

Und ließ ihn in Ruhe.

Nach ein paar Tagen des stupiden Umsteckens begann Walter dann doch, die Briefe querzulesen, weniger aus Interesse denn aus Langeweile. Aber kaum hatte er einen halben Tag damit verbracht, war er genervter als zuvor: Zufällig oder nicht landeten auf seinem Tisch ausschließlich Wunschlisten von Kindern im Konsumrausch. Gierige kleine Aufstellungen von Spielzeug und Elektronik ohne Maß und Mitte, bei deren Lektüre er zunehmend die Fassung verlor.

Kontrollierten die Eltern denn gar nichts mehr? Wie konnten sie ihre Kinder solche exzesshaften Forderungskataloge abschicken lassen? Kam denn keiner auf die Idee, dass es ungehörig war, dem Christkind eine Liste mit Produkten zu schicken, die in ihrem Beschaffungswert in die Tausende gingen? Wussten diese kleinen Monster denn nicht, dass es Kinder auf der Welt gab, die Hunger hatten, unter Krieg litten oder im Heim lebten?

Oder alles zusammen?

Offenkundig waren da Werte wie Demut, Bescheidenheit und Güte im Hagelschlag übersteigerter Ansprüche zu Hochmut, Habgier und Egoismus verformt worden. Oder ließen die Eltern ihre Kinder diese Listen absichtlich schreiben, damit sie ihm, dem Walter-Christkind, anschließend die Schuld dafür geben konnten, wenn ihre lieben Kleinen doch nicht alles bekamen?

Was ihn noch wütender machte als die Endlosauflistungen kommerzieller Sehnsüchte, waren die Endlosauflistungen kommerzieller Sehnsüchte mit einem heuchlerischen Addendum. Nicht mal als vollständiger Satz formuliert. Wo zuvor an das Christkind geschleimt wurde, dass einem die Finger klebrig wurden, schloss man den Zettel mit einem kleinen Zusatz, der ausdrücken sollte, dass man selbstverständlich auch die Sorgen und Nöte anderer im Blick habe.

PS: Weltfriede.

PPS: Kein Hunger.

PPPS: Glück für alle.

Eine ganze Weile kämpfte Walter gegen den dringenden Wunsch an, sich pädagogisch einzubringen. Aber als dann drei Briefe hintereinander kamen, die dem Christkind nicht nur freche Forderungen stellten, sondern beinahe als Nötigung hätten gewertet werden können, griff er zu einem Stift und begann, in Schönschrift zu korrigieren.

Es bescherte ihm einen Termin bei der neuen Sabine.

»Walter«, begann sie langsam, nachdem sie ihm einen Platz angeboten hatte. »Ich denke, wir sollten einmal über ein paar deiner Antworten sprechen.«

»Gern.«

Sie zückte einen seiner Briefe und sagte: »Hier haben wir den Wunschzettel der kleinen Melina. Sie schreibt, dass sie sich ein Smartphone wünscht … Und du antwortest: *Liebe Melina, du bist fünf Jahre alt. Wen zum Teufel willst du anrufen?*«

Walter verzog den Mund. »Das mit dem Teufel war nicht so gut, oder?«

Sabine seufzte und nahm einen weiteren Brief. »Hier ist ein Brief von Luca. Zehn Jahre alt … Den hast du mit einem Rotstift korrigiert.«

»Kein einziges Wort war richtig geschrieben. Kein einziges!«, verteidigte sich Walter. »Das kann doch nicht sein, dass einer, der in die vierte Klasse geht und aufs Gymnasium will, kein einziges Wort richtig schreibt!«

»Das Christkind korrigiert keine Wunschzettel, verstanden?«

»Er will 'ne Playstation, der kleine Klotzkopf!«, empörte sich Walter. »Hast du übrigens gesehen, wie er Playstation geschrieben hat?«

Sabine ging nicht weiter darauf ein. »Und hier haben wir Mia, neun Jahre alt. Sie möchte gerne Topmodel werden ... Und was schreibst du? *Sport und Ernährung sind Zepter und Krone einer jeden Schönheitskönigin* ...

»Hast du ihr Foto gesehen?«, rechtfertigte sich Walter. »Ihre Eltern haben das Kind gemästet, dass sich der Kleinen die Knie biegen. Unverantwortlich ist das!«

»Walter ...«, begann Sabine ruhig. »Das sind nicht unsere Kinder. Wir sind das Christkind, nicht das Jugendamt, okay?«

»Aber da läuft alles schief, das sieht doch ein Blinder!«

»Das geht uns aber nichts an.«

»Aber ...«

Sabine hob eine Hand.

»Es ist ganz einfach: Entweder du schreibst etwas Nettes oder ich kann dich hier nicht gebrauchen. Haben wir uns da verstanden?«

Walter schwieg.

»Haben wir?«, hakte Sabine nach.

»Ja.«

»Gut, ich schlage vor, du verzichtest vorerst auf Handgeschriebenes und steckst einfach wieder nur Vordrucke in die Umschläge. Einverstanden?«

Walter nickte sauer.

Er stand auf, ging an seinen Platz, nahm sich ein Papier und begann auszurechnen, wie viel ihm als Frührentner zum Leben bleiben würde. Aber was er auch zusammentrug, es war zu wenig.

Dann seufzte er. Noch nie hatte es ihm Glück gebracht, sich einzumischen. Genau genommen war er nicht dafür da, die Welt zu retten. Jeder musste seine Probleme selbst lösen und für die, die dazu nicht in der Lage waren, gab es das Jugendamt. Die Sozialdienste. Und wenn gar nichts mehr ging: den lieben Gott. Wenn einer zuständig war, dann ja wohl der. Auch wenn es den Eindruck machte, als befände der sich seit Jahrtausenden auf einem Angelausflug.

Walter wanderte zu den Körben unbeantworteter Briefe und nahm sich einen, der ganz hinten stand. Obwohl er dafür über zwei andere klettern musste. Und ohne dass es dafür einen ersichtlichen Grund gab, denn alle Körbe waren gleich und aus keinem blitzte ein besonders schön gestalteter Brief heraus.

Es heißt, wenn wir etwas tun, wovon wir später nicht wissen, warum wir es getan haben, es aber ein schicksalhaftes Ereignis auslöst, dass uns in diesem Moment ein Engel etwas ins Ohr flüstert, was wir zwar nicht hören, aber doch mit dem Herzen verstehen können. Was in einem Ort wie Engelskirchen, dazu in der Christkindfiliale, vielleicht gar nicht so weit hergeholt ist.

Walter jedenfalls wählte diesen einen Korb aus.

Und als er ihn zu seinem Schreibtisch trug, griff er wahllos hinein, zog einen unfrankierten Brief heraus und staunte, denn darauf stand:

An den lieben Gott
51777 Engelskirchen

Und auf der Rückseite:

Ben Gregersen

Dazu seine Adresse in der Horpestraße.

Alles säuberlich und korrekt geschrieben.

Walter öffnete ihn.

Und wurde aus Versehen Gott.

12

Lieber Gott,
ich heiße Ben und bin zehn Jahre alt.
Aber wahrscheinlich kennst du mich schon,
du bist ja der liebe Gott. Ich schreibe
dir, weil ich deine Hilfe brauche. Kannst du
dem Klempner sagen, dass er vorbeikommen
soll? Ich habe ihn angerufen, aber ich
glaube, er nimmt mich nicht ernst. Aber dich
nimmt er bestimmt ernst!
Liebe Grüße
Dein Ben

Walter starrte auf die kindlich geschwungene Schrift und die Sätze, die ein wenig schief von links nach rechts liefen. Aber vor allem staunte er darüber, dass alles vollkommen fehlerfrei verfasst war. Orthografie, Interpunktion: vorbildlich. Sogar das *dass* war richtig geschrieben. Von allen Briefen, die ihn erreicht hatten, war dieser der erstaunlichste.

Walter blickte sich um und sah all die Freiwilligen an ihren Schreibtischen geschäftig weihnachtlich gestylte Vordrucke in weihnachtlich gestylte Christkindumschläge stecken, griff seinerseits ebenfalls nach einem, steckte Bens Brief hinein und zog ihn dann gleich wieder heraus.

Er stand auf und ging zu Sabines Tisch.

»Ich habe eine Frage.«

Sabine sah auf, offensichtlich nicht sicher, ob ihr eine von Walter gestellte Frage gefallen würde.

»Worum geht's denn?«

»Wir machen doch nur Christkind, oder?«

»Christkind und Weihnachtsmann.«

»Und wenn ein Brief an keinen von beiden geht?«

»Dann sind wir nicht zuständig«, antwortete Sabine.

»Und dann?«, fragte Walter weiter.

»Dann leiten wir an die entsprechende Abteilung weiter.«

»Hm«, machte Walter nachdenklich. Wer bearbeitete Briefe an Gott? Der Vorstandsvorsitzende?

Sie blickte ihn ein wenig misstrauisch an. »Du schreibst doch nicht gerade einen Brief, oder?«

Walter schüttelte den Kopf. »Nein.«

»Warum fragst du dann?«

Walter zuckte mit den Schultern: »Nur so. Man will ja nichts falsch machen.«

Sabine nickte vorsichtig und antwortete dann gedehnt: »Okaaay.«

Er wandte sich wieder ab.

»Walter?«

Die Warnung in ihrer Stimme war unüberhörbar.

Er drehte sich nicht um und rief über die Schulter: »Ich schreibe keine Briefe. Ehrlich!«

»Gut!«, rief sie betont zuversichtlich.

Zurück an seinem Schreibtisch steckte Walter den Brief in seine Jacke.

Er arbeitete einen Stapel der üblichen Briefe mit Vordrucken ab, beendete mit anbrechender Dunkelheit den
Arbeitstag, setzte sich auf sein Moped und fuhr nach Hause. Nach dem Abendessen schaltete er den Fernseher an.
Schaltete ihn wieder aus und stellte sich ans Fenster.

Draußen war es dunkel.

Kein Licht brannte, niemand war unterwegs.

Für einen Augenblick fühlte sich Walter ganz allein auf
der Welt. Er nahm den Brief, setzte sich damit an den Küchentisch und griff zu Stift und Papier. Er brauchte unzäh-
lige Versuche für seine Antwort, bis er zum Schluss, ein
wenig entnervt, das schrieb, was ihm am sinnvollsten erschien.

Lieber Ben,
ich freue mich, dass du mir schreibst.
Willst du das mit dem Klempner nicht
mal lieber deinen Papa machen lassen?
Papas können so etwas ziemlich gut.
Alles Liebe
Gott

Zwei Stunden für drei Sätze.

Dann suchte er einen Briefumschlag.

Wenn der liebe Gott für die Beantwortung eines Gebets
auch so lange brauchte, musste sich niemand wundern,
dass er die Welt nicht im Griff hatte. Walter adressierte
und frankierte den Umschlag und schrieb als Absender:
Gott, Im Himmel 1, 51777 Engelskirchen auf die Rückseite.

Er verließ sein Häuschen, stapfte zum nächsten Postkasten, öffnete die Klappe und hielt den Brief über den Schlitz.

Mit einem Mal fragte er sich, ob er nicht lieber bei Gregersens anrufen sollte. Aber das wäre nichts als Einmischung. Würde er mit seinem Talent, das Richtige zum falschen oder das Falsche zum richtigen Zeitpunkt zu sagen, nicht geradezu darum betteln, dass sich Frau oder Herr Gregersen bei einer seiner Sabines beschweren würde? Mit der Folge, dass er nicht nur seinen Christkindjob verlieren würde, sondern gleich ganz rausfliegen? Immerhin überschritt er gerade seine Kompetenzen massiv, schließlich war er nur das Christkind und nicht der liebe Gott.

Würde der ihm das übel nehmen?

Oder der Konzern?

War es Urkundenfälschung, dass er mit Gott unterschrieben hatte? Würden seine Sabines davon Bluthochdruck bekommen? Die Abteilung für Öffentlichkeitsarbeit ein mediales Armageddon wittern? Sich von wütenden Christen belagert sehen, die Abbitte verlangten?

Walter ließ den Brief fallen.

Es gab nur einen Weg, das herauszufinden.

13

Am nächsten Tag saß Walter an seinem Schreibtisch und arbeitete so langsam und lustlos seine Vordrucke ab, dass Sabine ihm immer wieder mahnende Blicke zuwarf. Dennoch verzichtete sie darauf, ihn zu fragen, ob ihn etwas sorge. Er hätte es ihr gegenüber ohnehin nicht zugegeben. Tatsächlich beunruhigte ihn sein gestern eingeworfener Brief, er hatte damit seinen Chefinnen möglicherweise den perfekten Grund geliefert, ihn in Frührente zu schicken.

Eine Weile würde er mit einer Abfindung über die Runden kommen, aber in ein paar Jahren wäre die aufgebraucht und übrig wäre dann nur eine kleine Rente, die ihn zu einem noch sparsameren Leben zwingen würde, als er es ohnehin schon führte. Zudem war es in seinen Augen ein gewaltiger Unterschied, ob man der Welt den Rücken aus freien Stücken kehrte oder es *musste*.

So saß er den ganzen Tag nur da, steckte Christkindvordrucke ein, beschriftete Umschläge und sah nur auf, wenn Sabines Telefon klingelte. Dann versuchte er, anhand ihrer Miene zu erraten, worum es bei dem Gespräch ging. Ob da vielleicht eine Frau Gregersen am Apparat war, die mit ihr über einen gewissen Brief sprechen wollte. Sabine würde natürlich fragen, von welchem Brief die Rede sei, und

Frau Gregersen würde ihr erklären, dass offenbar der *liebe Gott* in ihrem Büro arbeite. Und chauvinistische Tipps gebe, weil auch Mamas sehr wohl mit Klempnern reden könnten. Vielleicht wäre aber auch der gottesfürchtige Herr Gregersen am Telefon, der Blasphemie anprangerte und Sabine mit einem Blitzschlag vom Höchsten selbst drohte.

So oder so: Sabine wüsste sofort, wer im Namen des Herrn Briefe schrieb, und würde ihn spätestens nach einer Minute Telefonat wütend ins Visier nehmen, noch bevor sie sich bei Herrn oder Frau Gregersen in aller Form entschuldigt hätte.

Aber dieser Anruf kam nicht.

Auch am folgenden Tag blieb er aus, sodass Walter annehmen durfte, dass die Gregersens weder religiöse Hardliner noch Feministen waren.

Am dritten Morgen trat Walter schließlich pünktlich um acht Uhr morgens seinen Dienst an, sah auf die neuen Körbe voller Wünsche und fand dort einen unfrankierten Brief mit einer ihm vertrauten Kinderhandschrift. Rasch blickte er sich um, entdeckte ein paar beim morgendlichen Kaffee in eine Plauderei verwickelte Zivilisten, nahm das Schreiben an sich und wartete, bis jeder mit seinem Tagwerk begonnen hatte.

Dann riss er den Umschlag auf und las.

Lieber Gott,
wieso weißt du nicht, dass ich keinen Papa habe? Bist du überhaupt Gott? Der Klempner war auch nicht da. Wieso

kannst du einem Klempner nicht sagen,
was er tun soll? Jetzt tropft der Wasser-
hahn für immer.
Vielen Dank!
Dein Ben

Walter starrte auf den Brief und tippte mit dem Zeigefinger ungehalten auf seine Schreibtischunterlage. Diese kleine Rotznase! Sprach man so etwa mit dem *lieben Gott*?

Einerseits bewunderte er die Chuzpe des Kleinen. Er hielt
sich nicht lange mit Engeln und Heiligen auf, sondern hämmerte gleich gegen die Tür des Bosses. Ganz offensichtlich
hatte er keine Angst vor einem kleinen alttestamentarischen
Wutanfall des Allmächtigen. Oder die Bibel noch nicht gelesen. In jedem Fall verdiente sein Mut Anerkennung.

Auf der anderen Seite konnte Gott sich von einem Zehnjährigen nicht so anpampen lassen.

Was also antworten?

Er griff nach neutralem Papier, hielt dann aber inne.
Wieso rief die Mutter von diesem Ben eigentlich keinen
Klempner? War ihr das Ganze egal? Unmöglich. Tropfen-
de Wasserhähne machten einen verrückt und gingen zudem ins Geld. Vielleicht hatte sie es versucht, war aber
vertröstet worden? So ein Einsatz brachte nicht viel ein
und stand garantiert ganz unten auf der Prioritätenliste
aller Beschäftigten im Installationsgewerbe. Und selbst re-
parieren? Für einen Zehnjährigen zu schwierig, aber für
eine Erwachsene? Die Instandsetzung eines tropfenden
Hahns war wirklich keine Raketenwissenschaft.

Ob er einfach einen Klempner zu den Gregersens schicken sollte? Walter seufzte. Da würde Sabine garantiert einen Anruf bekommen.

Was also antworten?

Er dachte nach.

Und nach.

Und nach.

Dann schrieb er seufzend:

Lieber Ben,
ehrlicherweise muss ich sagen, dass ich,
als ich die Klempner schuf, einen wirklich
miesen Tag hatte. Ich glaube, ich nehme
die wieder aus dem Programm.
Alles Liebe
Gott

Walter besah sich den Brief und zerriss ihn dann.

Das wäre eine echte Bankrotterklärung für den großen Erbarmer. Er kam nicht umhin festzustellen, dass er das mit dem *lieben Gott* noch üben musste.

Den restlichen Tag arbeitete er zähneknirschend sein Pensum ab. Diese Formulare beantworteten gar nichts, erfüllten keine Wünsche und lösten keine Probleme.

Dabei konnten Briefe so viel mehr sein! Zumindest war das früher so gewesen. Als man das, was man sagen wollte, noch auf einem Schmierpapier vorschrieb, es feilte und von Fehlern befreite, bevor man es in Schönschrift auf ein neues Blatt übertrug. Als ein Brief, der einen erreichte, noch eine richtige Bedeutung hatte, weil er von *jemandem* kam und nicht von einer Behörde oder einem Unternehmen oder der Krankenkasse. Weil dieser *Jemand* seine Gedanken handschriftlich festgehalten und keine digitalen Textbausteine oder Vordrucke versandt hatte. Und weil man den Grad der Wertschätzung auch daran erkennen konnte, welches Briefpapier benutzt worden war: normales oder doch vielleicht handgeschöpftes Büttenpapier. Dass man seinen Kindern edle Schreibbogen zum Geburtstag oder zu Weihnachten schenkte, als Zeichen dafür, dass sie jetzt groß genug waren, um ihre eigenen Briefe zu verschicken, das gab es auch nicht mehr.

Wussten die jungen Leute eigentlich noch von der Kunst, einen Liebesbrief zu schreiben? Man verfasste mit klopfendem Herzen, was man nicht auszusprechen wagte, und las mit klopfendem Herzen, was jemand anderes mit scheuen Blicken vielleicht bereits angedeutet hatte.

Freundschaften wurden gepflegt. Man formulierte konzentrierte Gedanken, die einem Einlass in die Welt eines anderen gewährten. Die man nicht flüchtig oder hastig schrieb, auf deren Antwort man warten musste, bis der Postbote sie einem brachte.

Kondolenzen.

Gratulationen.

Postkarten.

Und wenn er an die unterschiedlichen Handschriften dachte!

Sie verrieten viel über ihre Verfasser. Sie waren zackig oder rund, verspielt oder seriös, gekippt oder gerade. In jedem Fall waren sie individuell. Die Persönlichkeit uniformierte sich nicht im Gehämmer einer Tastatur.

Das Rechtschreibprogramm hieß Duden, und wenn Briefe doch zu hastig geschrieben worden waren, wenn die Hände mal schneller als der Geist gewesen waren, dann konnte man hinter durchgestrichenen Fehlern noch die Ursprungsversion eines Satzes sehen. Oder sich über einen Buchstabendreher oder den Kampf mit einem komplizierten Wort amüsieren.

Und manchmal verwandelte ein einziger Brief sogar einen Mann in eine Ikone. 1860 schrieb die elfjährige Grace Bedell einem gewissen Abraham Lincoln, dass er mit einem Bart viel besser aussehen würde, weil sein Gesicht so schmal sei. Sie versicherte ihm, dass alle Damen Bärte mochten und er mit einem Bart sicher Präsident von Amerika werden würde. Lincoln, der zuvor nie einen Bart getragen hatte und mitten im Wahlkampf war, ließ sich daraufhin tatsächlich einen wachsen und wurde Präsident von Amerika. Später traf er sich mit der kleinen Grace und dankte ihr für ihren Rat. Es war dieser eine Brief, der unser Bild von ihm für alle Zeiten verändert hat.

Und dann waren da plötzlich Bens Zeilen.

Fehlerfrei, exakt und konzentriert.

Wieso weißt du nicht, dass ich keinen Papa habe?

Eine traurige Frage.

Als Gott hatte Walter fürs Erste versagt.

Aber dieser so angenehm altmodische kleine Junge hatte ihn neugierig gemacht. Immer wieder stob sein Brief wie ein vom Wind getriebenes Papier durch die Windungen seines Gehirns. Er spürte, dass er begonnen hatte, ihm nachzulaufen, um ihn mit der richtigen Antwort einzufangen.

Ben Gregersen hatte Gott um Hilfe gebeten.

Und Gott sollte sich verdammt noch mal etwas mehr Mühe geben, ihm zu antworten.

Zum Feierabend stieg Walter auf sein Moped und fuhr die Horpestraße hinauf, bis er ein unscheinbares graues Haus erreichte. Er blickte in die Fenster im Erdgeschoss, konnte dort aber nichts entdecken.

Nirgendwo brannte Licht.

Das Haus wirkte verlassen.

Klingeln wollte Walter nicht, was hätte er auch sagen sollen?

Da sah er einen kleinen Weg, der an der Häuserwand entlang in einen verwilderten, von einem in die Jahre gekommenen Zaun eingegrenzten Garten führte.

Walter sah sich unauffällig um, öffnete das wackelige Gartentürchen und trat an ein Fenster, aus dem etwas Licht schien: das Wohnzimmer. Einfach eingerichtet und sehr unordentlich. Klamotten lagen herum, das Mobiliar wirkte staubig und auf dem Tisch im hinteren Teil standen zwei gebrauchte Essteller samt Besteck und Wassergläsern. Mittendrin hockte ein kleiner Junge vor einem großen Fernseher und sah sich ganz gebannt einen Trickfilm an.

Sonst war da niemand.

Nur der Kleine vor dem großen Fernseher.

Fast schon ein Stillleben im nervösen Geflacker eines Kinderprogramms.

Das also war Ben.

Walter schlich zurück zu seinem Moped und wusste plötzlich, was er ihm schreiben würde.

14

Lieber Ben,

*eigentlich nervt es mich, von den Menschen
dauernd infrage gestellt zu werden. Weil
du aber ein netter Junge bist, der gerne allein
SpongeBob im Fernsehen guckt, gelbe
T-Shirts mit Bugs Bunny drauf trägt und
ruhig mal den Wohnzimmertisch abräumen
könnte, will ich mal nicht so sein und dir
schreiben: Doch, ich weiß alles. Ich reagiere
nur nicht immer drauf.*

Alles Liebe

Gott

Walter sah auf den Brief und fand, dass er langsam besser wurde. Die Antwort war nicht gerade überirdisch, aber immerhin akzeptabel.

Sorgfältig packte er den Brief in einen Umschlag und brachte ihn zur Post.

Ein paar letzte Feierabendler fuhren noch durch Ründeroth, die Geschäfte hatten bereits geschlossen, Laternen schimmerten milchige Kegel auf Bürgersteige. Die meisten Leute waren jetzt zu Hause und würden es bis morgen früh auch bleiben.

Bei seiner Rückkehr entdeckte er vor seiner Haustür einen vertrauten Schatten, nur schwach beschienen vom Zwielicht, das sich vom Hauptweg in die Gasse streckte. Seine Ex-Frau trat ihm entgegen und versuchte sogar so etwas wie ein Lächeln.

»Hallo!«, grüßte sie.

»Hallo, Barbara«, grüßte er vollkommen verdattert zurück.

Er hatte sie seit Jahren nicht mehr gesehen.

Sie hatte sich gut gehalten, jedenfalls um einiges besser als er selbst.

»Du wunderst dich sicher, mich hier zu sehen?«, fragte sie vorsichtig.

»Ja«, gab Walter ein wenig schroff zurück. »Was kann ich für dich tun?«

Sie zögerte mit der Antwort, sah sich ein wenig hilflos um.

»Möchtest du vielleicht reinkommen? Ich könnte uns einen Kaffee machen?«

Sie nickte. »Ja, das wäre schön.«

Er schloss auf, ließ sie rein, betrat mit ihr das Wohnzimmer.

»Setz dich! Bin gleich zurück.«

Dann eilte er in die Küche, setzte Kaffee auf und kam ein paar Minuten später mit einem Tablett wieder.

»Du hast es noch?«, fragte sie lächelnd.

Das Tablett war knapp vierzig Jahre alt.

Sie hatten es zur Hochzeit geschenkt bekommen.

»Ja, du weißt doch, ich schmeiße nichts weg.«

»Ja, weiß ich.«

Er reichte ihr eine Tasse.

»Schwarz, ohne Zucker?«

»Ja.«

»Hat sich nichts geändert«, antwortete Walter leichthin, konnte aber an ihrem Mund sehen, dass sie eine Antwort im letzten Moment verschluckte: Es hatte sich *alles* geändert.

Sie wussten es beide.

»Also«, begann er von Neuem, nachdem sie beide einen Schluck getrunken hatten. »Worum geht's?«

»Es geht um Sandra.«

Walter schwieg.

Genau wie Barbara.

Sie wirkte viel moderner als er, fand Walter, jünger und frischer, vielleicht, weil sie ihr Haar färbte und sich dezent schminkte. Ob sie immer noch so gern ausging? Ob sie jemanden hatte? Verehrer gab es sicher genügend.

»Du bedeutest ihr so viel«, begann Barbara erneut.

Walter schwieg.

»Das Jahr ohne dich war sehr hart für sie. Sie hat dich sehr vermisst.«

Er war versucht, ihrem Schlägerfreund Uwe die Schuld dafür zu geben, dann aber besann er sich und murmelte: »Es tut mir leid.«

Eine Weile sah sie ihn an, als versuchte sie, noch bevor sie ihm überhaupt den Grund ihres Erscheinens preisgegeben hatte, abzuschätzen, ob ihr Kommen wirklich eine gute Idee gewesen war.

Dann aber straffte sie sich ein wenig und fragte: »Was

hältst du davon, dieses Weihnachten bei Christian zu feiern?«

Walter sah sie überrascht an.

Nach all den Jahren des Schweigens schien Barbara ihm die Hand entgegenzustrecken.

Es machte ihn sprachlos.

»Du könntest deinen Enkel kennenlernen«, fuhr Barbara fort. »Er ist wirklich ein netter Junge.«

»Ja?«, fragte Walter neugierig.

»Ja, ihr könntet euch *gegenseitig* kennenlernen. Findest du nicht, dass es an der Zeit wäre? Der Junge ist schon sieben.«

»Hm«, machte Walter unbestimmt.

Um nach einer Pause anzufügen: »Und Christian?«

»Er würde sich freuen, wenn du kämst.«

»Hat er dich vorgeschickt?«

»Er ist stolz. Wie du. Ihr seid euch ohnehin in vielen Dingen ähnlich.«

»Aber es ist sein Haus! Er sollte mich hereinbitten«, entgegnete Walter.

»Walter, bitte, können wir das lassen? Das sind alberne Formalitäten.«

Er zuckte mit den Schultern.

»Und unabhängig davon, ob du vielleicht findest, dass es keine gute Idee ist. Für Sandra wäre es wichtig. Familie bedeutet ihr alles.«

»Familie …«, antwortete Walter.

Ein Wort wie aus den Tiefen einer eingestürzten Welt.

Weit entfernt und unendlich nah.

Barbara ließ ein paar Sekunden verstreichen, bevor sie

fragte: »Vielleicht lassen wir die Vergangenheit hinter uns und sehen nach vorne?«

»Können wir das denn?«, fragte Walter zurück.

»Wenn *du* es willst: ja.«

Walter sah sie scharf an. »Wenn *ich* es will?«

»Ja.«

»Und *du* hast damit nichts zu tun?«

Er konnte sehen, wie sich ihre Finger zu Fäusten ballten.

Dennoch antwortete sie ruhig: »Lass uns diese Tür nicht öffnen.«

»Nicht öffnen? Wie wäre es, wenn wir sie erst mal schließen? Wie wollen wir denn in die Zukunft blicken, wenn diese Tür sperrangelweit offen steht?«

»Lass uns bitte nur über Weihnachten sprechen!«

»Ich spreche doch über Weihnachten. Ist es nicht das Fest der Nächstenliebe?«

Barbaras Mund zog sich zu einem Strich zusammen, dann zischte sie: »*Du* willst über Nächstenliebe sprechen? Gerade *du*?«

»Warum nicht?«

Sie sprang auf und rief: »Ich wusste, dass es keine gute Idee war, hierherzukommen!«

Walter sprang ebenfalls auf. »Ich habe dich nicht darum gebeten!«

»Du wirst dich nie ändern, Walter! Nie!«

»Dann haben wir etwas gemeinsam, Barbara. Nur dass du es nicht wahrhaben willst!«

Sie sah sich nach ihrem Mantel um. »Die Hölle sind immer die anderen, was, Walter?«

»Nicht meine Schuld!«, gab er kühl zurück.

»Ist es nie!«, schrie sie beinahe. »Es ist nie deine Schuld! Du bist einfach kein guter Mann, Walter! *Das* ist das Problem!«

Sie rauschte an ihm vorbei, warf sich den Mantel über und verließ sein Haus türknallend.

Er stand nur da.

Spürte zuerst die Wut, die durch ihn hindurchrauschte, dann aber, in ihrem Schatten, eine solche Leere, dass ihm die Knie schwach wurden und er sich zittrig in einen Sessel fallen ließ. Da saß er und sah erschöpft in das Wohnzimmer eines Junggesellen, funktional eingerichtet, ohne Sinn für Ästhetik oder heimelige Schnörkel. Möbel, die aus der Mode gekommen waren, ein alter Fernseher, angeschlagenes Geschirr und angelaufene Gläser. Nichts war weggeworfen worden, nichts hinzugekommen. Es war, als wäre die Zeit in seinem Haus stehen geblieben.

Er war ein Gefangener.

Ohne Aussicht auf Vergebung.

Er blickte auf und sah das Foto im Schrank.

Ein Schnappschuss in einem silbernen Rahmen.

Ein abgekämpfter, glücklich lachender Teenager-Walter in einem Fußballtrikot, auf den Schultern getragen von seinen jauchzenden Kameraden. Mit der rechten Hand einen Pokal in die Höhe haltend.

Ein Moment des Jubels und der Freude.

Des Glücks.

Zu einer Zeit, als sie alle noch frei waren.

15

Walters Fußballtalent wurde jedem offenbar, der ihn spielen sah, blieb aber in einer Zeit, in der Fußball nur bedingt ein Geschäft und Späher allein ein Begriff aus dem Kalten Krieg war, lange unentdeckt. Zwar trainierte der große 1. FC Köln genau wie der aufstrebende Zweitligist Bayer Leverkusen nicht weit von Engelskirchen, dazwischen aber lagen Hügel und verschlungene Bundesstraßen. Erst seit zwei Jahren gab es einen Autobahnanschluss in die großen Städte, sodass der Blick vom Rheinland ins Bergische noch nicht sehr geübt war.

Von Kindesbeinen an überwand Walter mühelos die Abwehrlinien seiner Gegner und schoss Tor um Tor, aber außer seinen Mitspielern und deren Eltern, ein paar Vereinsgranden und natürlich denjenigen, die gegen ihn spielen mussten, kannte ihn eigentlich niemand.

Später dann, als erster Flaum seine Wangen zierte und Walter sich den Engelskirchener Jugendfußballern anschloss, war er der unumstrittene Star seiner Schulklasse in Rründeroth. Mit einem Jungen, der Gegnern aus Lindlar, Gummersbach oder Wiehl das Fürchten lehrte, wollten die anderen Jungs befreundet sein. Mädchen schmachteten ihn heimlich an oder liefen errötend davon, wenn er sie anlächelte.

Walter tröstete sein Talent über den Umstand hinweg, dass er ansonsten nur ein sehr mäßiger Schüler war. Er ging auf die Gemeinschaftshauptschule in Ründeroth, wenn auch immerhin als Realschüler. Im Kopf hatte er nichts außer Fußball und er tat sich schwer, einen Sinn in ermüdenden Mathe- oder Englischstunden zu sehen. Glücklicherweise waren seine Lehrer der beiden Fächer Fußballfans. Ihm wurde so ein Bonus zuteil, den er eigentlich gar nicht verdient hatte.

So konnte man sagen, dass Walter ein sehr bescheidenes, aber auch sehr glückliches Leben führte. Zwar war sein Vater bald nach seiner Geburt bei einem Arbeitsunfall ums Leben gekommen, aber seine Mutter vergötterte ihn. Sie arbeitete als Verkäuferin in einem Lebensmittelgeschäft, eilte Tag für Tag um zwölf Uhr zur Mittagspause nach Hause, bereitete Walter eine Mahlzeit, drängte ihn zu seinen Hausaufgaben, die er so lange hinauszögerte, bis sie kurz vor fünfzehn Uhr wieder losmusste. Erst nach Ladenschluss um achtzehn Uhr dreißig kehrte sie zurück.

Genügend Zeit für ihn, zu kicken oder durch den Spätnachmittag zu bummeln. Auf Bänken zu hocken und mit den anderen Jungs über Fußballmannschaften oder Mädchen zu diskutieren. Über die nächste Fete, die anstand, und die vage Hoffnung, Blues zu tanzen und vielleicht ein bisschen knutschen zu dürfen. Wobei man allein Walter zutraute, mit einem Mädel anzubändeln, sodass die anderen Jungs ihn stets ermutigten, voranzugehen. Am besten bei einer wie Susanne Metzen oder Petra Schmitz, deren körperliche Entwicklung bei den meisten von ihnen in gleichem Maße für Herzrasen und Angststarre sorgte. Und natürlich in der nicht ganz uneigennützigen Hoffnung, dass er ihnen später berichtete, wie *es* war.

So auch in dem Sommer, in dem das große Spiel anstand.

Ein Jugendturnier in Engelskirchen, an dem Mannschaften aus der Umgebung teilnahmen und die C-Jugend des 1. FC Köln, von der aus guten Gründen erwartet wurde, dass sie alle anderen unangespitzt in die Erde rammen würde.

Endlich kam der Juli.

Seit Wochen beherrschte *Rivers of Babylon* von Boney M. die Hitparade, die Vader Abraham mit dem *Lied der Schlümpfe* abgelöst hatten, ein infantiler Nonsens-Song, der Erwachsene begeisterte und Jugendliche nervte. Beide Songs donnerten am Tag des Turniers über die Lautsprecheranlage, die zwischen Luftballons, Girlanden, Bierbuden und Kuchenständen stand. Mehr noch als auf die Spiele und die Junioren des FC, die man ehrfürchtig erwartete, freuten sich alle auf das große Sommerfest, das sich an das Turnier anschließen würde.

Mit echter Freiluftdisco!

Die Veranstalter hatten die Mannschaften so eingeteilt, dass die Engelskirchener erst im Endspiel auf die Jugendmannschaft des 1. FC Köln treffen konnten, und als das Turnier schließlich begann, entwickelte es sich so, wie von allen erwartet: Die FC-Buben schossen ihre Gegner zweistellig vom Platz, die Engelskirchener gewannen ihre Spiele zwar souverän, aber ohne Kantersiege.

Am späten Nachmittag dann das Endspiel.

Es wurde ein Spiel, das allen noch lange im Gedächtnis bleiben sollte.

Egal wie oft die FC-Spieler in Führung gingen – Walter glich wieder aus. Das machte schließlich seinen eigenen Kameraden so viel Mut, dass sie sich gegen den deutlich überlegenen Gegner zu stemmen begannen und die Bälle, wann immer sie konnten, nach vorne droschen, wo ein pfeilschneller und zweikampfstarker Walter die gegnerischen Verteidiger zur Verzweiflung trieb.

Kurz vor Schluss stand es vier zu vier.

Da eroberte Walter den Ball, setzte zu einem letzten gewagten Dribbling an und entschied die Partie mit einem krachenden Vollspannschuss.

Der Jubel kannte keine Grenzen mehr.

Es war, als hätten plötzlich alle vergessen, dass es nur ein vollkommen bedeutungsloses Jugendturnier war. In dieser verschlafenen Gegend, in der sonst nicht viel passierte, empfand man Walters Siegtreffer als Sensation. Er wurde auf Schultern getragen und hielt dabei den kleinen Siegerpokal in den Händen. Jemand machte ein Foto, das zwei Tage später groß im Lokalteil der Zeitung auftauchte.

Dieser Ruhm blieb auch bei Susanne Metzen nicht ohne Wirkung: Während die anderen zu Queens *We are the Champions* bierselig grölten, verführte sie Walter noch in derselben Nacht hinter dem Vereinshäuschen. Ein aufregendes Erlebnis, das Walter seinen Kameraden verschwieg.

Doch nicht das Intermezzo mit Susanne in der Nacht, der Jubel, das Schulterklopfen, die Begeisterung oder die fünf geschossenen Tore waren der Grund dafür, dass Walter dieses Spiel auf ewig in Erinnerung blieb. Die wahre Krönung folgte ein paar Tage später, als der gegnerische Trainer in ihrem Wohnzimmer saß und fragte, ob er sich nicht dem FC anschließen wolle.

Walters Kopf summte vor Glück, seine Mutter aber blieb trotz ihres unbändigen Stolzes realistisch. »Wie soll das funktionieren?«, fragte sie. »Walter wohnt hier. Wir haben kein Auto, und selbst wenn, könnten wir uns die Sache weder zeitlich noch finanziell leisten.«

Walter starrte sie an und wusste, dass sie recht hatte. Ihm war, als hätte ihn jemand in eine tiefe Grube gestoßen.

»Er ist jetzt vierzehn, nicht wahr?«, fragte der Trainer.

Sie nickten beide.

Dann legte der Trainer seine Visitenkarte auf den Wohnzimmertisch und sagte: »Du bist noch sehr jung, Walter. Wenn du mit der Schule fertig bist, ruf mich an.«

»Wirklich?«, fragte Walter.

»Ja, wirklich. Niemand weiß, ob es ein guter Jugendspieler mal in die erste Mannschaft schafft, aber du hast eine echte Chance.«

Walter sah seine Mutter an.

Die bestimmte: »Erst die Schule. Und dann muss er einen Beruf lernen. Wenn er dann noch will – dann soll er.«

Der Trainer nickte. »Du hast eine tolle Mutter, Walter. Also, wenn du so weit bist, dann kommst du zu mir. Ich werde auf dich warten. Und dann sehen wir, wohin dein Weg dich führt. Einverstanden?«

Sie gaben sich die Hände.

Dann ging der Trainer.

Später am Abend kam seine Mutter an sein Bett und sagte: »Ich weiß, dass du enttäuscht bist, Walter. Aber du musst mir vertrauen.«

Er nickte und gab ihr einen Kuss.

Es gab niemanden, dem er so vertraute wie ihr.

16

Ein knappes Jahr später endete für Walter die Schulzeit mit einem passablen Realschulabschluss, und obwohl er nichts mehr wollte, als den Trainer in Köln zu kontaktieren, folgte er den Plänen seiner Mutter, suchte sich einen Lehrberuf und fand den des Postboten.

Er war fünfzehn Jahre alt, nach zweieinhalb Lehrjahren wäre er fast volljährig. Und dann endlich würde er die Nummer anrufen, die er auswendig kannte, die er an die Wand über seinem Bett gepinnt hatte und immer wieder sehnsuchtsvoll anstarrte.

Das große Spiel war noch lange Zeit in aller Munde und verblasste erst, als die Handballerinnen des VfL Engelskirchen in die Erste Bundesliga aufstiegen. Dennoch war Walter eine lokale Berühmtheit geworden und ohne ein Übermaß an Eitelkeit genoss er diesen Status sehr. Er grüßte und wurde gegrüßt, er plauderte bald mit diesem, bald mit jenem und alle hielten ihn für einen guten Jungen, der gerne lachte und Herzen für sich gewinnen konnte.

Mit Skepsis begegneten ihm nur einige seiner neuen Kollegen bei der Post, denen sein sonniges Gemüt und sein natürlicher Charme suspekt waren. Vor allem sein Ausbilder Kurt Kettler, ein Mann in den Fünfzigern, hager und ergraut, beäugte ihn argwöhnisch, denn Walter konterkarierte förmlich die feierliche Strenge, mit der er und seine Kollegen ihre Hoheitsaufgaben erfüllten. Das Postwesen war eine ernste Sache, Staatsdienst, den Beamte ausübten, die keine Zeit für Witze oder Lachen hatten. Ihr Amt war für sie nicht nur Arbeit, sie waren erfüllt von der Idee, niemals Fehler zuzulassen und immer Vorbild zu sein.

Was Walter aber noch mehr irritierte als die betonte Bedeutsamkeit seiner Kollegen, war Kurt Kettlers Hand – beziehungsweise ihre Abwesenheit. Links steckte eine Prothese aus Plastik in seinem Armstumpf, die er mit einem schwarzen Handschuh kaschierte. Walter hatte zwar schon Menschen mit Kriegsverletzungen gesehen, aber mit ihnen zusammengearbeitet hatte er noch nicht.

Kurt Kettler dagegen betrachtete einen Sonnenjungen wie Walter mehr als misstrauisch. Er war überzeugt, wer so den Versuchungen der Jugend ausgesetzt war, wer von anderen gefeiert und bewundert wurde, war nicht in der Lage, seinen Dienst korrekt auszuführen. Nein, er wäre nicht einmal in der Lage, sein Leben korrekt auszuführen!

Kurt Kettler hatte also schon reichlich Vorurteile gegen Walter, noch bevor der überhaupt einen Fuß ins Amt gesetzt hatte.

Aber er sollte irren.

Denn Walter begriff zu Kurt Kettlers Überraschung schnell, was an täglicher Arbeit von ihm erwartet wurde: Telegrammdienst, Postscheckdienst, Brief- und Paketdienst. Nichts stellte Walter vor Probleme, er arbeitete geschickt und ohne Fehler. Obwohl er, wie Kettler fand, mit seinen unordentlichen Haaren ein wenig wie ein Hippie aussah, musste er sich doch eingestehen, dass er den lustigen, jungen Burschen falsch eingeschätzt hatte. Ja, es regte sich in ihm sogar die Hoffnung, dass Walter tatsächlich einmal ein richtig guter Mann werden könnte, sodass er ihn ein paar Monate nach Beginn seiner Lehre zu sich rief, um ihn zu prüfen.

Als Walter in Kettlers Büro trat, erwartete ihn nicht nur Kettler, sondern auch sein Stellvertreter Schmitz und Postmann Dietmar Schäfer.

Kettler bot ihm einen Platz auf dem einzigen Stuhl an und forderte dann: »Walter, erklären Sie uns den Unterschied zwischen Wertsack und Wertbeutel.«

Walter antwortete: »Der Wertsack ist ein Beutel, der nicht Wertbeutel, sondern Wertsack genannt wird, weil sein Inhalt aus mehreren Wertbeuteln besteht, die im Wertsack nicht verbeutelt, sondern versackt werden.«

Kettler nickte zustimmend.

Genau wie die anderen.

»Und die Fahne?«, fragte Kettler.

»Obwohl der Wertsack Wertsack heißt, wird die zu seiner Bezeichnung verwendete Wertbeutelfahne auch bei einem Wertsack Wertbeutelfahne genannt. Nicht Wertsackfahne, Wertsackbeutelfahne und schon gar nicht Wertbeutelsackfahne.«

Die drei blickten sich kurz an.

Man war zufrieden, aber jetzt kam die Königsfrage. Die, die einen guten von einem hervorragenden Postmann unterschied.

»Und bei Komplikationen?«

Walter räusperte sich und antwortete dann: »Sollte sich bei der Inhaltsfeststellung eines Wertsacks herausstellen, dass ein in einem Wertsack versackter Versackbeutel statt im Wertsack in einem der im Wertsack versackten Wertbeutel hätte versackt werden müssen, so ist die infrage kommende Versackstelle unverzüglich zu benachrichtigen.«

»Ausgezeichnet!«, rief Schmitz.

Kettler gebot mit der schwarzen Hand der schmitzschen Begeisterung Einhalt. Eine letzte Frage wollte noch beantwortet sein.

»Was passiert mit leeren Säcken?«

Walter entgegnete prompt: »Nach der Leerung wird der Wertsack wieder zu einem Beutel. Er ist in der Beutelzählung nicht als Sack, sondern als Beutel zu zählen.«

Schäfer rief begeistert: »So einen guten Jungboten hatten wir noch nie!«

Kettler stimmte schweigend zu.

Und lächelte.

Es war das erste Mal, dass Walter ihn während seiner Ausbildung lächeln sah.

Man gab ihm feierlich die Hand, dann durfte er gehen und wurde fortan wie ein richtiger Postmann behandelt.

Und so seltsam diese Prüfung auch anmutete, so weitreichend waren ihre Folgen. Denn es war eben diese kleine Prüfung, die Walters Lebensweichen neu stellte. Und das auf so ungeahnte Art, dass sich alles, aber auch alles, für ihn verändern würde.

17

In jenen Zeiten, als die Post noch ein Amt und die Zustellung noch nicht perfektioniert war, als die Boten ihre Briefe selbst sortierten, arbeitete der durchschnittliche Briefträger von sechs Uhr in der Früh bis etwa dreizehn Uhr am Mittag. Montags oft nur bis elf oder elf Uhr dreißig, weil samstags weniger Post eingeworfen wurde. Zeit genug für die Fleißigsten, noch einen zweiten Job anzunehmen, um ihr Gehalt aufzubessern oder, wie in Walters Fall, eifrig für die Profikarriere zu trainieren.

Eigentlich verging kein Tag, an dem er nach dem Mittagessen zu Hause nicht die Visitenkarte in die Hand nahm und sich vorstellte, was er in zwei Jahren sagen und was der Trainer dann antworten würde. Wusste er, dass er in der Mittelrheinauswahl spielte? Dass er in die Junioren-Nationalmannschaft berufen worden war, sich Trainingslager oder Turniere aber wegen seiner Arbeit nicht erlauben konnte?

In zwei Jahren würde er frei sein.

Er würde anrufen und vielleicht für die Zweite Mannschaft spielen dürfen. Sich an die neue Belastung, an das höhere Niveau gewöhnen und vielleicht einmal die Chance bekommen, mit den ganz Großen zu kicken: Flohe, Müller, Schuster, Cullmann oder Schumacher.

Wäre das nicht unwahrscheinlich wunderbar?

Oder einfach nur unwahrscheinlich?

Walter hatte sich von seiner Mutter überzeugen lassen, dass eine Ausbildung etwas war, worauf man immer zurückgreifen konnte, etwas, das da war, wenn es mit dem großen Traum nicht funktionieren würde. Kleine Leute, erklärte sie ihm, hatten keine großen Träume, und wenn doch, dann bewies oft ein einfacher Arbeitsunfall, dass das Schicksal allzu hochfliegende Wünsche unbarmherzig korrigierte.

Walter verstand das.

Und doch kitzelte ihn jeden Morgen die Vorstellung, nicht nur Postbote zu sein. Es war, als stünde er an einer dieser Kirmesbuden, an der man sich ein dünnes Fädchen aussuchen durfte, um daran zu ziehen. Hunderte Fädchen lockten da, aber Walter war sich sicher, wenn er nur an diesem einen zog, das er in der Hand hielt, würde sich alles für ihn verändern.

Das tat es auch – nur anders, als er dachte.

Im Juni 1980 überraschte ihn Kurt Kettler mit einem Angebot, das noch keinem Jungboten gemacht worden war. »Wir haben eine Anfrage auf Amtshilfe auf Juist.«

Walter sah ihn fragend an.

»Wie Sie wissen, mein Junge, ist hier in den Sommerferien wenig los. Die Menschen machen Urlaub. Das hat zur Folge, dass die Postboten hier zu wenig zu tun haben und an den Ferienorten gebraucht werden.«

»Sie wollen mich nach Juist schicken?«, fragte Walter ungläubig.

»Das will ich!«

Walter nickte stolz, dankte es ihm überschwänglich und wurde für die Sommersaison nach Juist ausgeliehen.

Es war das erste Mal, dass er Ründeroth für längere Zeit verließ, das erste Mal, dass er etwas anderes sah als das Bergische Land. Nämlich eine lang gezogene, aber sehr schmale Insel mit einem herrlichen Strand und zumindest in jenem Sommer geradezu traumhaftem Wetter. Obwohl es viele Touristen vom Festland gab, war die Insel nicht überfüllt, und um der Wahrheit die Ehre zu geben, die Arbeitstage waren doch deutlich kürzer als die in Engelskirchen. Walter vermutete, dass nicht akuter Personalmangel zu seiner Reise geführt hatte, sondern Kurt Kettlers Wohlwollen. Der Mann mit der schwarzen Hand, der niemals lobte, selten lächelte oder irgendetwas Persönliches von sich preisgab, hatte Walter ganz offensichtlich gern und das war seine Art, es ihm zu zeigen.

Für Walter wurde der Sommer auf Juist zu einem einzigen Rausch.

Ab Mittag verbrachte er die Tage am Strand.

Spielte mit Fremden Fußball im Sand.

Traf sich abends mit seinen neu gewonnenen Kickerkumpanen auf eine Cola in einem der Restaurants oder einer der Bars.

Aber mehr noch als das schöne Wetter, das ihm eine nie gekannte Bräune auf die Haut malte, als der frische Wind, die herrlich salzige Luft und die gut gelaunten Menschen prägte eine dienstliche Zustellung den Aufenthalt auf Juist: Rudolf Neisser bekam ein Einschreiben.

Seit vielen Jahren schon residierte Neisser mit seiner

Familie an Juists erster Hoteladresse: dem Kurhotel. Ein repräsentativer weißer Prachtbau, der erhaben über Strandpromenade und Sandstrand thronte und von dort über das Meer blickte. Ein Ort der Exklusivität, des Amüsements und trotz seiner prominenten Lage abgeschieden. Ein Haus, von dem man erwartete, dass elegant gekleidete Menschen in vornehmer Zurückhaltung dort ein und aus gingen.

Wer hier seine Sommerfrische verbringen konnte, war entweder reich geboren, führte ein gut gehendes Unternehmen oder eine Bank. Für die Patriarchen dieser Konzerne, und Rudolf Neisser war ganz eindeutig einer der altmodischen Sorte, ruhte das Geschäft natürlich auch im Urlaub nicht. Diese Männer wurden oft wegen eines Telefonats vom Strand ins Haus gerufen, man sah sie Akten lesen oder abends an der Theke mit anderen Männern rauchend und trinkend neue Geschäfte anbahnen.

Walter wurde schnell bekannt mit Neisser: Einschreiben, Telegramme, Eilzustellungen. Und für Neisser war er bald *der Junge von der Post*, der immer wieder an seine Zimmertür klopfte und dem er gerne eine Mark Trinkgeld gab.

Walter erfuhr durch Zufall, dass Neisser den Hotelpagen, der abgesehen von den Einschreiben eigentlich für die finale Zustellung der Post zuständig gewesen wäre, nicht leiden konnte. Neisser war es gewohnt, Menschen zu bewerten, und seine Urteile waren stets endgültig. Er wollte, dass Walter ihm die Post brachte, und was Neisser wollte, das bekam er auch.

Kurz darauf verdächtigte man diesen Pagen, gestohlen

zu haben, worauf er seine Anstellung verlor. Als Neisser es gegenüber Walter erwähnte, brüstete er sich damit, dass ihm niemand etwas vormachen könne. Walter war sehr beeindruckt davon.

Etwa eine Woche nach Neissers Ankunft klopfte Walter also wieder einmal an dessen Suite, erwartete die dröhnende Bassstimme und die wuchtige Gestalt, der immer auch ein Duft von Zigarre und Kölnisch Wasser voranwehte, mit den gewaltigen Handgelenken und den immer hochgekrempelten, die nicht minder gewaltigen behaarten Unterarme freilegenden Hemdsärmeln.

Doch als sich dieses Mal die Tür öffnete, stand dort ein etwa fünfzehnjähriges Mädchen. Blond und blauäugig, schlank und so bezaubernd, dass Walter gar nicht anders konnte, als sie fassungslos anzustarren.

»Ja?«, fragte sie.

Walter wusste, dass er antworten musste, aber es fiel ihm kein sinnvoller Satz ein. Das wiederum schien sie zu amüsieren, sie musterte ihn neugierig und fragte dann: »Du willst bestimmt zu meinem Vater?«

»Dein Vater?«, fragte Walter.

»Ja. Wir machen alle zusammen Urlaub hier. Mama, meine älteren Brüder und Papa. Soll ich ihn rufen?«

»Ich … Ich …«

»Papa?«

Sie hatte sich bereits umgewandt und erhielt von ihrer Mutter zur Antwort, dass der gerade unpässlich sei.

»Dann gib die Sachen mir«, forderte sie und streckte ihm die Hand entgegen.

»Ich warte«, antwortete Walter fest.

Sie musterte ihn ungeniert. Sie hatte bisher noch keinen Jungen getroffen, der nicht sofort sprang, wenn sie pfiff. Dieser Junge hier war anders, zwar nur ein Postbote, aber einer mit Rückgrat.

Sie streckte wieder ihre Hand aus. »Ich bin Barbara.«

Walter ergriff sie und antwortete: »Ich bin Walter.«

Er hielt ihre Hand fest und hoffte, sie nie wieder loslassen zu müssen.

18

Ab diesem Moment hatte für Walter das Meer eine andere Farbe, die Luft einen anderen Geruch und der Tag ein anderes Licht. Die Nächte aber waren plötzlich von einer solchen Sehnsucht erfüllt, dass er nicht einschlafen konnte, und wenn, dann träumte er von ihr.

Morgens ging er voller Ungeduld seiner Arbeit nach, kontrollierte als Erstes, ob es Post für die Neissers gab, eilte mit seinem Handwagen von Haus zu Haus, um schließlich an die Suite zu klopfen, in der Hoffnung, *sie* würde die Tür öffnen. Dann starrte er Barbara an, was sie mit einem wissenden Lächeln quittierte, gab seine Post ab und eilte nach getaner Arbeit zum Strand, um sie zu suchen.

Am ersten Tag nach ihrer Begegnung schlich er in respektvollem Abstand um die Schirme und Liegen der Neissers herum, gab vor, sich zu sonnen, und suchte doch immer wieder ihren Blick. Sie tat, als sähe sie ihn nicht, aber sie sah ihn natürlich. Und je öfter sie hinblickte, wenn sie glaubte, *er* würde es nicht bemerken, desto mehr gefiel er ihr.

Zwei Tage später lag er schon ein wenig näher an den Neissers und wieder einen Tag danach nur noch einige Meter entfernt. Mittlerweile erwiderte sie ungeniert seine Blicke und fragte sich, wann er es wohl wagte, ganz an sie heranzutreten.

Der Zufall wollte es, dass sich am selben Nachmittag ein Touristen-Fußballspiel am Strand ergab und damit für Walter die Gelegenheit zu glänzen, was ihr natürlich nicht verborgen blieb, genauso wenig wie Rudolf Neisser. Er hatte zwar nicht bemerkt, was da unter seinen Augen gerade vor sich ging, aber erkannte Walters Talent und winkte ihn nach dem Kick zu sich heran.

»Ein verdammt guter Fußballer bist du!«, stellte Rudolf fest. »Wie heißt du, mein Junge?«

»Walter.«

»Guter Mann!«, lobte Neisser und die Art, wie er es sagte, ließ keinen weiteren Zweifel zu.

Er hatte sein Urteil gefällt.

Walter nahm es dankbar an und sah an den hochgezogenen Augenbrauen von Frau Neisser, dass sie sehr wohl mitbekommen hatte, was da für ein wildes Blicke-Pingpong zwischen ihm und ihrer Tochter stattfand, aber unentschlossen war, was sie davon zu halten hatte. Da sie aber nichts weiter unternahm, um das Techtelmechtel zu unterbinden, wagte Walter es am nächsten Tag, zu fragen, ob er sich vielleicht zu der Familie setzen dürfe.

Rudolf Neisser erlaubte es ihm.

So lernte Walter nicht nur Barbaras Mutter Renate, sondern auch Barbaras volljährige Brüder Stefan und Thomas kennen, auch wenn die beiden lieber ihrer eigenen Wege gingen und sich bald von der Gruppe absonderten. Es war ihnen anzusehen, dass sie den Familienurlaub hassten und ihn nur deswegen angetreten hatten, weil ihr Vater es so wollte und keinen Widerspruch duldete. Noch rebellierten sie im Stillen, mit kleinen Gesten und Sticheleien, aber unter der Oberfläche rumpelte es wie im Kegel eines aktiven Vulkans.

Als Rudolf mal wieder wegen eines Telefonats hereingerufen wurde und Renate bald darauf die Toiletten aufsuchte, ergriff Walter Barbaras Hand. Sie erwiderte das zärtliche Streicheln. Beide glaubten sie, das Hämmern ihrer Herzen müsste noch auf der Terrasse des Hotels zu hören sein.

Da waren nur noch sie.

Und sonst nichts.

Als Renate zurückkehrte, ließen sie einander los und fühlten nichts als untröstliches Bedauern.

Sie begannen, sich in der kurzen Zeit zwischen Strand und allabendlichem Restaurantbesuch heimlich zu treffen. Für sie war es, als würde dieser Sommer ewig dauern, als ob ihnen alle Zeit der Welt bliebe auszusprechen, was gar nicht mehr ausgesprochen werden musste.

Bis schließlich sie es war, die es nicht mehr aushielt, und ihn küsste.

Und als sie es tat, waren sie beide sicher, dass es für immer sein würde.

Sie schworen es einander sogar, so wie nur Teenager Eide ablegten, denen die erste Liebe den Kopf verdrehte. Die Neissers stammten aus Lindlar, lächerliche zwölf Kilometer von Ründeroth entfernt. Musste ihre Begegnung da nicht Bestimmung sein?

Irgendwann hatte selbst Rudolf begriffen, wie es um seine Tochter bestellt war, vielleicht, weil ihm seine Frau einen Wink gegeben hatte, vielleicht, weil seine liebe Kleine so selig benebelt durch die Räume tippelte, als hätte sie Drogen genommen.

Da lud er Walter am Strand zum Abendessen ein. Walter sagte erfreut zu, ohne das skeptische Grinsen der älteren Brüder zu bemerken oder Renates abwesenden Blick.

Geschrubbt und gewienert erschien Walter pünktlich in einem Haus in den Dünen, das sich als Edelrestaurant mit einer wunderbaren Terrasse herausstellte. Von dort sah man die See und einen spektakulären Sonnenuntergang im Westen.

Das Gespräch plätscherte dahin, Neisser fragte Walter nach seiner Familie und dem, was er so in seiner Freizeit trieb. Er zeigte sich sehr beeindruckt, als er von Walters Fußballerfolgen hörte. Sogar an den Artikel über den Sieg gegen die FC-Junioren konnte er sich erinnern, samt dem Foto des überragenden Spielers des Turniers, wenn er Walter auch nicht wiedererkannt hätte.

»Und?«, fragte er schließlich. »Willst du Profi-Fußballer werden?«

Seine Stimme hatte einen kaum merklichen Unterton.

Die leise Warnung eines Vaters, der das Beste für seine Tochter wünschte – und das war kein Fußballspieler. In jedem anderen Gespräch hätte Walter seinem Gegenüber mit glänzenden Augen versichert, dass er seine Chance wahrnehmen und nach den Sternen greifen wolle, hier aber saß er und blickte scheu zu Barbara, die ihm bezaubernder vorkam als alles, was er je in seinem Leben gesehen hatte, und dachte: Was, wenn du den einen Traum gegen einen anderen tauschst?

Was, wenn sie dein Schicksal ist?

So antwortete er vorsichtig: »Ich will meiner Mutter zurückgeben, was sie mir ermöglicht hat. Ich will sie stolz machen und nie enttäuschen.«

Renate Neisser schossen die Tränen in die Augen.

Rudolf Neisser sah ihn erstaunt an.

»Ein Familienmann!«, stellte er zufrieden fest und schnitt sich ein großes Stück Fleisch ab. »Nichts ist wichtiger als Familie, mein Junge! Nichts!«

Walter pickte in seinem Essen herum und sah, wie sich die Mienen von Stefan und Thomas spöttisch verzogen.

Barbara dagegen lächelte selig.

Weniger wegen Walter als wegen der Worte ihres Vaters, denn bei den Neissers zählte allein sein Urteil, dem sich alle unterzuordnen hatten. Rudolf Neisser aß mit großem Appetit und doch schien es, als dächte er die ganze Zeit über etwas nach. Da es aber nicht seinem Charakter entsprach, seine Überlegungen zu teilen, sondern nur deren Ergebnis zu verkünden, schwieg er.

Später am Strand liefen Barbara und Walter an der Brandung entlang und hielten sich ganz offiziell bei den Händen.

Sie waren jetzt ein richtiges Paar.

Eines, dessen Zukunft aufging wie der helle Mond über der Wasserlinie am Horizont.

19

Doch auch dieser Sommer ging zu Ende.

Die Neissers reisten ab – Walter war untröstlich.

Genau wie Barbara.

Beim Abschied schworen sie einander, sich zu schreiben, jeden Tag, und kaum war Barbara abgereist, erreichte ihn auch schon ihr erster Brief, so wie sie seiner. Es waren wunderbare Liebesbriefe, ungelenk und überbordend, voll herrlichem Pathos und ehrlicher Sehnsucht. Sie berichteten einander von ihren Tagen ohne einander, schwelgten in Erinnerungen und versprachen, auf den anderen zu warten, und wenn es eine Million Jahre dauern würde!

Ganz so lange wurde es dann aber doch nicht, denn Walters Amtshilfe endete Anfang September, und natürlich konnte er es nicht erwarten, Barbara wiederzusehen.

Seine Mutter begrüßte ihn überschwänglich und ließ sich berichten, was Walter in seinen Briefen und Postkarten an sie nur angedeutet hatte. Sie kannte die Neissers dem Namen nach, eine wohlhabende Familie, die ihr Geld im Hoch- und Tiefbau verdiente, und gab sich die allergrößte Mühe, Walter nicht an ihrer Furcht teilhaben zu lassen, dass seine Hingabe zu Barbara ein jähes Ende finden könnte, weil sie gesellschaftlich weit unter ihnen standen.

Walter dagegen war voller Selbstvertrauen. Nichts konnte seine Liebe zu Barbara trüben, niemand würde sich ihnen in den Weg stellen. Briefträger war ein ehrbarer Beruf, und wenn das nicht genügte, konnte man in einem so großen Konzern wie der Post sicher noch weiter aufsteigen. Er konnte alles schaffen, wenn er fleißig und strebsam war. Warum nicht auch das? Dennoch blieb ein großes Unbehagen, dass das Schicksal sie alle argwöhnisch beobachtete.

Walter setzte seine Lehre fort, wohlwollend gefördert von Kurt Kettler, der ihn zwar niemals lobte, aber auch niemals tadelte. Morgens kam Walter seinen Pflichten nach und konnte sich dann ab dem frühen Nachmittag aufs Fahrrad setzen und die zwölf Kilometer nach Lindlar fahren, wo er Barbara traf, um mit ihr so viel Zeit zu verbringen, wie es ihm nur möglich war. Selbst Fußball erschien ihm nicht mehr so wichtig, sodass er in diesen Wochen ein wenig widerwillig zum Training erschien und sich nach den Spielen am Sonntag sogleich wieder auf den Weg zu Barbara machte.

Fast ein Jahr verbrachte er so und stellte dabei fest, dass seine anfängliche flammende Verliebtheit eine echte Tiefe bekommen hatte, genau wie bei Barbara, die Avancen anderer Jungs derart brüsk abwehrte, dass sie bald gar nicht mehr angesprochen wurde.

Dann aber wurde Walters Mutter krank.

Dass etwas nicht stimmte, hatte er schon seit Wochen geahnt. Sie war blass und abgeschlagen, auch wenn sie versuchte, ihm gegenüber munter und aufgeräumt zu wirken. Und schließlich kam der Nachmittag, an dem ihr Arbeitgeber bei den Neissers anrief, um ausrichten zu lassen, dass Walter bitte schnell kommen solle. Rudolf Neisser fuhr ihn mit dem Wagen zum Lebensmittelladen, wo man Walter mitteilte, dass seine Mutter ins Krankenhaus transportiert worden sei.

Dort angekommen eilte er ins Zimmer seiner Mutter, die krank und zerbrechlich in einem weißen Bett lag.

Wie dünn sie war!

Walter war mehr als erschrocken, als er sie so vorfand.

»Mama?«, fragte er leise und hielt ihre Hand. »Was ist los?«

Und sie gestand ihm ebenso leise, dass man Krebs festgestellt habe.

Schon vor Wochen.

»Ich wollte es nicht wahrhaben, Walter«, sagte sie und würgte ihre Bestürzung hinunter.

»Aber … Das wird doch wieder, oder?«, fragte Walter voller Furcht.

»Bestimmt«, tröstete sie ihn.

Sie log, aber Walter wollte daran glauben.

Ihre Leber war befallen, der Krebs so weit fortgeschritten, dass sie nur noch palliativ behandelt wurde. Was ihr eine Chemotherapie ersparte und Walter zunächst in dem Glauben beließ, dass sie vielleicht doch wieder auf die Beine kommen könnte. Aber bald wurde auch ihm klar, dass sie das Krankenhaus nicht mehr verlassen würde.

So verbrachten Barbara und er ihre Nachmittage im St.-Josef-Spital an ihrem Bett.

Barbara erwies sich als sehr talentiert darin, heikle Themen zu vermeiden und andere mit kleinen Anekdoten zu belustigen, sodass ihnen allen die wenige Zeit, die noch blieb, nicht schwer wurde. Bei mehr als einer Gelegenheit versicherte Walters Mutter ihm, wie gut ihr das Mädchen gefalle.

Der Oktober kam mit windigem, unstetem Wetter.

Walters Mutter hatte ein Einzelzimmer bekommen, in dem es ganz still war und nie richtig hell. Kettler hatte Walter freigestellt und – ganz gegen seine eisernen Grundsätze – *vergessen*, seine Abwesenheit als unbezahlten Urlaub einzutragen.

Tagelang verließ Walter das Spital nicht mehr, schlief in einem freien Bett, machte sich in einem Krankenhausbad frisch. Obwohl seine Mutter dank starker Medikamente kaum noch bei Bewusstsein war, saß er an ihrer Seite, hielt ihre Hand und blickte sie unentwegt an.

Sie atmete schwer, als es zu Ende ging, aber sie schlug noch einmal die Augen auf, lächelte und sagte leise, aber sehr bestimmt: »Ja!«

Als hätte sie auf eine Frage geantwortet, die ihr Sohn ihr gestellt hatte.

Walter weinte.

Nicht fähig, ihr zu antworten, küsste er nur ihre Hände.

Presste sie gegen seine Wange.

»Mama … Mama …«

Doch das hörte sie schon nicht mehr.

20

Sein Wohnzimmer war noch immer hell erleuchtet, als Walter aus dem Traum hochfuhr. Für Sekunden war er vollkommen orientierungslos. Offensichtlich war er durch die Zeit gereist und hatte über vierzig Jahre übersprungen, um sich als alter Mann in einem Sessel wiederzufinden, während er den Schmerz über den Tod seiner Mutter wieder frisch in sich spürte.

Es war vier Uhr in der Früh und das Haus so still, als wäre es auf den Grund eines tiefen Sees abgesunken. *Ja!,* Mutters letztes Wort. Er hatte es auf seine Liebe zu Barbara bezogen, aber hatte sie es auch so gemeint? Hätte er vielleicht damals doch den Trainer anrufen und ein ganz anderes Leben führen sollen? Wäre er dann auch vierzig Jahre später mitten in der Nacht in einem Sessel erwacht und hätte sich gefragt: Wenn du hier und jetzt sterben würdest, wer würde dich dann finden? Und vor allem: wann?

Verstohlen wischte er sich mit dem Handrücken die Tränen aus dem Gesicht, wand sich mühsam hoch, räumte die Kaffeetassen und das Tablett weg und mied den Blick auf das Foto, auf dem er von seinen Mitspielern auf Schultern getragen wurde.

Dann löschte er die Lichter und ging ins Bett.

Am Morgen erschien er übellauniger als üblich zur Arbeit.

Der Streit mit Barbara und die Erinnerungen an eine Zeit, die nicht zurückkommen würde, machten ihm zu schaffen, umso mehr, als dass er nun in dieser dämlichen Christkindfiliale saß und blöde Vordrucke in Umschläge steckte.

Gegen Mittag hielt plötzlich einer der Zivilisten einen Brief in die Höhe und rief amüsiert: »Ach, schaut mal, der hier ist an den *lieben Gott*!«

Walter schoss förmlich aus seinem Stuhl und hielt dem Mann seine Hand fordernd entgegen. »Der ist für mich!«

Erstaunte Blicke im ganzen Büro.

Walter hatte wenig Lust, sich zu erklären, sondern winkte mit den Fingern den Brief herbei, dem man ihm auch anstandslos überließ. Im Gegensatz zum Wünscheterror der anderen Kinder empfand er Bens Mitteilungen als wirklich wichtig. Zu wichtig, um sie Zivilisten zu überlassen. Oder schlimmer noch: Sabine.

Nachdem noch einige amüsierte Blicke ob Walters heftiger Reaktion ausgetauscht worden waren, wandte man sich wieder dem Tagwerk zu, während Walter Bens Brief neugierig öffnete.

Lieber Gott,
du bist ja wirklich der liebe Gott! Jetzt schäme ich mich, dass ich nicht an dich geglaubt habe. Ich verspreche, ich werde ab sofort immer an dich glauben! Kannst du mir noch mal verzeihen?
Liebe Grüße
Dein Ben

Walter lächelte.

Sabine, die auf dem Weg zu einer Tasse Kaffee war, machte an seinem Schreibtisch Halt und stellte fest: »Da hat aber einer gute Laune heute!«

Irritiert blickte Walter auf. »Was?«

»Nicht, dass dich noch der Geist der Weihnacht heimsucht, Walter.«

»Möge es der Herr verhindern …«, gab Walter zurück.

Sauertöpfisch antwortete sie: »Ich wollte nur freundlich sein.«

Walter nickte. »Ich auch!«

Sie wandte sich kommentarlos ab und steuerte die kleine Küche an, verärgert über das Rumpelstilzchen, das man ihr in die Filiale gesetzt hatte. Auf dem Rückweg zischte sie: »Bitte keine handschriftlichen Briefe, Walter!«

Wenigstens wollte sie das letzte Wort haben.

»Natürlich nicht«, gab Walter ungerührt zurück.

Der *liebe Gott* würde sich sicher nicht von einer Frau wie ihr aufhalten lassen. Sie verstand gar nichts.

Walter kicherte.

Und spürte, ohne aufzusehen, Sabines Blicke auf sich brennen. Wahrscheinlich wertete sie seine Heiterkeit als Spott gegen sich. Was Walter nicht weiter störte. Ihre Belehrungen und Befindlichkeiten perlten an ihm ab wie Wassertropfen an einem Lotusblatt.

Bis zum späten Nachmittag arbeitete Walter brav sein Pensum ab und wartete dann, bis Sabine ihren Kram gepackt hatte. Als sie rausging, musterte sie ihn verwundert.

»Überstunden?«, fragte sie misstrauisch.

»Jo«, antwortete er knapp.

Es schien, als wollte sie ihm noch eine Mahnung mitgeben. Doch sie verzichtete darauf und verschwand.

Walter holte Bens Brief heraus und überlegte sich eine Antwort.

Lieber Ben,
natürlich verzeihe ich dir. Und ich freue
mich, dass du nicht mehr an mir zweifelst.
Das ist ein großes Geschenk! Vielleicht
kann ich mich ja eines Tages einmal revan-
chieren und dir auch eine kleine Freude
bereiten.
Alles Liebe
Gott

Er steckte den Brief ein und frankierte ihn.

Auf dem Weg nach Hause passierte er einen Briefkasten, sah aber am Schildchen, dass er schon geleert worden war. Wenn er den Brief jetzt einwarf, würde er nicht vor übermorgen bei Ben ankommen.

Walter schob den Brief zurück in seine Jackentasche und beschloss, dass es Zeit wäre für einen Besuch bei seinen alten Kollegen. Vielleicht ließe sich so ja auch noch ein wenig mehr herausfinden über diesen freundlichen Briefeschreiber, dem das Leben übel mitzuspielen schien.

21

Zwar hatte Walter wahrlich nicht zu den beliebtesten Mitarbeitern des Zustellstützpunkts Lindlar gehört, aber dass er am nächsten Morgen in aller Früh bei den alten Kollegen im Gewerbegebiet auftauchte, entlockte dem einen oder anderen dann doch ein erfreutes *Hallo!* oder ein herzliches Händeschütteln. Einzig seine ehemalige Chefin Sabine schien wenig angetan. Als sie ihn entdeckte, rückte sie ihr Seidentüchlein zurecht, marschierte entschlossen auf ihn zu und fragte misstrauisch: »Guten Morgen, Walter. Was machen Sie hier?«

»Nur ein Besuch bei den alten Kameraden.«

»Und Ihr neuer Job?«

»Da fahre ich gleich hin.«

Sie unterdrückte ein erleichtertes Aufatmen.

»Schön, schön. Wie gefällt es Ihnen dort?«

»Sehr gut«, antwortete Walter.

»Wirklich?«, entfuhr es Sabine. Sie räusperte sich. »Das freut mich! Ist ja auch wirklich schön da.«

Walter antwortete nicht, sodass sie schweigend dastanden. Es war ihr anzusehen, dass sie jetzt gern woanders gewesen wäre. Nach endlosen Sekunden begann sie daher ungelenk: »Ich muss noch … also, wenn Sie …« Und da Walter keine Anstalten machte, ihr mit einem Allgemeinplatz entgegenzukommen, fügte sie knapp an: »Wiedersehen.«

»Wiedersehen«, antwortete er und sah sie davoneilen.

Dann suchte er einen der Zusteller auf, der bereits an seinem Sortierspind wirbelte. »Morgen, Frank.«

»Morgen, Walter«, gab der Mann zurück, unterbrach seine Arbeit aber nicht.

»Kannst du mir einen Gefallen tun?«

Frank blickte neugierig auf und hielt inne.

Walter gab ihm den Brief an Ben. »Kannst du den mitnehmen?«

Frank sah erstaunt auf den Brief, auf dem nur die Adresse, nicht aber der Absender vermerkt war.

»Warum wirfst du ihn nicht ein? Der ist ja schon frankiert!«

»Der Junge hat Geburtstag. Und ich habe mich im Tag vertan«, log Walter.

»Willst du ihn nicht selbst vorbeibringen?«

»Ähm … das … also, das macht dann ja die ganze Überraschung kaputt …«

Das war reichlich wackelig vorgetragen, fand Walter.

Gott hätte sicher eine viel bessere Ausrede parat gehabt.

»In Ordnung. Ich nehme ihn mit.«

»Danke …«

Er gab Frank den Brief und kam, so beiläufig er nur konnte, auf den anderen Grund seines Besuches zu sprechen: »Sag mal, kennst du eigentlich die Familie?«

Frank zuckte sortierend mit den Schultern. »Wie man die so kennt. Warum?«

»Ich habe das Gefühl, dass die Mutter des Jungen nicht mehr so richtig klarkommt.«

Einen Moment hielt Walters Kollege inne, rief offenbar im Gedächtnis die Adresse auf und schüttelte dann den Kopf. »Kann ich nicht sagen. Ich glaube, ich habe sie noch nie gesehen.«

Walter nickte. »Okay, alles klar. Vielen Dank!«

»Nicht dafür«, gab Frank zurück, weiter konzentriert Briefe und Umschläge sortierend.

Später in der Christkindfiliale dachte Walter weiter über Ben und seine Mutter nach, während er Umschlag für Umschlag umtütete. Was war mit Bens Mutter? Warum war sie nur so unsichtbar? Warum suchte Ben Hilfe beim lieben Gott?

Erst als am Nachmittag Frau Tomé von der Abteilung für Öffentlichkeitsarbeit hereinwehte und stolz verkündete, dass das Fernsehen einen schönen Wohlfühlbeitrag zum Thema Christkind plane und sie die Truppe schon mal vorwarnen wolle, riss ihn das aus seinen Gedanken.

Auch Sabine war auf den Plan gerufen. Kaum hatte Frau Tomé ihr Anliegen vorgebracht, schaute Sabine nervös zu Walter und versuchte, sich in die Sichtachse zwischen Frau Tomé und ihm zu stellen.

»Wann wollen die denn kommen?«, fragte sie Frau Tomé.

Die zuckte mit den Schultern. »In den nächsten zwei, drei Wochen. Das diskutieren die noch. Haben wir noch den Fake-Kamin?«

»Ja, natürlich.«

»Postsäcke und den ganzen Kram?«

»Ja.«

»Sehr schön. Damit pimpen wir das alles hier richtig auf Weihnachten. Haben wir jemanden, den wir in ein Interview schicken können?«

»Bestimmt.«

»Ein echter Postbote wär gut! Einer, der dem Christkind vor der Kamera die Briefe überreicht!«

Sabine, der es sichtbar kalt den Rücken herunterlief, antwortete rasch: »Ich kümmer mich drum.«

»Sie haben hier doch einen, oder?«

»Ich … ähm …«

»Wunderbar. Nehmen Sie den. Ciao!«, zwitscherte Frau Tomé und rauschte davon.

Den Rest des Tages saß Sabine an ihrem Tisch und starrte immer wieder zu Walter, der seiner Arbeit mit geradezu provozierend ausgestellter Lustlosigkeit nachging. Was für ein Albtraum! Allein die Vorstellung, dass ein Reporter Walter ein Mikrofon unter die Nase halten könnte, um ihn nach seiner Meinung zur Christkindfiliale zu fragen, verursachte ihr ein solches Sodbrennen, dass sie wahrscheinlich noch vor Feierabend in eine Apotheke würde eilen müssen.

Frau Tomé würde sie umbringen.

Sabine beschloss, ihre Taktik zu ändern, und begrüßte Walter am nächsten Morgen mit großer Herzlichkeit: »Guten Morgen! Weißt du, ich hatte heute Nacht eine tolle Idee! Was hältst du davon, mal unsere anderen Abteilungen kennenzulernen?«

»Welche anderen Abteilungen?«, fragte Walter zurück.

»Na, die in Himmelpfort, Himmelsthür, Himmelpforten,

Himmelstadt, Nikolausdorf und St. Nikolaus. So eine richtige Tour de Weihnacht!«

»Nein, danke.«

Sie bemühte sich tapfer um ein stabiles Lächeln. »Aber überleg doch mal: Du würdest ein bisschen was von Deutschland sehen. Und Spesen gibt's auch!«

»Spesen gibt's auch?«, fragte Walter neugierig.

Sabine witterte Morgenluft. »Auf jeden Fall! Logis dazu!«

»Was denn? Logis auch?«

»Unbedingt! Na?«, lockte sie. »Was sagst du?«

»Nein, danke.«

Für einen Augenblick glaubte Walter, eines ihrer Augenlider zucken zu sehen. Dann aber wandte sie sich rasch um, marschierte schnurstracks zu ihrem Tisch und verließ ihn für den Rest des Tages nur noch, um Kaffee zu holen.

Walter bat die Zivilisten, wenn sie ein Brief an den *lieben Gott* erreichen sollte, diesen doch ihm zu überlassen. Was eine freundliche Dame zwanzig Minuten später tatsächlich tat, die Bens Brief in ihrem Korb gefunden hatte.

Lieber Gott,
ich bin's wieder, Ben.
Kannst du mir vielleicht zeigen, wie man
einen Lottoschein ausfüllt? Und wenn
du schon dabei bist: die Zahlen für nächste
Woche gleich eintragen?
Liebe Grüße
Dein Ben

Walter seufzte, dann aber amüsierte ihn der Wunsch. Vermutlich hätte er Gott um denselben Gefallen gebeten, wenn der so unvorsichtig gewesen wäre, ihm einen anzubieten.

Eine ganze Weile saß er nur da und überlegte, wie er Bens Brief beantworten sollte. Gerade als Sabine wieder, ohne ihn eines Blickes zu würdigen, zur Kaffeemaschine marschierte, fiel ihm die Lösung ein.

Er packte seine Jacke, verließ das Büro, lief in die Stadt zur nächsten Lottoannahmestelle und kehrte eilig wieder zurück. Dort legte er den Lottoschein auf den Tisch und setzte seine Kreuzchen:

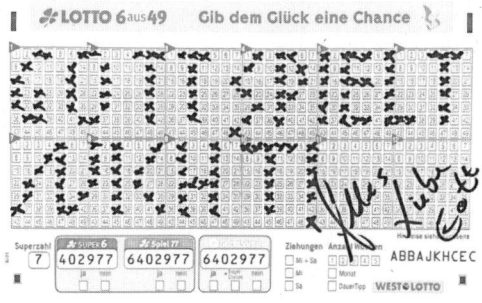

Zufrieden steckte er seine Antwort in den Briefumschlag und trug ihn zum Briefkasten. Albert Einstein war zwar nicht Gott, aber vermutlich nahe dran. Ben würde die Quelle seines abgeänderten Bonmots vermutlich nicht kennen, seinen Inhalt aber sicher verstehen.

Jedenfalls war Walter sehr gespannt, wie er darauf reagieren würde.

22

Aber das tat er nicht.

Drei Tage lang wartete Walter auf Antwort, doch Ben schrieb nicht.

Walter gestand sich ein, welchen Spaß ihm nicht nur der Briefwechsel mit dem Jungen, sondern auch seine neue Rolle als Gott gemacht hatte. Ungeduldig und vorfreudig durchsuchte er Morgen für Morgen die Post und war dann enttäuscht, weil da keine von Ben war.

Und zunehmend besorgt.

War dem Jungen etwas passiert?

Hatte seine Mutter die Briefe bemerkt und ihm verboten, weiter zu schreiben?

War Ben sauer auf ihn?

Was war, wenn der Junge seine Hilfe brauchte, während er hier rumsaß und mit dem blöden Umtüten seine Zeit verplemperte? Wenn er hier das Christkind spielte, es aber Gott brauchte, um wirklich etwas zu bewirken? Zu allem Überfluss warf ihm Sabine ständig lange anklagende Blicke zu, wohl weil er ihren Vorschlag der Landverschickung so schnöde abgewiesen hatte. So saß er da, bis er zum Feierabend des dritten Tages einen Entschluss gefasst hatte. Er musste wissen, ob mit Ben alles in Ordnung war.

Mittlerweile war es November geworden, die Tage gerieten immer kürzer, das Wetter wurde immer schlechter und damit war die Fahrt auf dem Moped zu Bens Heim in der Horpestraße bei Pladderregen und Wölkchenatem kein Vergnügen.

Im Schutz der Dämmerung schlich Walter wie bei seinem ersten Besuch um das Haus und riskierte einen Blick durch das Wohnzimmerfenster. Alles lag im Zwielicht des heranbrechenden Abends da, Licht war nirgendwo eingeschaltet. Er konnte sehen, dass der Wohnzimmertisch aufgeräumt und die herumliegende Wäsche verschwunden war. Trotzdem wirkte das Zimmer immer noch ein wenig schmuddelig.

Es schien niemand zu Hause zu sein.

Walter stiefelte zu seinem Moped zurück, argwöhnisch von einem Mann aus dem Nachbarhaus beobachtet, der offenbar aus purer Langeweile an seinem Fenster stand, um seine nähere Umgebung zu observieren. Doch bevor der Mann etwas unternehmen konnte, war Walter auch schon wieder auf sein Moped gestiegen und davongefahren.

Unten in der Stadt an der Kreuzung Bergische Straße sprang die Ampel auf Rot. Es hatte aufgehört zu regnen, trotzdem bogen sich unter den Reifen der vorbeifahrenden Autos die Gischtfontänen und Walter stand im dichten Wassernebel.

Da entdeckte er Ben.

Der Junge war bepackt mit zwei Supermarkttüten und ging auf der gegenüberliegenden Seite die Straße entlang. Er machte keine Anstalten, in die Horpestraße zu biegen, um bergan nach Hause zu gehen, sondern lief weiter in die Steeger Straße.

Walter folgte ihm mit Abstand, neugierig, wohin es den Jungen trieb. Er sah, wie er sich mit den Tüten abschleppte, bis er nach gut fünfhundert Metern einen Spielplatz erreichte. Er lag im Halbdunkel zwischen Wohnhäusern und wäre im Sommer ganz idyllisch gewesen, wirkte jetzt aber kahl und verlassen. Umso mehr, weil er tatsächlich nicht viel zu bieten hatte: eine Rutsche, ein Klettergerüst, eine Schaukel, einen Sandkasten und ein Wippepferdchen.

Ben schien es nicht zu stören.

Er stellte seine Tüten auf eine der Parkbänke und nahm dann auf der Schaukel Platz, die er in ungeahnte Höhen schwang, als ob er damit dem Himmel entgegenfliegen wollte.

Nach einer Viertelstunde hatte er genug, packte seine Tüten, verschmähte Rutsche und Klettergerüst und ging nach Hause, erneut verfolgt von Walter, der genügend Abstand hielt, um nicht entdeckt zu werden.

Mittlerweile war es dunkel geworden.

Ben mühte sich die Horpestraße hinauf, bis er endlich an dem unscheinbaren grauen Haus angekommen war, wo er wohnte. Er suchte seine Schlüssel, fand sie nicht und klingelte schließlich.

Mehrfach.

Nach einer ganzen Weile flammte endlich Licht auf, die Haustür öffnete sich und eine Frau in den Dreißigern stand im Türrahmen.

Im Morgenrock.

Ihre Haare waren ungekämmt, die Haut blass, dazu hatte sie dunkle Ringe unter den Augen. Sie sah so erschöpft aus, als hätte sie eine Woche nicht geschlafen.

Ben zog seine dreckigen Schuhe aus, stellte sie vor die Tür und ging dann mit den Tüten an ihr vorbei hinein, während sie mit fahrigen Bewegungen die Tür wieder schloss.

Walter hatte ein paar Häuser weiter gestanden und alles beobachtet.

Nachdenklich setzte er sich wieder auf sein Moped und fuhr nach Hause.

23

Ründeroth schien gewillt, den nasskalten Abend einfach zu verschlafen. Es war noch nicht spät, die Geschäfte an der Hauptstraße aber waren schon geschlossen, die Trottoirs entsprechend verwaist, als Walter sein Moped vor dem Haus abstellte und frierend eintrat. Er hatte Hunger und kramte gerade in der Küche, als es an seiner Haustür klingelte.

»Störe ich?« Sandra stand vor ihm.

Walter schüttelte den Kopf und antwortete: »Ich wollte gerade Abendessen ...«

»Lass mich das doch machen!«, unterbrach sie rasch und eilte in die Küche, wo Walter sie einholte und bat, sich ins Wohnzimmer zu setzen. Sie wollte so sehr gefallen, dass es ihn schmerzte. Er briet Eier, belegte Brote, drapierte Gürkchen und geschnittene Tomaten auf einem Teller und öffnete zwei Bier. Alles zusammen trug er ins Wohnzimmer.

»Guten Appetit!«

Sie machte keine Anstalten, sich zu bedienen.

»Isst du nichts?«, fragte Walter.

»Hab schon«, antwortete sie.

Walter sah sie skeptisch an.

»Wirklich!«

Walter nickte, auch wenn er ihr nicht recht glaubte.

»Wie war dein Tag?«, fragte sie munter.

»Interessant«, gab Walter zurück.

»Gefällt dir dein neuer Job?«

»Nein.«

»Und was war dann interessant?«

Walter dachte über die Antwort nach, warf einen verstohlenen Blick auf seine Tochter, die tastend mit der Rechten über ihren linken Unterarm fuhr.

»Hm …«

Sandra sah ihn neugierig an. »Hm?«

Er trank einen Schluck Bier und fragte: »Nehmen wir mal an, du kennst jemanden, von dem du weißt, dass er damit überfordert ist, sich um sein Kind zu kümmern. Was würdest du da tun?«

»Der Person Hilfe anbieten.«

»Nehmen wir an, das ginge nicht.«

»Reden wir über eine Frau oder einen Mann?«

»Eine Frau.«

»Was ist mit ihrem Mann?«, fragte Sandra.

»Weg.«

»Hat sie Verwandte?«

»Offenbar keine, die ihr helfen können.«

»Das ist aber traurig«, antwortete sie.

In ihrem Gesicht konnte er sehen, wie sie dieses Thema berührte.

»Ist das Kind denn schwierig?«, fragte sie. »Scheidungskinder können sehr schwierig sein.«

»Das Kind ist ein tolles Kind. Sehr reif für sein Alter.«

»Warum ist sie dann überfordert?«

»Ich glaube, sie ist depressiv.«

»Verstehe«, antwortete Sandra langsam.

Wieder dieses Tasten über ihren linken Unterarm.

»Was würdest du also tun?«, fragte Walter erneut.

»Wenn man das Jugendamt einschaltet, wird man der Mutter das Kind möglicherweise wegnehmen«, antwortete Sandra. »Wenigstens bis sie wieder gesund ist. Und wann das ist, kann man bei Depressionen nie so genau sagen.«

Walter nickte nachdenklich.

»Andererseits kann man das Kind auch nicht alleine lassen. Wie alt ist es denn?«

»Der Junge ist zehn.«

»Er braucht definitiv Hilfe. Und wenn die Mutter niemanden hat, dann bleibt vielleicht doch nur das Jugendamt. Die können sicher auch Kinderbetreuung vermitteln oder so etwas.«

»Aber die Gefahr besteht, dass Mutter und Sohn getrennt werden könnten?«, fragte Walter.

»Hängt vermutlich davon ab, wie krank die Mutter ist.«

»Hm«, antwortete Walter gedankenversunken.

Kurz kehrte Stille ein.

»Warum willst du das alles wissen?«, fragte Sandra.

»Was? Ach, nur so.«

»Nur so?« Sandra runzelte die Stirn.

Er wechselte das Thema: »Wie geht es dir? Du siehst ein wenig abgekämpft aus.«

Sie winkte ab. »Die Arbeit. Wenn es auf Weihnachten zugeht, dann ist immer so viel zu tun.«

»Und …«, begann Walter zögernd.

Sie sahen einander an.

Sandra schlug die Augenlider nieder. »Du meinst Uwe?«, fragte sie.

»Ja.«

»Es läuft gut!«, antwortete sie und sah ihn dabei immer noch nicht an.

Sie war eine furchtbar schlechte Lügnerin.

Immer schon gewesen.

Sandra hob den Blick und lächelte. »Wirklich! Wir verstehen uns gut!«

Sie tastete erneut über den linken Unterarm.

»Das freut mich«, antwortete Walter schließlich gedehnt.

Einen Moment schwiegen sie beide.

Dann fragte Sandra: »Hast du dir schon Gedanken über Weihnachten gemacht?«

»Noch nicht«, wich Walter aus.

»Vielleicht gibst du dir ja einen kleinen Ruck?«

»Ich denke drüber nach«, antwortete Walter, was Sandra sichtbar freute.

»Das wäre so toll, Papa!«

»Ich hab noch nicht zugesagt!«

Doch sie warf sich ihm um den Hals und drückte ihn. »Schon gut!«

Dann half sie ihm, den Tisch abzuräumen, und ließ warmes Wasser ins Spülbecken laufen. Walter suchte nach einem Abtrockentuch und beobachtete aus den Augenwinkeln, wie sie ihren linken Arm bei allem, was sie tat, schonte. Er spürte, wie sich seine Fingernägel in seine Handinnenflächen bohrten, bis ihm die Fäuste so wehtaten, dass er sich zwingen musste, die Finger wieder zu lösen.

Er wollte helfen, wusste aber einfach nicht, wie.

24

Das Erste, was Walter am nächsten Morgen tat, war, alle Postkisten nach einem Brief von Ben zu durchsuchen.

Ohne Ergebnis.

Schließlich gab er sich der Tagesroutine hin. Aber er konnte nicht anders, als an das einsame Schaukeln des Jungen auf dem noch einsameren Spielplatz und die abgekämpfte Gestalt der Mutter zu denken. Was sollte er nur tun? Gott zu sein war gar nicht so leicht, wenn man weder mit ewiger Verdammnis drohen noch mit immerwährender Glückseligkeit ködern konnte.

Schließlich nahm er sich ein Blatt Papier und schrieb:

Lieber Ben,
ich weiß, dass es dir gerade nicht so gut
geht.
Aber ehrlich gesagt vermisse ich deine
Briefe. Ich spiele zwar kein Lotto, aber
möglicherweise kann ich dir ja anders
helfen. Gibt es etwas, was du dir wirklich
wünschst?
Alles Liebe
Gott

Er steckte den Brief in einen Umschlag und schrieb gerade Bens Namen darauf, als Sabine plötzlich an seinem Schreibtisch stand und fragte: »Was machst du da?«

»Nichts!«, gab Walter gereizt zurück.

»Ich glaube, wir hatten darüber gesprochen, dass du keine eigenen Briefe verschickst …«

»Hatten wir.«

»Und das da?« Sie nickte in Richtung des Briefs in seiner Hand.

»Ist ein Brief.«

»Das sehe ich. Aber …«

»An meinen Enkel«, antwortete Walter. Er hielt ihn ihr entgegen. »Möchtest du ihn redigieren?«

Sabine konnte sehen, dass es kein offizieller Christkindbrief war.

»Nein, natürlich nicht, ich dachte nur …«

»Ich weiß«, antwortete Walter, stand auf, zog sich seine Jacke an und ließ sie einfach stehen.

Er verließ die Filiale, fuhr mit seinem Moped in die Horpestraße und warf in einem unbeobachteten Moment den Brief in den Briefkasten der Gregersens. Den Rest des Tages verbrachte er gelangweilt, aber immerhin unbelästigt von Sabine, mit Umtüten.

Am nächsten Morgen stürmte Walter wiederum als Erstes zu den Briefkörben, suchte und fand tatsächlich einen Brief von Ben. Erfreut nahm er ihn an sich und öffnete ihn ungeduldig.

Lieber Gott,
ich wünsche mir einen Freund. Ich habe
leider keinen.
Kannst du mir helfen?
Liebe Grüße
Dein Ben

Walter schluckte.

Dann aber nahm er sich ein Blatt Papier und schrieb:

Lieber Ben,
das ist ein sehr schöner Wunsch, den ich
gerne erfüllen werde. Ich schicke dir einen.
Alles Liebe
Gott

Er steckte den Brief in einen Umschlag und dachte: Du brauchst einen Freund – du bekommst einen Freund. Und er wusste auch, wer dieser Freund sein würde.

Er selbst.

MEIN GOTT WALTER

25

Walter hatte seinen Brief an Ben noch nicht lange eingeworfen, da bereute er sein vorschnelles, ja beinahe schon
euphorisches Versprechen bereits. Die Situation, in die er
sich manövriert hatte, war reichlich vertrackt.

Ben brauchte einen Freund, Walter wollte dieser Freund
sein, war es in seinen Briefen ja bereits, aber wie sollte das
im richtigen Leben funktionieren? Der Junge erwartete von
Gott völlig zu Recht einen Gleichaltrigen, der mit ihm spielen und dem er seine Sorgen oder Freuden anvertrauen
könnte. Wie würde er reagieren, wenn da plötzlich ein alter Mann vor ihm stehen und ihn fragen würde, ob er nicht
sein Freund sein wolle?

Und überhaupt: Wie sollte er eigentlich einen Kontakt
einfädeln?

Bei Ben zu Hause zu klingeln und sich seiner Mutter
vorzustellen verbot sich von selbst, denn welche Mutter, unabhängig ihrer geistigen oder seelischen Verfassung, würde
nicht sofort die Polizei rufen, wenn da plötzlich ein Fremder mit ihrem Sohn *etwas unternehmen* wollte? Welches
Kind hatte überhaupt Lust darauf, mit einem Frührentner
in spe Zeit zu verbringen?

Kinder wollten Kinder!

Sie wollten Teil einer Gemeinschaft von Gleichen sein,

sich mit Freunden treffen oder zusammen Hausaufgaben machen. Ein Junge, der offensichtlich keinen Kontakt zu seinen Schulkameraden hatte und auch sonst bei keinem anderen Kind Anerkennung fand, würde doch nicht glücklicher werden, wenn es mit einem Opa herumzog, während alle anderen herumtollten und Spaß hatten!

Wenn er jetzt nicht lieferte, würde Ben endgültig sein Vertrauen in die Welt verlieren, denn wenn nicht einmal Gott ihm einen Freund schenken konnte, wer denn dann? Ben würde sich einsamer fühlen als je zuvor und das wäre nun wirklich ganz allein Walters Schuld. So schwer ihm diese Feststellung auch fiel: Er hatte trotz allerbester Vorsätze versagt und wusste nicht, wie er das wieder geradebiegen konnte.

Einstweilen beschloss er, in Bens Nähe zu bleiben, um auf eine unerwartete Gelegenheit zu hoffen, durch die er aus den verfahrenen Umständen herausfinden könnte. Auch wenn dieser Plan nicht nur reichlich vage, sondern auch nicht wirklich Erfolg versprechend klang, wie er sich frustriert eingestand.

Schon am nächsten Nachmittag saß er also auf einer der Parkbänke des Kinderspielplatzes, in der Hoffnung, dass Ben auftauchte und es sich dadurch vielleicht eine Situation ergeben würde, die ein unauffälliges Kennenlernen möglich machte. Er hatte sich früher aus der Christkindfiliale geschlichen, Sabine war ohnehin dienstlich unterwegs, und sah jetzt ein paar spielenden Kindern zu, die unter den wachsamen Augen ihrer Mütter an den wenigen Spielgeräten herumtobten.

Mit Anbruch der Dämmerung fuhr Walter nach Hause und kehrte am nächsten Tag zurück. Diesmal hatte er Sabine gesagt, dass er sich nicht wohlfühle, worauf sie ihm missmutig den Nachmittag freigegeben hatte. Doch auch an diesem Tag spielten nur fremde Kinder unter der Aufsicht ihrer Mütter, Ben war nicht dabei. Wieder kehrte er mit der Dämmerung nach Hause zurück.

Abends aber, als er gerade auf einem Butterbrot herumkaute, hatte er plötzlich eine Idee, wie er sein Versprechen vielleicht doch noch wahr machen könnte. Er nahm rasch ein Papier und schrieb sich selbst einen Brief:

Lieber Walter,
ich möchte dir jemanden vorstellen, von dem ich glaube, dass er gut zu dir passt. Sein Name ist Ben, er ist zehn Jahre alt und spielt gerne auf dem Spielplatz in Engelskirchen. Ich möchte, dass ihr Freunde werdet.
Alles Liebe
Gott

Ob das klappen würde?

Einen Versuch war es wert!

Am nächsten Tag erlebte Walter Sabine ziemlich mürrisch, als er abermals um einen freien Nachmittag bat.

»Das geht so nicht, Walter!«, moserte sie. »Du arbeitest hier! Und das nicht freiwillig wie die anderen, sondern als Angestellter der Post.«

Er sah ihrem Gesicht an, dass sie gerade eine Möglichkeit aufploppen sah, sich für sein unmögliches Verhalten zu revanchieren. Und Walter ahnte, dass sie nicht nur heute, sondern auch an jedem weiteren Tag nach Möglichkeiten suchen würde, ihn so lange zu piesacken, bis er möglicherweise von selbst aufgab.

»Sag mal, diese Sache mit der Tour de Weihnacht«, begann er daher. »Steht die eigentlich noch?«

Überrascht starrte sie ihn an.

Dann aber hellte sich ihre Miene auf. »Aber natürlich!«

»Weißt du, ich habe drüber nachgedacht …«

»Und?«, fragte sie schnell.

Walter zuckte mit den Schultern: »Vielleicht ist das gar keine so schlechte Sache.«

Sabine nickte beschwingt. »Das ist sogar eine ganz tolle Sache!«

»Und wann soll es losgehen?«, fragte Walter.

»So schnell wie möglich! Ich kann das alles für dich regeln!«

»Hm«, machte Walter unentschlossen.

Sabine sprang auf und strahlte. »Lass mich mal machen! Ich sag dir dann Bescheid, ja?«

»Okay«, gab Walter zurück. »Was ist denn jetzt mit heute?«

»Oh!« Sabine winkte großzügig ab. »Geh nur! Kein Problem!«

Er verließ rasch die Christkindfiliale, bevor sie es sich doch noch einmal anders überlegen konnte, und fuhr dann zum Kinderspielplatz, der dank strahlendem Sonnenschein ziemlich gut besucht war.

Dort setzte er sich auf eine der Bänke und wartete, den selbst geschriebenen Brief in der Tasche.

Und plötzlich tauchte tatsächlich Ben auf.

Stand einfach nur da mit seinen Tüten, seiner Verantwortung und seinem Leben, das ihn offenkundig überforderte. Er schien zu hoffen, dass sich eines der Kinder vielleicht zu ihm umdrehen, ihm entgegenlaufen und ihn einladen würde, mit ihm zu spielen. Aber keines beachtete ihn und Walter konnte sehen, wie ihm der Mut sank, wie eine Welle der Enttäuschung über sein Gesicht rollte und nichts als Traurigkeit zurückließ.

Instinktiv griff Walter in seine Jacke, fühlte den aufgerissenen Umschlag und den Brief von Gott darin und hoffte, dass Ben seine Tüten vielleicht an seiner Parkbank abstellen würde. Das aber tat er nicht, sondern steuerte die gegenüberliegende an, auf der zwei Mütter saßen, die ihm offenbar versprachen, auf seine Einkäufe aufzupassen. Dann lief er zur Schaukel und schwang sich wieder mit aller Kraft dem Himmel entgegen, sodass ihn ein paar von den Kleinen staunend anstarrten.

Sollte er jetzt zu ihm gehen?

Oder doch warten?

Worauf warten?

Walter saß so lange unschlüssig da, bis Ben die Schaukel langsam ausschwingen ließ. Dann stand er endlich auf, fest entschlossen, Ben anzusprechen, ihm mitzuteilen, dass Gott ihm einen Brief geschickt habe und dass sie seinem Willen nach Freunde werden sollten.

Er kam nicht weit.

Denn eine der Mütter war ebenfalls von der Parkbank aufgesprungen und hatte ihm kurz vor der Schaukel den Weg abgeschnitten. Blond, schlank, groß, mit einem energischen Gesicht und einer so kalten Stimme, dass Walter das Gefühl hatte, sich gleich den Reif aus dem Gesicht kratzen zu müssen.

»Guten Tag, darf ich Sie fragen, was Sie hier machen?«

Walter starrte sie perplex an.

»Was?«

»Ganz einfache Frage: Was machen Sie hier?«

Ihre Augen waren stahlblau und ihr Blick durchbohrte ihn wie ein Damaszenerschwert. Die andere Mutter war zur Unterstützung an ihre Seite getreten.

»Ich beobachte Sie hier schon seit mehreren Tagen!«, begann sie erneut. »Und mittlerweile frage ich mich, was Sie hier eigentlich machen?«

»Ich wusste nicht, dass ich Ihre Erlaubnis brauche, um mich hier aufzuhalten?«, fragte Walter verärgert zurück.

»Ist das Ihr Enkel?«, fragte sie und nickte zum schaukelnden Ben hinüber.

Walter schwieg.

»Ich kann ihn fragen?«, setzte sie nach.

»Nein«, gab Walter zu.

»Kennt er sie?«, fragte sie eisig.

Walter schwieg erneut: Was sollte er darauf antworten?

Da drehte sie sich zu Ben und rief: »Sag mal, Schätzchen, kennst du diesen Mann?«

Ben, der in den Seilen der Schaukel hing wie ein Schwergewichtsboxer nach zehn harten Runden, blickte zu Walter.

»Nein, warum?«

Sie lächelte ihn freundlich an. »Ach, nichts, danke.«

Dann wandte sie sich Walter wieder zu: »Ich glaube, Sie gehen jetzt besser! Und wenn ich Sie hier noch einmal sehe, dann rufe ich die Polizei. Haben wir uns da verstanden?«

Walter nickte.

Er verließ den Spielplatz, wandte sich am Ausgang noch einmal um und sah die Frau neben Ben knien und auf ihn einreden. Rasch ging er fort.

26

Was für ein Desaster!

Nicht nur, dass Walter nie wieder den Spielplatz betreten konnte, es war ihm vorläufig auch unmöglich geworden, Ben im echten Leben kennenzulernen. Diese Frau hatte den Jungen mit Sicherheit vor *schmutzigen alten Männern* gewarnt und ihm eingeschärft, sich von ihnen niemals ansprechen zu lassen und sofort wegzulaufen oder um Hilfe zu schreien, wenn sie es doch taten. Und er konnte es ihr nicht einmal verübeln, denn ihr Einschreiten war vorbildlich gewesen, sein Vorgehen dagegen unbedacht und das Ergebnis ein Fiasko: Ben und er würden nie Freunde werden können.

Vollkommen frustriert und auf unbestimmte Weise auch beschämt stieg Walter auf sein Moped und hoffte, dass die Frau sich nicht auch noch das Nummernschild merken würde. Ein paar Minuten später hielt er vor dem Supermarkt, um noch einige Einkäufe zu erledigen. Auch Sandra wollte er treffen, vielleicht ein paar freundliche Worte mit ihr sprechen, vielleicht sie zum Abendessen einladen, denn dieser Tag durfte einfach nicht so elend enden. Irgendetwas Positives sollte sein, irgendetwas, was ihn über diesen Vorfall hinwegtröstete.

So schob er seinen Einkaufswagen durch die Gänge,

kaufte das Übliche und steuerte gerade die Fleischtheke an, als er Uwe an sich vorbeieilen sah.

Sandras Lebensgefährte.

Er hatte Walter nicht wahrgenommen, was, nach der ihm nachwehenden Alkoholfahne zu urteilen, nicht weiter verwunderlich war. Er war etwas kleiner als Walter, so dünn, dass ihm der Hintern seiner Jeans beinahe in den Knien hing, hatte gelbe Nikotinfinger und fettiges Haar. Nichts an ihm würde eine Frau dazu bewegen, sich nach ihm umzudrehen, es sei denn aus Angewidertheit. Und doch war Sandra ihm verfallen, buhlte um seine Aufmerksamkeit, ließ sich von ihm behandeln, als wäre sie nichts wert.

Instinktiv fuhr ihm Walter mit seinem Wagen nach und hielt an einer Regalecke, von wo aus er sehen konnte, wie Uwe Sandra im Gang ansprach. Was sie verhandelten, konnte Walter nicht verstehen, ahnte aber auch so, dass er sie um Geld bat, was Sandra Uwe augenscheinlich nicht geben wollte. Plötzlich packte Uwe sie hart am Oberarm und schüttelte sie, bis sie sich mit schmerzverzerrtem Gesicht aus seinem Griff wand. Da setzte er einen Schritt nach und ohrfeigte sie hart. Mit Tränen in den Augen nickte sie schnell, sah sich verstohlen um und lotste Uwe, der mit einem schnellen Griff eine Schnapsflasche aus einem Regal unter seiner Jacke verschwinden ließ, in Richtung des Pausenraums für Angestellte. Beide traten durch die Tür im hinteren Bereich des Supermarkts. Walter ahnte, dass Uwe Sandra bedrängen und ihr ganzes Geld abnehmen würde. Wütend und hilflos zugleich wartete er, dass die beiden zurückkehrten, doch als Sandra allein aus der Tür trat, war klar, dass Uwe den Supermarkt durch das Lager verlassen haben musste.

Da ließ Walter seinen halb vollen Wagen einfach stehen.

Marschierte vollkommen aufgebracht nach draußen.

Setzte sich auf sein Moped und fuhr nach Hause.

Genug war genug.

27

Sabine war verdächtig gut gelaunt, als Walter sie am späten Nachmittag anrief und um einen weiteren freien Tag bat.

»Ich muss zum Arzt«, log er.

»Ich hoffe, nichts Schlimmes!«, flötete Sabine. »Denk an deine Tour!«

»Nein, nur Routine.«

»Prima. Und diese Tour wird so was von super! Ich habe ganz tolle Unterkünfte gefunden!«

»Hm«, machte Walter freundlich und legte auf.

So stand Walter am nächsten Morgen früh auf, frühstückte und setzte sich anschließend auf sein Moped, um zum Zustellstützpunkt nach Lindlar zu fahren, wo Sabine eins ihn misstrauisch in Empfang nahm und kratzig fragte, ob er jetzt jeden Tag vorbeischauen wolle. Walter schüttelte den Kopf und versprach, dass es sich nur um einen Kurzbesuch handelte.

Widerwillig gab sie sich damit zufrieden, merkte aber doch an, dass er hier nicht mehr arbeite und dass er das bitte nicht vergessen solle. Walter nickte und sah ihr nach: Wie könnte er das wohl vergessen?

Wenig später fand er den Mitarbeiter, der den Fuhrpark betreute.

»Was ist denn heute noch frei?«

»Was brauchst du denn?«, fragte der Mann.

»Ein Auto.«

»Transporter geht auch?«

Walter nickte.

Er bekam die Schlüssel zusammen mit der inständigen Mahnung, keinen Unfall zu bauen, denn dann hätten sie beide eine gewaltige Diskussion am Hals, warum ein Zusteller, der kein Zusteller mehr war, mit einem Wagen fuhr, mit dem er nicht fahren durfte. Walter versprach, vorsichtig zu sein, und machte sich auf in Richtung des gut zwanzig Kilometer entfernten Kürten. Kurz vor der Ortschaft bog er ab und tuckerte durch die hügelige grüne Natur, bis er schließlich vor dem Tierheim Rhein Berg hielt und dort ausstieg.

Eine junge Frau begrüßte ihn freundlich.

Walter versuchte sein schönstes Lächeln. »Hallo, ich hatte gestern angerufen!«

Man hatte ihn erwartet und führte ihn zu den Zwingern, wo die Hunde verwahrt wurden, die keiner mehr wollte und jetzt darauf hofften, wieder Teil einer Familie oder vielmehr eines Rudels sein zu dürfen.

»Wissen Sie schon, was für einen Hund Sie wollen?«, fragte sie.

Walter zuckte mit den Schultern. »Mir gefallen große.«

»Und haben Sie Erfahrungen mit Hunden?«

»Jede Menge«, bestätigte Walter, was nicht einmal gelogen war, denn jeder Briefträger hatte so seine Erfahrungen mit Hunden.

»Das ist schön! Sie arbeiten bei der Post?«

»Ja.«

Sie sah ihn neugierig an. »Haben Sie denn überhaupt Zeit für einen Hund?«

Walter nickte. »So viel wie alle anderen auch. Außerdem gehe ich bald in den Vorruhestand. Da möchte ich einen Gefährten an meiner Seite.«

Das schien sie zu schlucken.

Mit einer Geste wies sie ihn in eine Reihe von Zwingern, in denen Hunde aller Art saßen, lagen oder unruhig umherwanderten. Zumeist Promenadenmischungen, die ihn mit großen, traurigen Augen ansahen. Walter mied ihre Blicke. Fast alle kamen bis an das Gitter heran, um ihn zu begrüßen oder wenigstens neugierig in Augenschein zu nehmen.

Nur einer nicht: ein großer, überwiegend schwarzer Hund, der mitten im Zwinger saß und sich nicht rührte. Er ließ Walter nicht aus den Augen und funkelte ihn voller Argwohn an, während er gleichzeitig eine Habachtstellung einnahm. Alles an ihm sagte: *Verschwinde!*

»Der da!«

Walter hatte vor dem Käfig angehalten und zeigte jetzt mit dem Finger auf das Tier. Die Tierpflegerin schluckte und blickte ihn ein wenig unschlüssig an.

»Sind Sie sicher?«

»Ja. Der!«

»Also, das ist kein Hund für Anfänger«, mahnte die Pflegerin. »Da braucht es schon Erfahrung mit schwierigen Tieren!«

»Hab ich«, antwortete Walter bestimmt.

»Und viel Geduld …«

»Ich bin Postbote. Geduld ist unser Geschäft«, behauptete Walter.

»Wollen Sie nicht vielleicht doch noch mal einen Blick auf die anderen werfen?«

Walter schüttelte den Kopf. »Nein, danke. Der hier ist perfekt!«

Mit einem leisen Seufzer antwortete sie: »In Ordnung. Ich mach dann mal die Papiere fertig. Sie müssen eine Schutzgebühr von dreihundert Euro entrichten.«

»Dreihundert?«, fragte Walter unangenehm überrascht zurück.

»Wenn es nichts kostet, ist es den Menschen auch nichts wert. Dafür ist er aber auch entwurmt, gechippt und geimpft. Das ganze Programm. Brauchen Sie vielleicht doch noch Bedenkzeit?«

»Nein, nicht nötig. Wir werden uns bestens verstehen.«

»Okay, eine Leine spendiere ich Ihnen, aber wenn Sie einen Rat wollen: Sie brauchen einen Maulkorb. Also, ich meine, der Hund braucht einen.«

»Kein Problem.«

Sie wandte sich um und verschwand.

Walter rieb sich die Hände. Sein Erscheinen hier war natürlich alles andere als zufällig. Tags zuvor hatte er auf einen Impuls hin die Website des Tierheims durchsucht und das Tier entdeckt. Offensichtlich hatte Herr Leyendecker die Lust an dem Hund verloren, als der Krieg zu seinen Gunsten entschieden worden war.

Walter kniete am Käfig nieder und streckte die Finger durch die Gitter.

»Hallo, Adolf!«, flüsterte er und lächelte maliziös.

Der Dobermann sah ihn misstrauisch an.

»Lust auf ein bisschen Randale?«

Er knurrte feindselig.

Walter nickte zufrieden. »Ja, dachte ich mir schon.«

28

Ob aus alter Gewohnheit oder neuem Missmut: Nachdem die Mitarbeiterin des Tierheims sich verabschiedet hatte, riss der Dobermann an Walters Hosenbeinen herum, bis sie in Fetzen um seine Schuhe flatterten.

Endlich hatte er ihn im Transporter untergebracht. Während der ganzen Fahrt hörte er den Hund im Fond herumspringen, knurren, bellen und scharren.

Zu Hause angekommen tobte der Dobermann immer noch, sodass es Walter alle Kraft kostete, das sich windende, zerrende und beißende Tier aus dem Transporter zu ziehen.

Fluchend und schimpfend bugsierte er den Hund in seine Wohnung, die der Köter behandelte wie sein Namensvetter einst Europa: Tische kippten, Stühle flogen, Geschirr klirrte, Gardinen rissen und Kissen stoben in kleinen Fetzen durch die Luft. Schließlich gelang es Walter, ihn ins Schlafzimmer zu sperren. Er eilte in die Küche und kehrte von dort mit einem großen, saftigen Steak zurück. Vorsichtig öffnete er die Tür und entdeckte den Hund mitten auf seinem Bett.

Leise trat er ein und hielt ihm das Fleisch vor die Nase.

Er war eindeutig interessiert.

Und blieb dennoch ziemlich misstrauisch.

Beides aus guten Gründen.

»Kannst es ruhig essen!«, lockte Walter.

Die kleinen braunen Augen des Tieres sprangen zwischen Fleisch und Walters Gesicht hin und her. Der Sabber stieg ihm zwischen die Lefzen und die spitzen kleinen Ohren zeigten raketensteil zur Decke.

»Ich hab's nicht vergiftet ... ehrlich.«

Ein kurzes Zögern – dann schnappte der Dobermann zu und verspeiste das Steak, ohne es groß zu kauen. Er leckte sich über die Schnauze und sah Walter auffordernd an.

»Du willst mehr?«

Wieder schossen die Ohren in die Höhe.

Walter verschwand erneut in der Küche und brachte ein zweites Steak.

Er hielt es dem Dobermann vor die Nase, zog es aber schnell zurück, als er danach schnappte.

Wütend blitzte ihn das Tier an.

»Sitz!«, befahl Walter.

Blitzartig setzte sich der Dobermann.

»Platz!«

Schon plumpste er auf den Bauch.

Zufrieden spendierte Walter ihm ein zweites Steak, das das Tier genauso schnell fraß wie das erste, und streichelte ihm über den Kopf. »Braver Hund.«

Er schnappte nach ihm.

Aber nicht sehr fest.

Walter rieb sich die Hand und wertete es als gutes Zeichen.

Drei Tage lang übten sie.

Drei Tage, in denen Tische kippten, Stühle flogen, Geschirr klirrte, Gardinen rissen und Kissen in ihre Bestandteile zerbissen wurden; dennoch wurde der Dobermann friedlicher, bis er am Morgen des vierten Tages offenbar beschlossen hatte, Walter als Rudelführer zu akzeptieren.

Er liebte Filets und Walter hatte welche.

»Wie heißt du eigentlich wirklich?«, fragte Walter ihn in einem ruhigen Moment.

Der Dobermann sah ihn neugierig, aber nicht feindselig an.

»Wie ein Balu oder ein Charlie siehst du nicht gerade aus. Adolf ist ein bisschen speziell – was hältst du von Rommel?«

Der Hund knurrte feindselig.

Walter grinste. »In Ordnung. Lassen wir den Quatsch. Wie wäre es mit *Hund*?«

Keine Reaktion.

Walter lächelte. »Dann komm, Hund! Drehen wir 'ne Runde.«

Der Dobermann war sofort aufgesprungen und Walter gefolgt – seinem Gesicht war dabei anzusehen, was er sich für seinen bedingungslosen Gehorsam erhoffte.

Walter leinte ihn an und ging mit ihm spazieren.

Befahl ihm mal dieses, mal jenes und verteilte Leckerlis.

Gratulierte zum rekordverdächtigen Haufen.

Bemerkte, dass Passanten, die ihnen begegneten, spontan die Straßenseite wechselten.

Als sie beide dann heimkamen, kniete sich Walter zum

Dobermann herab, nahm dessen schmalen Kopf in beide Hände und sah ihn forschend an. »Was hältst du von einem Kilo vom besten Filet?«

Vielleicht ließ ihn der intensive Blick Walters bellen, vielleicht verstand er aber auch instinktiv, worum es ging.

Walter streichelte seinen Kopf. »Morgen machen wir einen Hausbesuch, und wenn du da noch einmal den Adolf gibst, dann stopf ich dich wie eine Weihnachtsgans und nenn dich nie wieder so. Versprochen!«

Am nächsten Tag lieh sich Walter erneut einen Transporter aus und fuhr mit dem Dobermann nach Blumenau in den Norden von Engelskirchen und dort zu einem in die Jahre gekommenen kleinen, schmutzig weißen Haus, das wegen der im Hang schnaufenden Lkw ziemlichem Lärm und Abgasen ausgesetzt war.

Es war früher Vormittag, als Walter den Hund anleinte und in aller Ruhe zum Hauseingang spazierte, wo er unter einem Blumentopf mit verwelktem Gestrüpp einen Schlüssel fand, den Sandra wahrscheinlich dort platzierte, weil Uwe während seiner Sauftouren gerne mal alles Mögliche verlor.

Er öffnete die Tür, trat ein und folgte einem schmalen Flur bis zu einer steilen Treppe, die er leise hinaufging. Oben angekommen führte ihn ein lautes Schnarchen zu einer geschlossenen Schlafzimmertür. Auch die öffnete er und lief förmlich in eine Wand aus Schnapsatem, Zigarettenrauch und Darmwinden. Mit ein paar Gesten befahl er dem Hund, sich neben das Bett zu setzen, und zog dann die Jalousie hoch, bis das Licht den Raum taghell flutete.

Es dauerte ein paar Minuten, bis Uwe, unrasiert und stinkend, begann, sich unruhig hin- und herzuwälzen. Dann blinzelte er mit verklebten Lidern und öffnete langsam die Augen: Adolf starrte ihn an.

Er wähnte sich in einem schlimmen Traum, klimperte ein paarmal und musste feststellen, dass der Hund immer noch dasaß.

Und böse knurrte.

»Was zum …?«, murmelte er erschrocken und hörte noch, wie jemand die Schlafzimmertür von außen schloss.

Dann war Kirmes!

Mit einigem Wohlbehagen hörte Walter von draußen, wie Hund drinnen einen ziemlich guten Adolf gab. Da war ein Poltern und Schreien, Bellen und Jammern, Knurren und Stürzen, dass es ihm ein Lächeln ins Gesicht zauberte. Ja, ihm war sogar, als wandelte sich das Rumpeln, Bollern, Brüllen und all das spitze Geplärr zu einer Symphonie, die im Schnappen und Beißen eines schlecht gelaunten Dobermanns in ein kreischendes Crescendo überging.

Walter hätte noch Stunden zuhören können, trat aber schließlich ein wenig widerstrebend ins Schlafzimmer und fand Uwe zusammengekauert in einer Ecke vor, mit zerrissenen Klamotten, während Hund direkt vor ihm stand und mit den Zähnen fletschte.

»Walter!«, rief Uwe erleichtert, als er zwischen seinen schützenden Armen aufblickte. »Gott sei Dank!«

»Hund?«, rief Walter knapp. »Komm!«

Hund drehte sich ab, lief zu Walter und hockte sich vor ihn hin.

Walter zog ein Leckerli aus seiner Jackentasche und gab es ihm.

Dann wandte er sich dem immer noch am Boden kauernden Uwe zu. »Pack deinen Kram und verschwinde!«

»W-was?«, fragte Uwe, der immer noch nicht wirklich verstand, was da gerade passiert war.

»Hau ab!«

Nur sehr langsam sickerten die Informationen in seinem alkoholgetränkten Gehirn zu einer kleinen Pfütze der Gewissheit zusammen. Dann aber richtete er sich wütend auf und zischte: »Ich werde dich anzeigen, du Schwein!«

»Kannst du machen, aber wenn du von der Polizeiwache zurückkommst, werde ich hier schon auf dich warten. Mit Adolf.«

»Adolf?«, fragte Uwe verwirrt.

Walter tätschelte den Kopf des Dobermanns.

»Und jetzt packst du verdammt noch mal deine Sachen und verschwindest! Kommst du zurück, dann wirst du sehen, wozu mein Hund wirklich in der Lage ist, du altes Dreckschwein!«

»W-wo soll ich denn hin?«, fragte Uwe jammernd.

»Das ist mir scheißegal!«, schrie Walter wütend.

Dann zückte er sein Portemonnaie und warf ihm fünfhundert Euro auf die Bettdecke. »Setz dich in einen Zug und komm nie wieder. Und wehe, du rufst Sandra an! Ich schwöre dir, Uwe, dann kann ich für nichts mehr garantieren! Du wirst meine Tochter nie mehr sehen! Nie mehr mit ihr sprechen! Sie existiert nicht mehr für dich! Hast du verstanden?«

Uwe starrte auf das Geld und nickte.

»Jetzt pack! In einer Stunde komme ich wieder. Solltest du dann noch hier sein, befehle ich dem Hund, dich in Stücke zu reißen. Kapiert?«

Uwe nickte wieder, das Geld ließ er dabei nicht aus den Augen.

Walter verließ das Haus.

Spendierte Hund wie versprochen feinstes Filet.

Und nannte ihn nie wieder Adolf.

29

Sandras Besuch ließ nicht lange auf sich warten, genau genommen erschien sie noch am selben Abend schluchzend bei ihm. Und obwohl es ihn mehr als wütend machte, dass Sandra Uwes *rätselhafte* Flucht beweinte, tröstete er seine Tochter, so gut er konnte, denn mochte er auch nicht verstehen, wie man über einen solchen Scheißkerl auch nur eine Träne vergießen konnte, so war Sandras Schmerz doch echt und er respektierte das.

»Und du bist sicher, dass er fort ist?«, fragte er vorsichtig, als sie sich etwas beruhigt hatte.

Sie nickte. »Seine Sachen sind alle weg.«

»Nur seine?«, fragte Walter misstrauisch.

»Nicht nur …«, gab Sandra kleinlaut zu.

Walter atmete tief durch und dachte einen Moment darüber nach, Uwe aufzuspüren und ihm den Unterschied zwischen Mein und Dein von Hund erklären zu lassen. Dann aber sagte er sich, dass dies nur ein sehr geringer Preis dafür war, dass Sandra die Chance hatte, sich ein neues, besseres Leben aufzubauen. Und vielleicht konnte es auch ein Neuanfang für sie beide sein?

»Willst du vielleicht ein paar Tage bei mir bleiben?«, fragte Walter. »Nur übergangsweise, meine ich. Damit du nicht so allein bist?«

»Im Ernst?«, fragte sie erstaunt.

»Ich habe ein freies Zimmer. Und wenn es dir wieder besser geht, kannst du ja auch wieder zurück.«

»Das fände ich sehr schön!«, antwortete sie mit einem schiefen Lächeln.

»Gut, abgemacht. Bleib, so lange du willst. Wenn du Lust hast, kannst du ja ein bisschen mit Hund spazieren gehen.«

Sandra schluckte und blickte den Dobermann an. »Mit dem?«

»Er hat ein Herz aus Gold!«, behauptete Walter.

»Bist du sicher? Er sieht nämlich nicht so aus …«

Walter nickte Hund zu, der prompt heransprang, sich vor die beiden setzte und ihn aufmerksam ansah. »Hund?«

Die Ohren schossen spitz in die Luft.

»Das ist Sandra!«

Walter nahm ihre Hand und ließ den Dobermann dran schnüffeln.

Der knurrte leise.

»Siehst du, er mag dich!«, beteuerte Walter.

»Bist du sicher?«, fragte Sandra ängstlich.

»Absolut. Mich hat er gebissen.«

»Was?«

»Er mag dich, Sandra, ehrlich.«

»Was er wohl mit Leuten macht, die er nicht so mag?«, fragte Sandra ängstlich.

Walter dachte versonnen an Uwe.

»Er ist wie ich. Ein netter Kerl – wenn man ihn erst mal näher kennt.«

Sandra gab ein schnorchelnd amüsiertes Geräusch von sich.

»Immerhin: Du lachst ja wieder«, antwortete Walter zufrieden.

Sie nickte, dann fiel sie ihm um den Hals.

»Danke, Papa.«

Er hielt sie und antwortete: »Schon gut.«

Sie blieb.

Schwankend wie ein betrunkener Seemann zwischen Trauer, Aufbruchsstimmung und Depression, aber sie blieb.

Wenigstens ein Problem hatte Walter gelöst.

Aber was sollte er nur mit Ben machen?

Zwei Tage nachdem Sandra vorübergehend bei ihm eingezogen war, brachte ihm einer der Zivilisten in der Christkindfiliale den Brief, vor dem er sich gefürchtet hatte.

Lieber Gott,
wann kommt denn mein neuer Freund?
Ich warte schon so lange. Es wäre schön,
wenn er bald kommt.
Liebe Grüße
Dein Ben

Eine ganze Weile saß Walter an seinem Schreibtisch und zermarterte sich den Kopf darüber, wo er einen Freund für Ben auftreiben könnte. Am einfachsten wäre es, jemanden aus seiner Schule zu nehmen, aber die Kinder dort lehnten Ben offensichtlich ab. Dann wäre da noch sein eigenes Enkelkind, das er aber nicht einmal selbst kannte und das auch drei Jahre jünger war als Ben. Konnte ein Kind aus der vierten Klasse mit einem aus der ersten Klasse Freundschaft schließen? Zu seinen Schulzeiten wäre es undenkbar gewesen, dass die Großen mit den i-Dötzchen spielten.

Den Spielplatz konnte er vergessen, was blieb da noch?

Walter nahm sich ein Blatt Papier und schrieb:

Lieber Ben,
Freundschaften sind Geschenke, über die man sich umso mehr freut, wenn sie von Herzen kommen. Ich suche jemanden, der ein genauso großes Herz hat wie du, denn ihr sollt ja am besten für immer Freunde sein. Bis ich einen gefunden habe, mache ich dir einen Vorschlag: Kann ich vielleicht dein Freund sein?
Alles Liebe
Gott

Walter las sich den Brief noch einmal durch und nickte zufrieden. Als Mensch hatte er versagt, als Gott aber würde er vielleicht Zeit gewinnen, bis sich eine Möglichkeit ergab, dem Jungen zu helfen.

Er eilte hinaus, setzte sich auf sein Moped und warf den Brief in Bens Briefkasten.

Schon am nächsten Morgen hatte er Antwort.

Diesmal fand Walter den Brief selbst in den Postkisten und eilte damit schnell an seinen Schreibtisch, um ihn zu lesen.

Lieber Gott,

du willst wirklich mein Freund sein? Das ist ja so cool! So was Tolles haben die anderen aber nicht! Vielen, vielen Dank! Ich freue mich so!

Liebe Grüße

Dein Ben

PS: Hast du eigentlich einen Vornamen?

Walter stutzte. Hatte Gott einen Vornamen?

Darüber hatte er sich nie Gedanken gemacht, vermutlich genauso wenig wie alle anderen, die zu ihm beteten. Dennoch war die Frage berechtigt. Im Religionsunterricht hatte er gelernt, dass es für den Allmächtigen neben einigen Umschreibungen das für den Menschen unaussprechliche Tetragramm JHWH gab.

Aber was war denn das für ein Name?

Ohne Vokale?

Ein Name, von dem niemand wusste, wie man ihn korrekt aussprach? War denn ein Name nicht dazu da, jemanden oder etwas ganz genau anzusprechen? Sodass jeder wusste, wer gemeint war?

Je länger Walter auf Bens Frage starrte, desto schwieriger fand er es zu begründen, warum Gott keinen Vornamen hatte.

Jeder hatte doch einen!

Da nahm er ein Papier und schrieb:

Lieber Ben,
ich freue mich sehr, dass ich dein Freund
sein darf.
Alles Liebe
Gott
PS: Ich heiße Walter – aber das ist
ein Geheimnis!

Sehr zufrieden mit sich und der Welt steckte Walter den Brief ein und warf ihn am späten Nachmittag in Bens Briefkasten.

30

Ründeroth, 1981

Wie stumme Knochenmänner standen kahle Bäume Schulter an Schulter, blickten von der anderen Talseite auf den im Hang liegenden Friedhof von Ründeroth und die kleine schwarze Menschenschlange, die dort einem Priester und zwei Messdienern durch die Ruhestätten folgte.

Der Winter war früh gekommen, ohne Schnee zwar, dafür aber mit strengem Frost. Der Boden war so durchgefroren, dass Walter beinahe stolperte, als er gegen einen eisigen Klumpen kickte, um ihn aus seiner Verankerung zu lösen. Gleich würde sie in das Eis hinabgelassen, würden sie die herausgehobene Erde hineinwerfen, schimmernde Klumpen so hart wie Felsen auf den Sargdeckel poltern, darin sie, die nichts mehr hörte, nichts mehr sah und nie wieder seine Mutter sein würde.

Oder blieb man immer Mutter?

Selbst wenn man sein Kind nie wieder in den Arm nehmen, ihm nie mehr zulächeln und es nie wieder mit Liebe überschütten konnte? Sie hatte ihre Augen für immer geschlossen und alles, was sie einmal gewesen war, war verschwunden und er wie aus ewigem Schlaf in einem Niemandsland aus Nebel und Fragen aufgewacht.

Welches Beerdigungsinstitut sollte man rufen? Ob man ihr nicht ihr schönstes Kleid anziehen solle? Ob Walter Verwandte habe? Ob sie katholisch oder evangelisch sei? Ob ihn jemand nach Hause bringen solle? Ob sich jemand um ihn kümmern werde?

Nur warum seine Mutter hatte sterben müssen – das hatte niemand gefragt.

Später hatte man ihn nach Hause gebracht.

Noch viel später war er mitten in der Nacht in seinem Bett hochgeschreckt.

Hatte verängstigt nach ihr gerufen.

War durch eine leere Wohnung gelaufen und hatte nach ihr gerufen.

Hatte in ihr aufgeräumtes Schlafzimmer geblickt und nach ihr gerufen.

Sich in die Küche gesetzt, aber als er da wieder nach ihr rief, hörte er seine Stimme kaum mehr.

Ihm war, als stünde er plötzlich in einem runden Raum, umringt von vielen Türen, die nacheinander zuschlugen und sich nicht mehr öffnen ließen, ganz gleich, wie sehr er daran rüttelte. Er saß in einem Gefängnis aus Schmerz und Einsamkeit und war sich sicher, es nie wieder verlassen zu können.

Am Morgen fuhr er vom Küchentisch auf, weil er hörte, wie jemand die Haustür aufschloss. Er sprang auf und lief in den Flur, mit klopfendem Herzen, aber tatsächlich war es nur die Nachbarin, die fragte, ob er etwas essen wolle.

Walter schüttelte den Kopf.

Andere kamen.

Jemand fragte, ob die Mutter ein Sparbuch habe. Jemand fragte, wer den Auftrag für das Beerdigungsunternehmen unterschreibe. Jemand fragte, was jetzt aus Walter werden solle, da er noch nicht volljährig sei. Jemand fragte, ob schon das Jugendamt unterrichtet sei. Jemand fragte, wer die Miete für die Wohnung übernehme.

Nur einer fragte nichts: Kurt Kettler.

Er kondolierte auf seine verbindliche, immer etwas steife Art und teilte Walter mit blassem, traurigem Gesicht mit, dass er sich so viel Zeit für seine Trauer nehmen konnte, wie er wollte. Walter dachte für einen Moment, dass Kurt Kettler ihn gleich in den Arm nehmen würde, doch dann knallte er nur die Hacken gegeneinander und flüsterte ihm zu: »Wir sind alle mit dir, mein Junge!«

Dann ging er.

Am Tag nach der Beerdigung kam dann tatsächlich jemand vom Jugendamt, mit all den Fragen, auf die er keine Antwort hatte. Aber ein paar Dinge wusste Walter doch: Er war nicht volljährig und die Ersparnisse seiner Mutter reichten gerade einmal aus, die Beerdigungskosten zu decken. Mit seinem Ausbildungslohn konnte er die Miete nicht bezahlen, mal davon abgesehen, dass er keinen Mietvertrag unterschreiben durfte. Und wenn er aus der Wohnung rausmusste, würde er bis zu seiner Volljährigkeit in einem Heim oder in einer Pflegefamilie unterkommen.

Aber was für eine Rolle spielte das alles schon?

Doch dann, zu seiner großen Überraschung, klopfte es an der Tür.

Der Mann vom Jugendamt öffnete, weil Walter keine

Anstalten machte, aufzustehen, um noch mehr Menschen mit noch mehr Fragen hineinzulassen. Da trat Rudolf Neisser in die Küche.

Walter sah ihn erstaunt an.

Neisser gab ihm die Hand und sagte nur: »Ich kümmere mich um alles.«

Walter nickte verwirrt.

»Draußen wartet Barbara. Warum geht ihr nicht ein bisschen spazieren?«

Walter verließ die Wohnung und wurde auf der Straße von Barbara umarmt, die mit ihm weinte und sein Gesicht mit Küssen bedeckte.

»Es wird alles wieder gut, Walter!«, flüsterte sie.

Walter schüttelte ungläubig den Kopf.

»Papa wird alles regeln!«

Walter wusste nicht, wovon sie sprach, aber sie war da. Endlich da.

31

Rudolf Neisser handelte schnell und entschlossen, übernahm die Vormundschaft für Walter, besorgte ihm in Lindlar eine kleine, kostenlose Mietwohnung aus eigenem Bestand und kaufte ihm sogar ein gebrauchtes Moped.

Alles Behördliche lief ab sofort über seinen Schreibtisch, und ehe Walter sich's versah, hatte Neisser die alte Wohnung auch schon aufgelöst, sodass Walter kaum dazu kam, sich bei ihm zu bedanken, weil der Umzugswagen bereits vor seinem ehemaligen Zuhause hupte und er in ein ganz neues Leben umzog.

Wie seine Mutter war auch Neisser der Meinung, dass Walter seine Ausbildung bei der Post in Engelskirchen abschließen sollte, denn die dauerte nur noch ein halbes Jahr, und dass er sie bestehen würde, daran hatte niemand einen Zweifel.

Obwohl Walter ein eigenes Quartier hatte, verbrachte er die meiste Zeit bei den Neissers, die in einer großen, flachen Sechzigerjahre-Villa lebten, mitten auf einem Anwesen mit altem Baumbestand und gepflegten Grünflächen. Nur das Frühstück nahm er in seiner Zweiraumbleibe zu sich, Mittag- und Abendessen gab es bei den Neissers, wobei die ganze Familie nur abends vollständig am Tisch saß. Übernachten durfte er nicht, weniger aus moralischen

Gründen, sondern der Nachbarn und Bekannten wegen, die für unehelichen Beischlaf unter Minderjährigen wenig bis gar kein Verständnis gehabt hätten. Was Barbara und ihn nicht davon abhielt, heimlichen unehelichen Beischlaf zu pflegen.

Noch am ersten Tag, als Walter seine wenigen Habseligkeiten in seine kleine Wohnung geräumt und kaum, dass er sein Bett aufgebaut hatte, schlüpfte Barbara still und leise ins Zimmer und erlebte ihr erstes Mal zwischen Kartons, unaufgebauten Schränken, herumliegenden Klamotten und umgekippten Stühlen. Für beide eine berauschende Erfahrung.

Barbara war es auch, die Walter über die schlimmste Trauer hinweghalf, die einfach nur da war, nichts forderte, nicht sprach, wenn Walter Worte zu viel wurden, und ihn küsste, wenn er schreiend aus einem Albtraum erwachte. Sie war der Morgen, der die Nacht vertrieb. In ihrer Nähe vergaß Walter seinen Schmerz und hoffte dabei, dass ihrer beider Welt niemals größer sein würde als das Maß ihrer Arme.

Ob Rudolf wusste, dass seine Tochter mehr Zeit mit Walter verbrachte, als es für eine gut Sechzehnjährige schicklich gewesen wäre, ließ er sich nie anmerken, ihre Mutter Renate billigte es, eben weil sie Walter so ins Herz geschlossen hatte. Ihre kleinen Ermahnungen Barbara gegenüber fielen so sehr fahrig aus und waren eher einem katholischen Reflex geschuldet, als dass sie elterliche Moralität widerspiegelten.

Im Gegenteil, sie suchte mit Barbara sogar den Frauenarzt auf, damit er ihr die Pille verschrieb.

Barbaras Brüder Stefan und Thomas behandelten Walter freundlich, plauderten mit ihm, hielten sich aber mit allem Wichtigen ihm gegenüber zurück. Nicht weil sie ihn nicht sympathisch fanden oder für zu jung hielten, sondern weil Walter ihrem Vater mittlerweile näherstand als sie ihm. Denn ihr Widerstand gegen den alten Patriarchen, der sich auf Juist schon als spöttisches Mienenspiel oder heimliche Lästerei gezeigt hatte, hatte sich in eine offene Revolte verwandelt. Keiner von beiden dachte nur daran, in die Firma des Vaters einzusteigen, keiner von beiden stimmte mit den Werten und Ansichten des Vaters überein. Stefan wollte Musiker werden, Thomas interessierte sich für Theaterwissenschaft und Medien und träumte davon, im Kunstbetrieb Fuß zu fassen.

Für Rudolf waren die Wünsche seiner Söhne pure Provokation, er warf ihnen Undank, Respektlosigkeit und Scheinheiligkeit vor. Dass sie derart auf die Leistungen des Vaters spuckten, dabei aber gleichzeitig von seinem Geld profitierten und sich nur dank ihm ein Leben in Sorglosigkeit und Luxus leisten konnten, widerte ihn an. Die Diskussionen zwischen ihnen arteten immer wieder in Geschrei aus, das nur dazu führte, dass Rudolf seine Söhne für verzogene Pharisäer hielt und sie ihn für einen betonköpfigen Despoten ohne Kultur.

Walter tat gut daran, sich aus dem Zwist herauszuhalten, kommentierte die Wut des Vaters und die Enttäuschung der Söhne nur sehr vorsichtig, in der Hoffnung, von allen dreien übersehen zu werden.

Eines Abends schließlich eskalierte der Streit zwischen

Vater und Söhnen derart, dass Rudolf Stefan und Thomas aus dem Haus warf. Nicht nur für diesen Tag, sondern für immer. Renate hatte zu vermitteln versucht, aber beide Parteien waren derart unversöhnlich, dass man sich wechselseitig schwor, sich nie wiedersehen zu wollen. Die Tränen der Mutter rührten da weder die einen noch den anderen und auch Barbaras Schlichtungsversuche wurden erbittert weggewischt.

Die Söhne zogen nach Köln, wo Thomas ein Studium begann und Stefan sich einer Band anschloss, die mit abenteuerlichen Outfits, toupierten Haaren und Nietengürteln darauf hoffte, Teil der aufkommenden *Neuen Deutschen Welle* zu werden. Und tatsächlich komponierten sie einige Songs, die im Radio gespielt wurden, aber in finanzieller Hinsicht floppten.

Rudolf konnte sich trotz allem aber nicht dazu durchringen, sie nicht mehr zu unterstützen. Vielleicht, weil er ahnte, dass seine Frau sonst Mittel und Wege finden würde, es an seiner statt zu tun. Vielleicht aber auch, weil er insgeheim darauf hoffte, dass wenigstens einer von ihnen wieder zur Vernunft kommen würde, um irgendwann später in den elterlichen Betrieb einzusteigen. Bei aller Wut blieb Rudolf ein berechnender, strategisch denkender Mensch.

Ohne seine Söhne war es still geworden im Haus, was Walter fast automatisch in Rudolfs Fokus rückte. Zunächst noch mit beiläufigen Fragen zu seiner Ausbildung, zu den Arbeitsabläufen, den Kollegen, dann mit vorsichtigem Nachhaken, wie ihm der Beruf des Postboten denn gefalle und ob ihm diese bescheidene Arbeit denn genüge. Walter beantwortete die Fragen wahrheitsgemäß, er wusste nicht, ob ihn ein Leben als Postbote für immer ausfüllen würde.

Denn da war ja noch der Trainer aus Köln.

An jedem Tag, der Walter seiner Volljährigkeit und dem Abschluss seiner Ausbildung näher brachte, dachte er an die Telefonnummer, die wie ein Trupp singender Zwerge durch seinen Kopf marschierte und ihn daran erinnerte, dass er es vielleicht doch ganz nach oben schaffen konnte. Rudolf gegenüber verschwieg er das Angebot, das ihm da vor knapp drei Jahren gemacht worden war, Barbara aber vertraute er sich an.

»Du musst auf Papa bauen, Walter«, flüsterte sie ihm leise ins Ohr.

Walter nickte stumm.

Als seine Lehrzeit endete, als Kurt Kettler ihm feierlich die gesunde Hand reichte und ihm versicherte, der beste Lehrling seit Bestehen des Postamtes Engelskirchen gewesen zu sein, und dass es ihm eine Ehre wäre, ihm einen Arbeitsvertrag als Postbote anbieten zu können, da rief ihn Rudolf Neisser in sein Büro.

Sie mussten reden.

32

Als Walter an einem Frühlingsmorgen sein Moped den Berg hinauf ins Gewerbegebiet von Lindlar quälte, um schließlich in die Gerberstraße einzubiegen, konnte er nicht wissen, dass dort viele Jahre später die Post, gerade einmal zweihundert Meter vom alten Gelände der Neisser GmbH entfernt, einen Zustellstützpunkt einrichten würde, der ihm in einem anderen Leben Tag für Tag ein Hafen sein würde.

1981 hatten sich dort nur wenige Firmen angesiedelt, die größte davon war die Neisser Hoch- und Tiefbau GmbH, in deren schmuckloser Halle alles Mögliche geparkt wurde, was für dieses Metier nötig war, vom Bagger bis zur Schaufel, von Zementsäcken bis zu Baustellenschildern.

Ein Gebäude, grau und so funktional, dass es geradezu deprimierend wirkte: vier hohe Wände mit Satteldach, die Büros im hinteren Teil der Halle mit einfach verputzten Rigipswänden hochgezogen. Trostlose Arbeitsplätze, bestehend aus Schreibtisch, Stuhl, Telefon und Rechenmaschine für Buchhaltung und Kaufmännisches, und einige ebenfalls mit Ständerwerk errichtete Büros für Bauleiter und Ingenieure, denen Teppiche, Weißwandtafel und kleine Konferenztische etwas mehr Flair gaben.

Das einzige Büro, das zwar nicht sehr geschmackssicher, dafür aber sehr teuer eingerichtet worden war, war das von

Rudolf Neisser. Man gelangte nur hinein, wenn man zuvor an seiner Sekretärin Hilde vorbeikam, ein rabiater Drachen mit silberblauer Helmfrisur, der seinem Chef alles und jeden vom Hals halten konnte und mit dem man sich lieber gut stellte.

Walter begrüßte sie freundlich, was sie wie stets mit unbewegter Miene quittierte, während sie auf die Taste einer Gegensprechanlage drückte, um ihn bei Rudolf Neisser anzukündigen.

Dann ließ sie ihn ein und verschloss die Tür.

Rudolf thronte hinter einem Schreibtisch, der in Größe und Wuchtigkeit eines Diktators würdig gewesen wäre. Sein Büro war mit dunklem Holz vertäfelt, was dem Raum trotz zweier großer Fenster eine bedrohliche Enge verlieh. Walter begrüßte auch ihn und war im Begriff, auf dem Stuhl vor seinem Imperatorenschreibtisch Platz zu nehmen, als Rudolf aufsprang und mit einer Geste zu einer Sitzecke aus gemütlichen schwarzen Ledersesseln wies. Dann öffnete er ein unsichtbares Fach, das in die Holzvertäfelung eingelassen war: eine kleine Bar mit Spiegeln, Flaschen und Gläsern.

Er schenkte ihnen einen Cognac ein, reichte Walter einen der Schwenker und setzte sich ihm dann gegenüber.

»Auf deinen Erfolg!«, toastete er.

Sie tranken einen Schluck.

»Ich bin stolz auf dich, Walter!«

Der freute sich über das unerwartete Lob. »Vielen Dank, Herr Neisser!«

»Wie ich höre, hält man bei der Post sehr viel von dir?«

Walter nickte bescheiden.

»Ich halte auch sehr viel von dir, Walter«, fügte Neisser an und prüfte ihn mit Blicken.

»Vielen Dank!«, antwortete Walter. »Das beruht auf Gegenseitigkeit.«

Neisser grinste. »Du bist selbstbewusst. Ich mag das.«

Walter trank einen weiteren Schluck – der Alkohol brannte in seiner Kehle.

»Erinnerst du dich noch an den Abend auf Juist? Als wir das erste Mal zusammen gegessen haben?«

Walter nickte.

»Damals habe ich mich gefragt, was für ein Bursche ist das, der mir da gegenübersitzt. Was mache ich mit dem, hab ich gedacht …«

Walter sah sich selbst wieder mit den Neissers am Tisch sitzen, ihm gegenüber der Patriarch, der große Stücke Fleisch abschnitt und schweigend drauf herumkaute. Es schien ihm eine Ewigkeit her.

»Dann sind wir zurück nach Lindlar und ich dachte, mal sehen, wie lange Barbaras Schwärmerei diesmal wohl anhält …«

Eine Bemerkung, die wie ein scharfes Messer klaffende Wundränder auf weicher Haut hinterließ. War Barbara schon einmal in jemanden verliebt gewesen? War es vorstellbar, dass sie jemand anderem all die Dinge zugeflüstert hatte, von denen er glaubte, sie würden nur ihm gelten? So unbedacht Rudolf gesprochen hatte, so sehr verletzten Walter seine Worte.

»Bei dir wusste ich, dass es keine Schwärmerei war. Du

bist ein guter Mann, Walter. Ich habe es dir schon am Strand gesagt.«

Walter nickte stumm.

»Jetzt seid ihr ein Paar, ein sehr schönes Paar. Ich könnte mir niemand Besseren für meine Tochter vorstellen als dich. Meine Frau sieht das übrigens genauso.«

»Danke.«

»Daher möchte ich mit dir über deine Zukunft sprechen …«

»Meine Zukunft?«, fragte Walter überrascht zurück.

»Ja, ich möchte, dass du bei mir anfängst.«

Überraschte Stille.

Dann, nach einer gefühlten Ewigkeit, antwortete Walter: »Bei Ihnen?«

»Du kannst bei mir viel erreichen, Walter! Du wirst bald volljährig sein. Auf deinen eigenen Füßen stehen. Willst du den Rest deiner Tage wirklich als Postbote arbeiten?«

Walter entgegnete nichts.

Neisser lehnte sich in seinen Sessel zurück.

»Aber das willst du gar nicht, richtig?«

Da Walter nicht wusste, was er darauf antworten sollte, trank er einen weiteren Schluck von seinem Cognac. Er konnte Rudolf Neisser nicht von dem Angebot aus Köln erzählen. Er wusste, dass er es niemals gutheißen würde. Weil er im Prinzip nichts gutheiß, was sich nicht mit seinen Ideen in Einklang bringen ließ. Hatte er es nicht bei Stefan und Thomas erlebt, wie Rudolf reagierte, wenn seine Pläne infrage gestellt wurden?

Rudolf Neisser nahm auch einen Schluck, dann beugte

er sich vor, die mächtigen Unterarme auf seine Oberschenkel gestützt. »Du würdest lieber Fußball spielen. Hab ich recht?«

Walter fühlte, wie sein Herz klopfte, als wäre er bei etwas Verbotenem ertappt worden. Er mühte sich, äußerlich unbewegt zu erscheinen. Wie hatte Rudolf das erraten? Hatte Barbara ihm einen Wink gegeben? Walter wusste, wie sehr sie ihren Vater verehrte und sich wünschte, dass er sich ihm anschloss. Doch dass sie sein Vertrauen verletzte, schien ihm unvorstellbar. Sie liebte ihn doch, oder etwa nicht?

»Ich war auch mal jung, Walter. Hatte Flausen im Kopf, verrückte Ideen. Aber glaubst du wirklich, ich hätte das hier alles geschafft, wenn ich nicht irgendwann mal erwachsen geworden wäre?«

Walter schwieg.

»Es geht uns gut. Mehr als gut. Und du, Walter, kannst das auch haben! Du kannst es weit bringen. Wirf das nicht weg für einen verrückten Traum. Das hier ist echt! Das hier kann dich zu jemandem machen! Verstehst du?«

»Ja«, antwortete Walter leise.

»Du hast in mir einen starken Verbündeten, Walter. Und vergiss nicht: Ich war für dich da! Und ich werde es auch in Zukunft sein, wenn du mir vertraust!«

Walter schluckte. Rudolf Neisser hatte ihm geholfen, als seine Welt in Trümmern lag. Wäre es nicht undankbar und respektlos, wenn er ihm jetzt absagte? Wie könnte er sich dem Mann entgegenstellen, der sich wie ein Vater für ihn einsetzte?

»Ich vertraue Ihnen doch«, antwortete Walter.

»Das freut mich, Walter. Und ich will zeigen, wie sehr ich dich schätze, mein Junge: Schlag ein und du wirst bei mir zum Kaufmann ausgebildet. Du sollst alles lernen, was man für dieses Geschäft braucht, gutes Geld verdienen, und wenn du dich bewährst, werden wir sehen, wie wir deinen Weg weitergestalten.«

Er stand auf, ging zwei Schritte auf Walter zu und reichte ihm die Hand. »Was denkst du? Sind wir im Geschäft?«

Walter stand ebenfalls auf und schlug ein. »Ich danke Ihnen!«

Rudolf Neisser lächelte. »Du wirst es weit bringen!«

Damit war Walter entlassen und verließ die Halle.

Er fuhr zurück nach Hause.

Setzte sich auf sein Bett und dachte nach.

Traum oder Wirklichkeit?

Noch konnte er sich entscheiden.

Dann aber zückte er die Visitenkarte, die er über drei Jahre wie ein Heiligtum gehütet hatte, nahm ein Feuerzeug, hielt die Flamme unter eine der Ecken und sah, wie gelbe, kleine Zungen von ihr Besitz ergriffen, bevor er sie in einen Aschenbecher warf. Dort ging das Emblem mit dem Geißbock in Rauch auf, bis nichts als schwarzgraue Asche von ihm übrig blieb.

Er hatte Rudolf Neisser viel zu verdanken – es wurde Zeit, ihm etwas zurückzuzahlen.

33

Kurt Kettler nahm Walters Absage beinahe unbewegt auf.

Mit schlechtem Gewissen und schwerem Herzen hatte Walter vorgetragen, was Rudolf Neisser ihm angeboten hatte, bis Kettler schließlich aufstand und ihn mit einer Handbewegung unterbrach.

»Ich verstehe dich«, sagte er knapp.

Leise fügte er an: »Für mich wirst du immer einer von uns sein. Und du wirst hier immer einen Platz finden.«

»Ich danke Ihnen, Herr Kettler«, antwortete Walter gerührt.

»Kurt.«

Diese Vertrautheit freute Walter umso mehr, da er wusste, dass Kettler weder Freund großer Worte noch großer Gesten war. In seiner nur sehr eingeschränkten Art, Emotionen zu zeigen, war dies das Maximum, zu dem er in der Lage war.

So begann Walter schließlich seine zweite Lehrzeit, diesmal bei der Neisser GmbH.

Er bekam einen eigenen Schreibtisch, ein eigenes Telefon und eine eigene Rechenmaschine. Seine Arbeitszeit, für die er doppelten Azubilohn erhielt, verbrachte er fortan im Betrieb und in der Berufsschule. Mittags und abends ließ er sich von Frau Neisser kulinarisch verwöhnen und genoss derweil die Liebesbekundungen Barbaras. Bald war er ein echter Teil dieser Familie, auch weil er die Lücke, die Thomas und Stefan gerissen hatten, mit Freundlichkeit und Empathie füllte.

Zu seinem achtzehnten Geburtstag spendierte ihm Rudolf Neisser ein rauschendes Fest. Walter lud ein paar Fußballkameraden ein, auch Kurt Kettler und einige Postler. Außerdem kam ein ganzes Bataillon an Geschäftsfreunden von Rudolf, denen Walter vorgestellt wurde, stets an der Hand der glückstrahlenden Barbara. Ohne weitere Worte wurde klar, dass da möglicherweise ein Schwiegersohn heranwuchs, mit dem in Zukunft zu rechnen sein würde. Aber nicht nur Barbara strahlte, auch Walter fühlte, dass er die richtige Entscheidung getroffen hatte. Er hatte nun wirklich alles: eine ihn liebende Familie, eine wunderschöne Freundin, eine Zukunft, die wohl die wenigsten ihm zugetraut hätten.

Letzteres war ihm Ansporn genug, seine Ausbildung mit großem Fleiß anzugehen und außergewöhnlich gute Noten mit nach Hause zu bringen, auch um Rudolf und Renate, die ihm so wohlgesonnen waren, nicht zu enttäuschen.

Allen wollte er zeigen, dass er es wert war.

Nur eines bedauerte er über alle Maßen: Hätte seine Mutter nur erleben dürfen, dass auch kleine Menschen, ohne vom Schicksal bestraft zu werden, große Träume haben durften!

Ja!, hatte sie gesagt.

Und *Ja!* rief er ihr in Gedanken zu, wenn er abends zu Bett ging und seine letzten Gedanken ihr gehörten.

Seine drei Lehrjahre vergingen wie im Flug.

Und kurz bevor sie endeten, wurde Barbara schwanger.

Trotz Pille.

Walter war glücklich, obwohl er ein wenig fürchtete, dass Rudolf vielleicht ungehalten reagieren würde. Aber zu seiner Überraschung störten sich die Neissers nicht daran, dass Walter und Barbara noch nicht verheiratet waren. Im Gegenteil, sie öffneten eine Flasche Sekt und stießen auf das junge Paar an.

»Willkommen in der Familie, Walter!«, rief Rudolf glücklich.

Walter erwiderte den Toast: »Danke, Herr Neisser!«

»Herr Neisser? Bist du verrückt? Ab sofort Rudolf und Renate!«

Sie umarmten einander.

Dann bestimmte Rudolf: »Und jetzt wird geheiratet! Es muss alles seine Ordnung haben!«

»Ja!«, antwortete Walter freudig.

Walter hätte Barbara zwar gern selbst einen Antrag gemacht, aber da fiel sie ihm auch schon lachend und weinend um den Hals und küsste ihn ab. Auch Renate kämpfte mit den Tränen und Rudolf drückte schließlich alle drei mit seinen gewaltigen Armen an sich.

Die Feier wurde ein Ereignis.

Rudolf ließ große Zelte in seinem Garten aufstellen, eine Kapelle aufspielen und spendierte so edle Speisen und Getränke, dass die Gäste noch lange davon sprachen.

Es war Sommer geworden.

Barbaras Bauch wölbte sich bereits ein wenig unter ihrem Hochzeitskleid, man bewarf sie mit Reis, beschenkte das Paar großzügig und ließ es hochleben. Selbst Thomas und Stefan waren gekommen, gratulierten ihrer Schwester und ihrem neuen Schwager. Sie gaben auch ihrem Vater die Hand, blieben aber unversöhnlich, wenngleich freundlich, genau wie Rudolf, der an diesem Tag keinen Streit wünschte.

Als es an die Reden ging, trat Rudolf als Erster an das Mikrofon.

»Liebe Gäste, liebe Familie! Das Schicksal geht zuweilen kuriose Wege und dass wir hier heute alle versammelt sind, ist wohl eine dieser Wendungen, die niemand hätte vorhersagen können. Umso mehr freue ich mich für meine liebe Tochter und meinen neuen Schwiegersohn!

Lieber Walter, ich möchte dir sagen, wie sehr ich deinen Willen bewundere, das Beste aus dir zu machen! Du hast es nicht leicht gehabt, aber du hast allen gezeigt, wozu ein Mann in der Lage ist, wenn er nur will. Du hast dich eingebracht in meine Familie, hast uns alle im Sturm erobert. Darum ist es jetzt an mir, das zu belohnen!«

Eine kleine Pause ließ alle Gäste gespannt zum Brautpaar sehen.

Breit grinsend und mit dem Zeigfinger spielerisch mahnend fuhr Rudolf fort: »Wie dem einen oder anderen nicht entgangen ist, konnte das Brautpaar die Hochzeitsnacht nicht abwarten …«

Freundliches Gelächter des Publikums nahm der Feststellung die Peinlichkeit.

»Renate und ich freuen uns, unseren Enkel bald begrüßen zu dürfen. Ihr beiden habt also demnächst eine eigene Familie. Und eine eigene Familie braucht ein eigenes Zuhause. Darum, lieber Walter, liebe Barbara, habe ich ein Grundstück gekauft. Und weil man auf einem Grundstück nicht wohnen kann, werde ich darauf auch ein Haus bauen. Euer Haus!«

Einem beeindruckten Raunen folgte tosender Applaus.

»Ein Haus für euch und meinen Enkel! Mögen weitere folgen … Aber mehr als ein Haus gibt es nicht!«

Wieder freundliches Lachen.

Es folgten viele Umarmungen und Glückwünsche.

Musik bis in den frühen Morgen.

Und ein Brautpaar, das sein Glück nicht fassen konnte.

Ein paar Tage später dann bat Rudolf Walter in sein Büro und präsentierte ihm die Bauzeichnungen des Architekten. Es fiel Walter gar nicht weiter auf, dass er weder Barbara noch ihn um eine Meinung oder Wünsche gebeten hatte.

Er bekam ein Haus!

Ein ganzes Haus!

Zeit seines Lebens hatte er mit Mama in einer engen, kleinen Mietswohnung gelebt und jetzt bekam er ein Haus! Was spielte es da für eine Rolle, dass er es nicht mitgestalten durfte.

»Ich danke dir, Rudolf!«, sagte er. »Ich danke dir so sehr!«

Der winkte großzügig ab. »Ach was, Walter! Du bist ein guter Mann! Und das muss belohnt werden. Wann endet deine Lehrzeit?«

»In drei Monaten«, antwortete Walter.

Rudolf nickte.

»Ich habe noch eine kleine Überraschung für dich …«

»Noch etwas?«, fragte Walter erstaunt.

»Du wirst nach deiner Lehre mein Assistent. Meine rechte Hand, wenn du so willst!«

»Wirklich?«

»Ja, jetzt, wo du zur Familie gehörst, wirst du alles von mir lernen. Eines Tages werde ich nicht mehr sein und da braucht es jemanden, der mein Lebenswerk weiterführt. Auf meine Söhne kann ich leider nicht bauen!«

Walter nickte gerührt.

Rudolf presste ihn an seine mächtige Brust. »Ach, komm her, du! Du hast einen alten Mann sehr glücklich gemacht!«

Sie zogen ein, kurz bevor Christian geboren wurde.

Walter hielt seinen Sohn im Arm und fühlte ein solches Glück, dass ihm das Herz explodieren wollte. Er war Vater! Und wollte nichts anderes mehr sein! Für das kleine Bündel in seinem Arm da sein, den Jungen beschützen und großziehen.

Ihn niemals verlassen.

Er würde der Beste aller Väter sein!

Die Zukunft öffnete sich vor ihnen wie ein liebliches Tal, das keinen Horizont kannte.

Doch dann ging Rudolfs Vorzimmerdrachen Hilde in Rente.

Für sie kam Nicole.

Eine junge Frau in den Zwanzigern.

Hübsch, mit strahlend blauen Augen und einem lebendigen Wesen.

Sie stellte sich Walter vor.

Hielt seine Hand ein bisschen länger als nötig.

Und lächelte ihn an.

34

Zarter Schnee segelte zaghaft an den Fenstern der Christkindfiliale vorbei, puderte das Kopfsteinpflaster des Ho-
fes und verwandelte es in eine üble Rutschbahn. Walters
Moped schlingerte und schleuderte, zwang ihn zu einer
Schleichfahrt mit ausgestreckten Beinen, bis er endlich vor
der Filiale zum Stehen kam und erleichtert durchatmete.
Er nahm den Helm ab, zog die Handschuhe von den Fingern und war noch nicht ganz ins Büro getreten, als ihm
Sabine schon wie ein Weihnachtsengel entgegenflog und
freudestrahlend mit einem Din-A4-Papier wedelte.

»Jetzt rat mal, was ich hier habe!«, flötete sie entzückt.

Walter zuckte mit den Schultern.

»Einen Plan für deine Tour!«, rief sie. »Ist das nicht toll?«

Walter starrte sie an.

»Also, du musst dir einfach ansehen, was ich alles für
dich herausgesucht habe! Du wirst begeistert sein!«

»Ja?«

Sie zwinkerte. »Am liebsten würde ich die Reise selbst
machen, du Glücksbärchen, du!«

»Gute Idee«, antwortete Walter trocken.

Das Lächeln schwand aus Sabines Augen. »Was meinst
du?«

»Es wäre wirklich schade, wenn die Tour verfallen würde«,

gab Walter ungerührt zurück. »Wo du dir doch so viel Mühe gegeben hast!«

In ihrem Gesicht fiel die gute Laune polternd wie der Klötzchenturm eines Dreijährigen in sich zusammen.

»Wovon redest du?«

»Davon, dass ich die Tour nicht antreten kann.«

»Aber warum denn nicht?«

Walter machte eine bedauernde Geste: »Ich habe jetzt einen Hund.«

Sabine runzelte die Stirn. »Seit wann das denn?«

»Ein lieber Freund ist krank geworden und er hat mich gebeten, auf seinen Hund aufzupassen. Er wäre sonst ins Heim gekommen.«

Sabine gab nicht auf.

»Dann nimm ihn mit!«

»Ist ein sehr großer Hund«, antwortete Walter.

»Mir doch egal! Nimm ihn mit!«

»Er beißt. Vor allem Postboten.«

»Was?«

»Tut mir leid, Sabine. Nach Weihnachten gebe ich ihn wieder zurück, dann fahr ich gern.«

»Nach Weihnachten sind die Büros geschlossen!«

»Oh, na ja, dann nächstes Jahr.«

Walter setzte sich an seinen Platz und begann, scheinbar beschäftigt, ein paar Weihnachtswünsche umzutüten. Als er aufblickte, sah er Sabine immer noch mit hängenden Schultern dastehen. Das Blatt mit der Reiseroute entglitt ihr und segelte zu Boden. Sie kehrte zu ihrem Tisch zurück, ohne es wieder aufzuheben.

Walter nahm es zum Anlass, die Post nach einem Brief von Ben zu durchsuchen, und fand ihn schließlich auch. Erfreut setzte er sich damit an seinen Platz.

Lieber Gott Walter,
da wir jetzt Freunde sind, würde ich gerne mehr von dir wissen. Hast du zum Beispiel Hobbys? Ich habe unsern Relilehrer gefragt, aber der hat gesagt, dass Gott keine Hobbys hat. Ich habe ihn gefragt, wann du Geburtstag hast, aber das wusste er auch nicht. Der hat echt keine Ahnung! Jedenfalls, wenn du doch Hobbys hast, dann kann ich ja dieselben Hobbys haben und dann können wir uns darüber unterhalten. So wie Freunde.
Liebe Grüße
Dein Ben

Walter kicherte leise vor sich hin.

Wann hatte er sich das letzte Mal so über einen Brief amüsiert?

Wann hatte er sich das letzte Mal überhaupt so amüsiert?

Dabei musste er Ben recht geben: Was wussten die Menschen eigentlich über Gott? Also über ihn persönlich? Ziemlich wenig. Dennoch nahm jeder Gläubige für sich in Anspruch zu wissen, an wen man sich wandte.

Ganz schön anmaßend.

Kein Wunder, dass Gott die Welt zu ignorieren schien.

Walter nahm einen Bogen Papier und schrieb.

Lieber Ben,
ich freue mich, dass du mich nach meinen
Hobbys fragst. Das hat noch nie jemand
gemacht. Vielleicht, weil alle denken,
dass man mit mir keinen Spaß haben kann.
Also: Ich mag Fußball.
Wäre das nicht auch etwas für dich?
Alles Liebe
Gott

Er wollte den Brief gleich in der Horpestraße abliefern, aber als er sich auf den Weg nach draußen machte, passte ihn Sabine ab.

»Ab sofort weht hier ein anderer Wind, Walter! Dienst nach Vorschrift! Keine Extras mehr! Ich werde alles ganz genau kontrollieren!«

Ein radioaktives Bedürfnis nach Revanche strahlte aus ihrem Gesicht. Walter seufzte theatralisch, was sie augenscheinlich noch mehr verärgerte, aber sie giftete nicht weiter, sondern stampfte nur wütend davon.

So fuhr Walter mit dem Brief erst nach Dienstschluss in die Horpestraße. Bens Schuhe standen vor der Tür, er war also zu Hause. Vorsichtig näherte Walter sich dem Briefkasten, warf seine Nachricht zügig ein und düste rasch wieder davon.

Zu Hause wurde er freudestrahlend von Sandra empfangen, wobei er verwundert feststellte, dass seine Tochter ihren freien Tag offensichtlich dazu genutzt hatte, sein Haus einer Grundreinigung zu unterziehen. Alles blitzte und blinkte, die Bücherregale waren sortiert, die Fenster geputzt, genau wie der Kühlschrank. Selbst Hund war geduscht und schamponiert worden: Der Dobermann roch wie eine Frühlingswiese.

»Das war wirklich nicht nötig, Sandra.«

»Ich mach das gern, Papa. Wenn ich dir eine kleine Freude machen kann, bin ich auch froh.«

Sie war glücklich, weil sie etwas getan hatte, was ihm gefallen sollte. Damit er sie dafür lieben konnte, denn anscheinend glaubte sie nicht, dass er das auch einfach so konnte.

Das tat weh.

Höllisch weh.

Er biss die Zähne zusammen und lächelte. »Danke schön! Das Haus hat nie besser ausgesehen.«

»Setz dich doch ins Wohnzimmer. Nimm dir ein Bier.

Walter ließ sich im Sessel nieder, Hund legte sich zu seinen Füßen und schloss träge die Augen. Sandra musste ihn bereits gefüttert haben, denn sonst wäre er um diese Uhrzeit nicht so entspannt gewesen.

Sandra setzte sich zu ihm. Sie plauderten wie Vater und Tochter über alles Mögliche, was Walter sehr gefiel und ihn gleichzeitig daran erinnerte, was er in all den Jahren verpasst hatte.

Vielleicht ließ sich ja alles wieder in Ordnung bringen.

Vielleicht könnten sie ja doch wieder eine Familie werden.

35

Zwei Tage später trat Walter ein paar Minuten nach acht Uhr ins Büro, was Sabine demonstrativ auf die Uhr sehen ließ.

Genau wie tags zuvor.

Er beschloss, ihre Befindlichkeiten zu ignorieren, begann mit großer Lustlosigkeit, Weihnachtsbriefe umzupacken, als einer der Zivilisten an seinen Schreibtisch kam und ihm einen Brief von Ben überreichte.

Lieber Gott Walter,
das ist ja ein tolles Hobby! Ich würde
auch gerne Fußball spielen. Aber ich habe
keine Fußballschuhe. Und Mama hat dafür
leider kein Geld. Hast du vielleicht noch
ein anderes Hobby? Eins, das man einfach
so machen kann?
Liebe Grüße
Dein Ben
PS: Hast du auch eine Mailadresse? Die
Briefe brauchen immer so lange und ich
habe kein schönes Papier mehr.

Walter hatte tatsächlich auch schon daran gedacht, auf digitale Nachrichten umzusteigen, wobei er sich kaum vorstellen konnte, dass der Herrscher über Himmel und Erde an einem Laptop sitzen und mailen würde. Aber die Fahrten in die Horpestraße bei nasskaltem Wetter waren kein Vergnügen und auch Sabine machte zunehmend Ärger, sodass das Briefeschreiben langsam, aber sicher umständlich wurde. Ben hatte vorgeschlagen zu mailen. Und was wäre er da für ein Gott, wenn er seinem Wunsch nicht nachkommen würde?

Einmal aber würde er noch in die Horpestraße fahren müssen.

Er tat es am Abend, als es dunkel geworden war und er sich unauffällig dem Haus der Gregersens nähern konnte. Glücklicherweise fand er, wonach er gesucht hatte: Bens Schuhe. Schlammverkrustet standen sie vor der Tür.

Er drehte sie um und merkte sich die Größe.

Der nächste Stopp führte ihn zu einem Ort, den er seit Jahrzehnten nicht mehr betreten hatte: dem Sportpark Leppe. Aus dem Ascheplatz seiner Jugend war ein moderner Kunstrasenplatz und aus dem Fußballverein ein Zentrum für diverse Sportarten geworden – von Leichtathletik über Handball und Tennis bis Judo. So vieles hatte sich verändert, war neu, schön und weitläufig geworden. Und statt Bier und Zigaretten gab es jetzt Kaffee und Limo im Vereinslokal.

Walter schlich wie ein Dieb hinein, grüßte scheu Eltern und Trainer, die ihn nicht weiter beachteten, und entdeckte in einem Nebenraum eine Vitrine mit Pokalen, darunter auch, zu seinem großen Erstaunen, den vom Turnier 1978, samt Zeitungsbericht über den Sieg gegen die FC-Junioren. Ein mehr als seltsames Gefühl, sich dort hinter Glas zu sehen. Er starrte auf das Bild und fragte sich, wer dieser Junge darauf gewesen war, denn mit ihm selbst hatte er nichts mehr zu tun.

Im Spiegelbild des Vitrinenglases konnte er sehen, dass jemand hinter ihn getreten war. Walter wandte sich um und blickte in das Gesicht von Bernd Voosen, einem Freund aus Jugendtagen, einem derer, die bei diesem Spiel dabei gewesen waren. Die ihm jubelnd um den Hals gefallen waren, als der Schiedsrichter das Spiel abgepfiffen hatte.

Ein alter Mann.

Genau wie er.

»Lange nicht gesehen, Walter«, grüßte er ruhig.

Walter drehte sich zu ihm um.

»War ein tolles Spiel!«, stellte Voosen freudlos fest.

»Waren andere Zeiten damals«, antwortete Walter.

»Ja, ist viel passiert.«

Sie sahen einander an und schwiegen lange.

»Du hast angerufen?«, fragte Voosen schließlich.

Walter fragte zurück: »Ihr habt doch sicher noch Jugendabteilungen für Fußball?«

»Von Bambini bis B-Jugend.«

»Ich würde gerne jemanden anmelden. Einen Jungen. Zehn Jahre. Was ist das? E-Jugend?«

»Ja, E1 oder E2. Je nach Jahrgang. Wie alt ist er genau?«

»Weiß ich nicht.«

Voosen sah ihn erstaunt an.

»Weißt du nicht?«

»Nein.«

»Was weißt du denn?«

Es klang genauso unfreundlich, wie es offenkundig beabsichtigt war.

Walter antwortete: »Der Junge möchte gerne spielen. Und ich möchte ihm das ermöglichen.«

»Hm«, machte Voosen. »Mit anderen Worten, du kennst ihn nicht besonders gut, oder?«

»Gut genug, um zu wissen, dass er eine Chance verdient hat«, antwortete Walter.

»Der Junge soll eine Chance bekommen?«, fragte Voosen.

Hohn tropfte wie kochendes Pech aus jedem Wort.

Walter schwieg.

»Versuchst du, etwas gutzumachen?«

Walter schwieg.

Voosen setzte unerbittlich nach: »Es gibt Dinge, die kann man nicht wiedergutmachen, weißt du?«

Walter schwieg weiter.

Wie schnell doch alte Glut zu neuem Feuer erwachte! Er konnte es in Voosens Augen sehen.

»Eine Chance …«, spuckte Voosen bitter aus.

Dann aber erlosch das Brennen.

Stattdessen trat Verachtung in Voosens Züge. »Gut, wir melden den Kleinen an. Der Junge kann ja nichts dafür.«

»Danke«, antwortete Walter.

Voosen schnaubte spöttisch.

Er folgte ihm zu einem Aktenschrank, wo er ein Formblatt aus einer Kladde holte und es Walter gab. »Sieben Euro im Monat für Kinder, zehn Euro Bearbeitungsgebühr.«

»Braucht der Junge was? Außer Fußballschuhen?«

»Trikots zu den Spielen gibt's von uns. Fürs Training das Übliche: Schuhe, Schienbeinschoner, Sportsachen. Training ist mittwochs und freitags ab siebzehn Uhr. Komm einfach mit ihm vorbei und sprich den Trainer an.«

Walter antwortete nicht.

Voosen sah ihn erstaunt an: »Ach, du willst gar nicht mit ihm vorbeikommen?«

Walter zuckte hilflos mit den Schultern.

»Ist nicht so dein Ding, was? Lässt die Leute lieber allein, was?«

Ein schwerer Treffer nach dem nächsten.

Walter war, als knickten ihm die Beine weg.

»Mach's gut!«, sagte er rasch, schnappte sich das Formblatt und verließ das Büro, bevor Voosen ihm noch etwas nachrufen konnte.

Er musste raus!

Raus!

36

Lieber Ben,

ich freue mich, dir sagen zu können, dass du in der E-Jugend des VfL Engelskirchen Fußball spielen kannst. Ich habe mir erlaubt, einen Engel mit Fußballschuhen und Schienbeinschonern zu dir zu schicken. Training ist Mittwoch und Freitag ab siebzehn Uhr. Man erwartet dich schon. Wenn du willst, können wir in Zukunft auch mailen. Du erreichst mich unter Mein-Gott-Walter@t-online.de. Alles Liebe

Gott

Walters Erfahrungen mit Mail und Internet waren recht dürftig. Einfaches Surfen war kein Problem, Begriffesuchen auch nicht, dann aber dünnte seine Netzkompetenz schon rapide aus. Eine private Mailadresse besaß er nicht, nur eine dienstliche, über die er auch Persönliches empfing, was aber so gut wie nie vorkam. Eine Weile hatte er versucht, sich die Domain himmel.de zu sichern, nach vielen orientierungslosen Klicks aber herausgefunden, dass die bereits vergeben war.

Blieb also ein kostenloses E-Mail-Konto bei der Telekom.

Walter hatte zischend Luft durch die Zähne gesogen, als er die Mailadresse eingerichtet hatte. War Gott tatsächlich Kunde bei der Telekom? Und wenn: Hatte er je mit der Technik-Hotline telefoniert?

Walter schlug die gekauften Fußballschuhe und Schienbeinschoner in neutrales Packpapier ein und klebte seinen Brief mit Tesa darauf. Am späten Abend würde er das Paket vor Bens Haustür legen.

Was würde Bens Mutter wohl zu den neuen Sachen sagen?

Würde Sie ihren Sohn zur Rede stellen? Wäre die nächste Mail, die er bekäme, von ihr? Das Risiko musste er wohl oder übel eingehen.

Unruhig und erwartungsvoll fuhr Walter am nächsten Tag nach Dienstschluss nach Hause, begrüßte Hund und eilte, bevor Sandra von der Arbeit kommen würde, zu seinem von ihm nur sehr selten benutzten Laptop, um das Mailprogramm zu öffnen.

Von: Gregersen, Ben <BEN857@gmail.com>
Gesendet: Donnerstag, 04. Dezember 2022, 16:20
An: Gott, Lieber <Mein-Gott-Walter@t-online.de>
Betreff: Schuhe

Lieber Gott,
DANKE! DANKE! DANKE! Ich freu mich so! So etwas Tolles habe ich noch nie bekommen! Jetzt werde ich ein Fußballer! Und dann können wir die ganze Zeit über Fußball sprechen! Schade, dass du mich nicht

begleiten kannst. Das wäre was, oder? Ich würde
sagen: He, Leute, das ist mein bester Kumpel: Gott!
Der kann super kicken! Genau wie ich!
Na ja, vielleicht kann ich ja Mama überreden mit-
zukommen. Sonst gehe ich eben alleine.
Danke!
Liebe Grüße
Dein Ben

Von: Gott, Lieber <Mein-Gott-Walter@t-online.de>
Gesendet: Donnerstag, 04. Dezember 2022, 17:35
An: Gregersen, Ben <BEN857@gmail.com>
Betreff: AW: Schuhe

Lieber Ben,
ich drücke fest die Daumen, dass du morgen dein
erstes Tor schießt!
Alles Liebe
Gott

Sehr zufrieden mit sich und der Welt klappte Walter den
Laptop zu und lächelte Hund an. »Na, wie wäre es jetzt
mit einem Steak?«

Die Ohren des Dobermanns schossen in die Höhe.

Gott zu sein war gar nicht so übel.

Alle mochten einen.

37

Der nächste Morgen begann mit einer großen Aufregung.

Eigentlich hatte Walter erwartet, dass Sabine ihm im Eingang auflauerte, mit Blick auf die Uhr, als wäre sie Zielrichterin eines olympischen Endlaufes. Doch als er eintrat, drehte sich alles nur um ein strahlend schönes Christkind, das dort inmitten der Zivilisten, Sabine und Frau Tomé von der Öffentlichkeitsarbeit stand. Eine blonde junge Frau mit leuchtend blauen Augen und ausgesprochen schönem Lächeln in einem weißen Kleid. Frau Tomé passte gerade die goldenen Flügel an.

»Können Sie sich für Montag noch ein paar Wasserwellen in die Haare machen?«, fragte sie. »Macht mehr her!«

»Kein Problem«, antwortete das Christkind. »Und Sie briefen mich noch wegen der Post?«

»Ja«, bestätigte Frau Tomé und blickte Sabine auffordernd an. »Best of Geschenke, best of Schicksale!«

Sabine nickte schnell.

»Und die Kinder?«, fragte das Christkind.

»Wir sammeln ein paar aus den Kitas hier ein. Die überreichen Ihnen dann auch selbst gemalte Bilder und so was.«

»Sweet.«

Das Christkind, das auf sein Handy blickte und eine kurze Nachricht tippte, nickte unkonzentriert.

»Wann kommen die Herrschaften vom Fernsehen?«, fragte Sabine schüchtern.

»Am Vormittag, elf Uhr. Die Erzieherinnen bringen vorher die Kleinen. Vielleicht besorgen Sie noch Limo und Kekse.«

»Dürfen die das denn?«, fragte Sabine.

Frau Tomé sah sie mit hochgezogenen Augenbrauen an.

»Ungesunde Ernährung. Sie wissen schon …«

»Dann Tee, Nüsse und Apfelsinen.«

»Was ist, wenn eins von den Kindern allergisch ist? Hülsenfrüchte können einen umbringen!«

Frau Tomé verdrehte die Augen. »Dann eben nur Wasser. Und Esspapier.«

Sie ließ vom Christkind ab und betrachtete prüfend sein Outfit.

»Und?«, fragte das Christkind.

»Perfekt!«

Das Christkind hob sein Handy, strahlte in die Kamera, machte ein Selfie und sah sich das Ergebnis an.

»Top.«

»Rechnung dann an mich!«, sagte Frau Tomé zum Christkind.

»Macht meine Agentur«, antwortete das Christkind.

Frau Tomé wandte sich an Sabine. »Interviewpartner gehen klar?«

Sabine schluckte und antwortete: »Ja.«

»Gut, dann bitte heute schon alles aufbauen: Kamin, Samtvorhänge, Schreibtische mit Tischdecken, Postsäcke, Postkörbe, Weihnachtsbaum, ein schöner Stuhl für das

Christkind und jede Menge Lametta. Das ganze Programm, okay?«

Sabine nickte.

»Was ist mit dem Postboten? Haben wir einen Postboten?«

»Ich, äh …«, antwortete Sabine, die darauf gehofft hatte, Frau Tomé würde diesen Punkt vergessen.

»Ich mach's!«, rief Walter aus dem Hintergrund.

Frau Tomé musterte ihn.

»Haben Sie Dienstkleidung?«

»Hab ich.«

»Gut, dann sehen wir uns Montag um zehn Uhr. Die Kinder kommen um Viertel vor elf.« Sie nahm Sabine noch einmal ins Visier. »Ich verlass mich auf Sie! Ciao!«

Sabine nickte ergeben.

Eine halbe Stunde später war der Spuk vorbei.

Das Christkind war fort, die Zivilisten hockten an ihren Plätzen, Walter tütete Weihnachtsantworten ein und Sabine saß zusammengesunken an ihrem Schreibtisch.

All der Aufwand, die unzähligen Telefonate und eingelösten Gefallen, um Walter eine Tour mit Spesen und Übernachtungen zu organisieren, um ihn von der Kamera fernzuhalten. Er würde den Termin sprengen und der schöne Wohlfühlbeitrag zum Thema Christkind wäre dahin. Und sie selbst bei Frau Tomé unten durch.

Was für ein Scheißtag!

Walter stand auf, atmete tief durch und marschierte zu ihrem Tisch. Jetzt, da ihr Tag ruiniert war, wollte er es mit ein wenig Mitgefühl versuchen.

Oder besser noch: mit ein wenig Pädagogik.

»Kann ich dich mal sprechen?«, fragte er.

Ihrer Miene war anzusehen, dass sie lieber mit Wladimir Putin tanzen gegangen wäre, als mit ihm auch nur ein Wort zu wechseln.

Walter verzieh es ihr großzügig und setzte sich vor ihren Schreibtisch. »Ich hätte da einen Vorschlag ...«

»Ich höre?«

»Wir brauchen ein anderes Christkind.«

Sein Satz klickerte wie ein Eurostück durch einen Süßigkeitenautomaten, bis er ein paar Momente später endlich Verständnis auslöste.

»Was ist denn mit dem jetzigen?«

Walter zuckte mit den Schultern. »Es ist blond.«

Sabine sah ihn an, als hätte er den Verstand verloren. »Na und?«

»Blond ist nicht gut.«

»Wieso ist blond nicht gut?«, fragte Sabine.

»Weil es immer blond ist«, antwortete Walter.

»Ja, genau, das Christkind war schon immer blond!«

»Steht das in der Bibel?«, fragte Walter betont neugierig.

»Mann, ich habe echt keine Zeit für so einen ...«, setzte Sabine an.

»Jesus war auch nicht blond.«

Sie runzelte die Stirn. »Was hat das mit Jesus zu tun?«

»Jesus Christus ... aramäischer Jude ... nicht blond«, erklärte Walter gelassen.

»Walter ...«

»Darum sollten wir es mal mit einem dunklen Christkind versuchen. Vielleicht ein türkisches. Oder ein italienisches. Divers, verstehst du?«

»Divers? Hast du sie noch alle?«

»Divers ist modern! Das wär mal ein echter PR-Coup!«

Sie schloss genervt die Augen. »Walter, das ist jetzt schon ein mieser Tag – und er hat gerade erst angefangen. Wenn du also bitte wieder an die Arbeit … «

Er winkte ab, stand auf und antwortete: »Hast recht, ich will dich gar nicht damit belästigen. Ich sag's einfach beim Interview. So als Anregung für die kommenden Jahre.«

Noch bevor er einen Schritt getan hatte, war sie schon aufgesprungen. »Untersteh dich!«

Er drehte sich zu ihr um und blinzelte unschuldig. »Was denn?«

»Du wirst mit niemandem sprechen!«

»Ist ein freies Land, Sabine. Mit einer freien Presse!« Er hob die Hand zur Faust. »Freiheit für das Christkind!«

»Ich könnte dich feuern!«

Er zuckte mit den Schultern. »Und das kümmert mich, glaubst du?«

Sie starrte ihn an.

Dann sank sie mit einem Male in sich zusammen.

»Warum tust du mir das an?«

»Aber was mache ich denn, Sabine? Ich bin nur gegen rassistische Stereotype!«

»R-rassistisch …«, stammelte sie.

»Blond und blauäugig. Immer nur blond und blauäugig. Ich will doch nur einen Imageschaden von der Post abwenden, verstehst du? Denn Image ist der Post sehr, sehr wichtig. So wichtig, dass ich jetzt hier bin und für mehr Diversität kämpfen kann!«

Sie schluckte, dann atmete sie tief durch und fragte: »Was willst du?«

Walter tat, als müsste er darüber nachdenken.

Dann forderte er: »Ich müsste heute früher Feierabend machen …«

Sie nickte.

»Geht in Ordnung.«

»Ich müsste immer mal wieder früher Feierabend machen. Oder vielleicht auch mal zwischendurch weg.«

»Auch okay.«

»Keine Uhr mehr. Keine Bevormundung. Kein Gängeln.«

Sie sah ihn misstrauisch an. »Und im Gegenzug: keine Interviews?«

»Keine Interviews«, bestätigte Walter.

»Und du wirst auch sonst nicht unangenehm auffallen?«

Walter streckte die Hand aus. »Haben wir eine Abmachung?«

Sie ergriff sie.

»Lassen wir uns gegenseitig in Ruhe, einverstanden?«

»Wir sind im Geschäft!«, bestätigte sie erleichtert.

Pädagogik, dachte Walter zufrieden.

Die Welt brauchte einfach nur ein wenig mehr Pädagogik.

38

Als Walter den Sportpark Leppe erreichte, brannten bereits die Flutlichter und Jugendmannschaften bespielten überall den Platz auf kleine Tore. Er war nervöser, als er es zu seinen besten Fußballerzeiten gewesen war, brauchte zwei Versuche, um sein Moped auf dem unebenen, aufgeweichten Boden aufzubocken. Dann hielt er Ausschau nach einem guten Platz, um beim Training der E-Jugend zu kiebitzen. Den Bereich der Umkleiden mied er, weil dort zig Erwachsene und Kinder herumwuselten und er befürchtete, dort möglicherweise wieder auf eine der Damen vom Spielplatz zu treffen. Aber auch Ben wollte er nicht begegnen, den die resolute Mutter mit Sicherheit ordentlich eingenordet hatte.

So umkurvte er die Tartanbahn für die Leichtathleten zur Hälfte und suchte sich zwischen Werbebannern und Fangzaun ein stilles Plätzchen. Bald schon sah er die Kleinen der E-Jugend auflaufen, begleitet von zwei Trainern. Ben trug seine neuen Fußballschuhe, einen Trainingsanzug und sah ein wenig verloren aus, während sich die anderen sofort auf die Bälle stürzten. Unschlüssig und schüchtern stand er herum, wagte nicht, sich einen Ball zu holen oder eines der anderen Kinder anzusprechen.

Die Trainer ließen die Kinder sich erst einmal austoben,

bevor sie sie nach zehn Minuten alle zusammenriefen, um mit ihnen das Training zu besprechen. Ben hatte derweil nicht einmal gegen einen Ball getreten, war nur von einer Seite zur anderen gewandert, hatte Blickkontakt zu seinen Mitspielern gesucht und einmal einen weggeschossenen Ball geholt.

Mit den Händen.

Er hatte ihn zwei anderen Jungs überreicht und sie so bittend angesehen, dass es Walter schmerzte. Die beiden drehten sich um und spielten weiter, ohne Ben zu beachten.

Dann begann der offizielle Teil.

Die Kinder reihten sich paarweise auf und schossen sich die Bälle zu.

Ben fehlte es an Koordination, an Ballgefühl, an allem, was für das Spiel nötig war. Bekam er den Ball, so trat er an ihm vorbei oder traf ihn so unkontrolliert, dass sein Mitspieler auf Reisen gehen musste, um ihn zurückzuholen. Der maulte bald und wollte mit seinem Nachbarn tauschen, aber natürlich wollte der auch nicht mit Ben spielen.

Andere Übungen verliefen keinen Deut besser.

Schließlich fanden sich alle zu einem Trainingsspiel zusammen. Darauf hatten die Kinder natürlich die ganze Zeit gewartet. Ein wildes Gekicke mit Knäuelbildung begann, die Jungs jagten den Ball wie eine Hundemeute den Fuchs. Ben beteiligte sich, lief fleißig mit den Grüppchen hoch und runter, ohne allerdings der Kugel zu nahe zu kommen. Zweikämpfe mied er ganz, den Ball bekam er, wenn überhaupt, nur zufällig nach Abprallern. Dann aber hatte er so große Schwierigkeiten, ihn zu stoppen oder weiterzupassen, dass ihm andere den Ball längst wieder abgenommen hatten, bevor er endlich bereit war.

Schließlich war das Training vorbei.

Die Kinder liefen aufgeregt plappernd zurück zu den Kabinen, begleitet von den Trainern. Ben trottete ihnen nach, sprach mit keinem und wurde auch von keinem angesprochen. Einer der Trainer entdeckte ihn, kniete sich hin, redete sehr freundlich mit ihm, nickte lächelnd und wuschelte ihm durch die Haare.

Ben lächelte zaghaft zurück.

Als die ganze Truppe in der Umkleide verschwunden war, machte sich Walter auf den Weg nach Hause.

Ben hatte überhaupt kein Talent für diesen Sport.

Zwar konnte man die sportliche Entwicklung eines Kindes nie vorherbestimmen, aber Walter war erfahren genug, um zu beurteilen, dass Ben diesen Sport niemals wirklich beherrschen würde.

Was dabei am schlimmsten war: Fußball war Darwinismus.

Man erwarb sich den Respekt seiner Mitspieler durch Leistung. Je besser die war, desto mehr Bewunderung und Anerkennung wurde einem zuteil. Selbst wenn man ein unausstehlicher Stinkstiefel war, konnte man dennoch ein toller Fußballer sein. Und dann war man einer, mit dem man gewinnen konnte. Den man als Ersten wählte, um die Chancen des eigenen Teams zu erhöhen. Und von dem man in Kauf nahm, dass er sich schlecht benahm, weil der Nutzen größer war als der Ärger.

War man ein so lausiger Fußballer wie Ben, hatte man kaum eine Chance. Walter war sicher, dass Ben in der Mannschaft keine Freunde finden würde. Denn mit Ben verlor man, mochte er auch ein netter Kerl sein. Der Nutzen war so gering, dass es die Freude mit ihm nicht wert war. Vielleicht, wenn er nicht so scheu gewesen wäre, wenn er die anderen mit einem munteren, witzigen Wesen hätte begeistern können, hätte er doch etwas reißen können. Aber so war er nur der Junge, der nicht spielen konnte und mit dem keiner spielen würde.

Ben kannte dieses Gefühl bereits.

Und Walter fürchtete, dass er es ihm, trotz allerbester Absichten, erneut beschert hatte.

39

Von: Gregersen, Ben <BEN857@gmail.com>
Gesendet: Samstag, 06. Dezember 2022, 09:20
An: Gott, Lieber <Mein-Gott-Walter@t-online.de>
Betreff: Fußball

Lieber Gott,
ich hatte gestern mein erstes Spiel. Das war toll!
Ich war gar nicht schlecht! Der Trainer sagt, ich
werde mal ein super Fußballspieler, wenn ich mich
ein bisschen eingewöhnt habe. Warst du gleich
ein guter Fußballer oder hat das etwas gedauert?
Liebe Grüße
Dein Ben

Von: Gott, Lieber <Mein-Gott-Walter@t-online.de>
Gesendet: Samstag, 06. Dezember 2022, 09:30
An: Gregersen, Ben <BEN857@gmail.com>
Betreff: AW: Fußball

Lieber Ben,
das freut mich aber! Nein, ich war nicht so gut am
Anfang. Man muss viel üben, wenn man besser
werden will.

Alles Liebe
Gott

Von: Gregersen, Ben <BEN857@gmail.com>
Gesendet: Samstag, 06. Dezember 2022, 09:38
An: Gott, Lieber <Mein-Gott-Walter@t-online.de>
Betreff: AW: Fußball

Lieber Gott,
meinst du, nächste Woche bin ich schon besser?
Liebe Grüße
Dein Ben

Von: Gott, Lieber <Mein-Gott-Walter@t-online.de>
Gesendet: Samstag, 06. Dezember 2022, 09:43
An: Gregersen, Ben <BEN857@gmail.com>
Betreff: AW: Fußball

Lieber Ben,
es kann dauern, bis man in einer Sache richtig
gut ist. Aber du kannst auch zu Hause üben.
Hast du schon mal versucht, den Ball mit einem
Fuß hochzuhalten? Je öfter du das schaffst, desto
besser!
Alles Liebe
Gott

Von: Gregersen, Ben <BEN857@gmail.com>
Gesendet: Samstag, 06. Dezember 2022, 09:49
An: Gott, Lieber <Mein-Gott-Walter@t-online.de>
Betreff: AW: Fußball

Lieber Gott,
gute Idee, das übe ich. Und dann bin ich nächste
Woche so gut wie der Junge auf dem Foto!
Liebe Grüße
Dein Ben

Von: Gott, Lieber <Mein-Gott-Walter@t-online.de>
Gesendet: Samstag, 06. Dezember 2022, 09:51
An: Gregersen, Ben <BEN857@gmail.com>
Betreff: AW: Fußball

Lieber Ben,
welcher Junge?
Alles Liebe
Gott

Von: Gregersen, Ben <BEN857@gmail.com>
Gesendet: Samstag, 06. Dezember 2022, 09:54
An: Gott, Lieber <Mein-Gott-Walter@t-online.de>
Betreff: AW: Fußball

Lieber Gott,
der Junge auf dem Foto in der Vitrine mit den Pokalen.
Alle tragen ihn auf den Schultern! Er hat den 1. FC Köln

ganz alleine besiegt! So möchte ich auch werden!
Dann tragen mich auch alle auf den Schultern!
Stell dir das mal vor!
Liebe Grüße
Dein Ben

Von: Gott, Lieber <Mein-Gott-Walter@t-online.de>
Gesendet: Samstag, 06. Dezember 2022, 09:58
An: Gregersen, Ben <BEN857@gmail.com>
Betreff: AW: Fußball

Lieber Ben,
ach, dieser Junge! Wenn du fleißig übst, wirst du
vielleicht mal genauso gut wie er.
Alles Liebe
Gott

Von: Gregersen, Ben <BEN857@gmail.com>
Gesendet: Samstag, 06. Dezember 2022, 10:15
An: Gott, Lieber <Mein-Gott-Walter@t-online.de>
Betreff: AW: Fußball

Lieber Gott,
kannst du mich nicht gleich so gut machen wie diesen
Jungen?
Liebe Grüße
Dein Ben

Von: Gott, Lieber <Mein-Gott-Walter@t-online.de>
Gesendet: Samstag, 06. Dezember 2022, 10:17
An: Gregersen, Ben <BEN857@gmail.com>
Betreff: AW: Fußball

Lieber Ben,
das wäre aber unfair allen anderen Kindern gegenüber, oder?
Alles Liebe
Gott

Von: Gregersen, Ben <BEN857@gmail.com>
Gesendet: Samstag, 06. Dezember 2022, 10:20
An: Gott, Lieber <Mein-Gott-Walter@t-online.de>
Betreff: AW: Fußball

Lieber Gott,
ich dachte nur, wenn ich genauso gut wäre, könnte
ich auch in der Schule mit den anderen kicken.
Und wenn ich viele Tore schieße, dann mögen mich
alle. Vielleicht machst du mich auch nur ein bisschen gut, das ginge auch. Die müssen mich ja nicht
gleich auf den Schultern tragen, weißt du?
Liebe Grüße
Dein Ben

Von: Gott, Lieber <Mein-Gott-Walter@t-online.de>
Gesendet: Samstag, 06. Dezember 2022, 10:22
An: Gregersen, Ben <BEN857@gmail.com>
Betreff: AW: Fußball

Lieber Ben,
das geht leider nicht. Ich muss alle Menschen gleich
behandeln. Verstehst du das?
Alles Liebe
Gott

Von: Gregersen, Ben <BEN857@gmail.com>
Gesendet: Samstag, 06. Dezember 2022, 10:28
An: Gott, Lieber <Mein-Gott-Walter@t-online.de>
Betreff: AW: Fußball

Lieber Gott,
hm, ja. Ich dachte nur … Ich dachte, wenn ich
nur ein bisschen so gut bin wie der Junge in
der Vitrine, dann hat mich auch meine Mama
lieber. Verstehst du?
Liebe Grüße
Dein Ben

Von: Gott, Lieber <Mein-Gott-Walter@t-online.de>
Gesendet: Samstag, 06. Dezember 2022, 10:31
An: Gregersen, Ben <BEN857@gmail.com>
Betreff: AW: Fußball

Lieber Ben,
ich versichere dir, für deine Mama bist du das Liebste
auf der ganzen Welt! Auch wenn es ihr nicht so gut
geht im Moment, bist du für sie das Allerwichtigste!
Alles Liebe
Gott

Von: Gregersen, Ben <BEN857@gmail.com>
Gesendet: Samstag, 06. Dezember 2022, 10:37
An: Gott, Lieber <Mein-Gott-Walter@t-online.de>
Betreff: AW: Fußball

Lieber Gott,
meinst du wirklich? Papa ist weggegangen, ohne
etwas zu sagen, einfach verschwunden. Mama ist
davon so krank geworden, dass sie den ganzen Tag
schlafen muss. Dann muss sie nicht an ihn denken,
sagt sie. Aber manchmal denke ich, wenn sie so
viel schläft, dass sie auch nicht an mich denkt. Glaubst
du, dass sie traurig wäre, wenn ich fort wäre?
Liebe Grüße
Dein Ben

Von: Gott, Lieber <Mein-Gott-Walter@t-online.de>
Gesendet: Samstag, 06. Dezember 2022, 10:41
An: Gregersen, Ben <BEN857@gmail.com>
Betreff: AW: Fußball

Lieber Ben,
das würde ihr Herz in tausend Teile brechen.
Vertrau mir, Ben! Deiner Mama wird es irgendwann
besser gehen und dann werdet ihr wieder glücklich
sein!
Alles Liebe
Gott

Von: Gregersen, Ben <BEN857@gmail.com>
Gesendet: Samstag, 06. Dezember 2022, 10:49
An: Gott, Lieber <Mein-Gott-Walter@t-online.de>
Betreff: AW: Fußball

Lieber Gott,
meinst du? Ich versuche, dran zu glauben! Zuerst
werde ich ein ganz toller Fußballer und dann
wird sie wieder gesund. Und dann ist alles wieder
gut!
Liebe Grüße
Dein Ben

Von: Gott, Lieber <Mein-Gott-Walter@t-online.de>
Gesendet: Samstag, 06. Dezember 2022, 10:52
An: Gregersen, Ben <BEN857@gmail.com>
Betreff: AW: Fußball

Lieber Ben,
das ist die richtige Einstellung! Du kriegst das alles
hin – ich weiß es. Schließlich bin ich ja der liebe Gott!
Wenn *ich* das nicht weiß, wer dann? Aber wenn es
dich tröstet: Andere haben auch so ihre Probleme. Es
ist nicht immer leicht mit der Familie.
Alles Liebe
Gott

Von: Gregersen, Ben <BEN857@gmail.com>
Gesendet: Samstag, 06. Dezember 2022, 10:56
An: Gott, Lieber <Mein-Gott-Walter@t-online.de>
Betreff: AW: Fußball

Lieber Gott,
hast du auch Probleme mit deiner Familie?
Liebe Grüße
Dein Ben

Von: Gott, Lieber <Mein-Gott-Walter@t-online.de>
Gesendet: Samstag, 06. Dezember 2022, 11:03
An: Gregersen, Ben <BEN857@gmail.com>
Betreff: AW: Fußball

Lieber Ben,
ja, selbst ich habe so meine Probleme.
Alles Liebe
Gott

Von: Gregersen, Ben <BEN857@gmail.com>
Gesendet: Samstag, 06. Dezember 2022, 11:06
An: Gott, Lieber <Mein-Gott-Walter@t-online.de>
Betreff: AW: Fußball

Lieber Gott,
ah, bestimmt ist es wegen deinem Sohn, richtig?
Liebe Grüße
Dein Ben

Von: Gott, Lieber <Mein-Gott-Walter@t-online.de>
Gesendet: Samstag, 06. Dezember 2022, 11:11
An: Gregersen, Ben <BEN857@gmail.com>
Betreff: AW: Fußball

Lieber Ben,
woher weißt du das?
Alles Liebe
Gott

Von: Gregersen, Ben <BEN857@gmail.com>
Gesendet: Samstag, 06. Dezember 2022, 11:15
An: Gott, Lieber <Mein-Gott-Walter@t-online.de>
Betreff: AW: Fußball

Lieber Gott,
diese Sache mit der Kreuzigung war doch bestimmt
hart für ihn, oder?
Liebe Grüße
Dein Ben

Von: Gott, Lieber <Mein-Gott-Walter@t-online.de>
Gesendet: Samstag, 06. Dezember 2022, 11:18
An: Gregersen, Ben <BEN857@gmail.com>
Betreff: AW: Fußball

Lieber Ben,
ja, er ist immer noch ziemlich wütend auf mich.
Alles Liebe
Gott

Von: Gregersen, Ben <BEN857@gmail.com>
Gesendet: Samstag, 06. Dezember 2022, 11:23
An: Gott, Lieber <Mein-Gott-Walter@t-online.de>
Betreff: AW: Fußball

Lieber Gott,
dann sprich doch mit ihm. Er wird dir bestimmt
verzeihen.
Liebe Grüße
Dein Ben
PS: Ich muss jetzt Schluss machen. Mama und ich
wollen zusammen kochen. Ein Nikolausessen.

40

Walter blickte auf den Adventskranz, den Sandra besorgt hatte und auf dem eine zur Hälfte verrauchte Kerze traurig wie die Ruine eines ausgebombten Turms stand, während der Rest noch darauf wartete, niedergebrannt zu werden. All die Weihnachten der vergangenen Jahre hatte er ohne Schmuck, Kerzen oder Baum verbracht – Sandra hatte das geändert. Im Wohnzimmer glitzerten Sterne, warteten Lichterketten darauf, den reizlosen Raum in gnädiges Licht zu tauchen, und in einer Ecke stand ein kleiner Nordmann mit bunten Kugeln und Lametta.

Es war schön.

Wirklich schön.

Auch dass er abends mit ihr vor dem Fernseher saß oder mit ihr diskutieren konnte, was in der Welt so geschah: ewiges Covid, der Ukrainekrieg oder Klimaerwärmung. Sie hatte eine eigene Meinung, was ihn freute, schwenkte jedoch auf seine um, wenn er sie etwas energischer vertrat, was ihn überhaupt nicht freute.

Sie war klug, aber Männer wie Uwe hatten ihr jedes Selbstvertrauen genommen.

Und Ben?

Er hatte ihm versprochen, dass alles wieder gut würde, aber mit welchem Recht hatte er das getan? Depressionen waren nicht leicht zu besiegen, manchmal gar nicht, durfte er dem Jungen da Normalität in Aussicht stellen?

Als Gott?

Kinder konnten sich wie niemand sonst in wunderbare Welten träumen, sich ebenso erfrischend wie überbordend falsch einschätzen, ohne dass man ihnen das als Überheblichkeit auslegte. Tief im Innern, und da war sich Walter ziemlich sicher, hatte Ben aber gespürt, dass das Training mies gelaufen war. Kein Wunder, dass er darauf hoffte, dass der Herrscher über Himmel und Erde ihn vielleicht mit ein paar Zaubertricks zu jemand Besserem machte. Wozu hatte man denn sonst göttlichen Beistand?

Ben mochte ein Schlitzohr sein, aber vor allem war er ein wirklich tapferer Junge. Beschützte seine Mutter, obwohl er selbst Schutz brauchte. Walter hatte in den letzten Tagen oft darüber nachgedacht, vielleicht doch das Jugendamt einzuschalten, aber was wäre mit dem Kleinen? Erwachsene würden kommen und ihn von seiner Mutter trennen. Oder nicht? Gab es einen Weg, der Mutter zu helfen und den Kleinen trotzdem bei ihr zu lassen?

Vielleicht.

Aber was, wenn nicht?

Wie oft las man in der Zeitung von fragwürdigen Entscheidungen des Jugendamtes? Wie oft verkehrten sich Dinge, die mit den allerbesten Absichten entschieden worden waren, in ihr Gegenteil? War Walters Leben dafür nicht ein Paradebeispiel?

Was, wenn man zu der Überzeugung gelangte, die Mutter könne ihrer Fürsorgepflicht nicht dauerhaft nachkommen? Wenn man den Vater ausfindig machen und Ben in dessen Obhut übergeben würde, obwohl der mehr als deutlich gemacht hatte, dass er den Jungen nicht wollte? Durch sein Verschwinden hatte dieser Mann Bens Mutter so sehr verletzt, dass sie dem Alltag nicht mehr gewachsen war.

Was würde ein solcher Vater für seinen Sohn bedeuten?

Walter erinnerte sich noch ganz genau an die Tage nach dem Tod seiner Mutter. An die Momente der Einsamkeit, der Trauer und der Ratlosigkeit. An den Mann vom Jugendamt, der ganz sachlich Walters Möglichkeiten durchgegangen war, ohne auch nur zu ahnen, wie es sich für den Jungen anfühlte, aus der Wohnung seiner Mutter in ein neues Leben zu ziehen. Alles zurückzulassen, was bedeutend gewesen war. Den Menschen zu verlieren, der das Wichtigste für einen war.

Das alles hatte er nur deswegen gut verkraftet, weil er mit Barbara jemanden gefunden hatte, der ihm Heimat und Anker war. Deren Liebe ihn getragen hatte, bis er wieder auf eigenen Füßen stehen konnte.

Wie musste es erst für einen Zehnjährigen sein, verlassen zu werden?

Im Falle eines Klinikaufenthaltes wäre Bens Mutter ebenso fort wie sein Vater. Würde sich Ben da nicht fragen, womit er das verdient hatte? Womöglich sogar, ob er etwas falsch gemacht hatte? Würde es nicht zwangsweise dazu führen, dass er sich selbst die Schuld für alles gab?

Sandra kehrte mit Einkäufen von der Arbeit zurück, gab Walter einen Kuss auf die Wange und eilte in die Küche.

Er stand auf und ging ihr nach. Beobachtete sie von der Tür aus beim Verstauen der Lebensmittel.

Sie wirkte nicht unzufrieden. Dass dieser Dreckskerl Uwe weg war, schien ihr gar nicht so viel auszumachen – oder spielte sie nur Theater? Weinte sie sich in den Schlaf, wenn sie sicher war, dass er es nicht bemerkte? Spukte dieser Widerling in ihrem Kopf herum? Sehnte sie sich nach Nachricht von ihm, so wie Bens Mutter es womöglich von ihrem Ex-Mann tat?

»Wie geht es dir?«, fragte Walter.

Sie zuckte zusammen und lachte. »Hast du mich gerade erschreckt!«

»'tschuldige.«

»Mir geht es gut, Papa.«

Papa – wie schön das klang.

Es erinnerte ihn an eine Zeit, in der er nichts lieber gewesen war als Vater. Jeden Tag hatte er sich gefreut, nach Hause zu kommen. Sandras grinsendes Kindergesicht zu sehen, wenn sie die Haustür aufriss und ihm entgegenstürzte, bevor er sie auf den Arm nahm, reintrug, Barbara küsste und Christian drückte.

Christian.

Der sich beim Anblick eines jeden Baggers gefragt hatte, wie viele Tonnen er genau ausheben konnte, der Maschinen liebte und durch das Leben gestreift war, als wäre er ein Entdecker fremder Welten.

Sandra sah ihn neugierig an.

»Warum fragst du?«

»Nur so. Du wirkst zufrieden.«

»Das bin ich auch.«

»Und …«, begann Walter zögernd.

»Du meinst Uwe?«, fragte sie.

»Ja.«

»Ich weiß nicht, wo er ist. Habe auch nichts mehr von ihm gehört.«

Er zögerte, fragte dann aber doch: »Vermisst du ihn?«

Sie ließ sich mit der Antwort Zeit, während Traurigkeit in ihren Augen schimmerte. Dann aber rang sie sich ein Lächeln ab.

»Ich bin jetzt hier! Mit dir!«

Walter nickte.

»Ja. Und das freut mich sehr, Sandra.«

Sie wandte sich wieder dem Kühlschrank zu.

»Ich habe mir gedacht …«, begann Walter erneut.

»Ja?«

»Ich glaube, ich fände es schön, wenn wir Weihnachten zusammen feiern würden.«

Sie schüttelte den Kopf. »Du weißt doch, dass wir alle bei Christian sind.«

»Das meinte ich damit.«

Überrascht wandte sie sich ihm zu.

»Wirklich? Du willst mitkommen?«

Er zuckte mit den Schultern und murmelte: »Ich könnte ihn ja fragen, ob ich darf …«

Sandra umarmte ihn erfreut, eilte ins Wohnzimmer und kehrte mit ihrem Handy zurück. Sie hatte bereits Christians Nummer herausgesucht, auf die Wahltaste gedrückt und hielt ihm das Telefon hin.

Zögernd nahm er es an.

»Sandra?«, hörte er eine männliche Stimme fragen.

Christian.

Er hob den Hörer ans Ohr und antwortete: »Ich bin's.«

Einen Moment war Stille im Apparat, dann fragte Christian ungläubig: »Vater?«

»Ja.«

Wieder Pause.

Endlich fragte Christian: »Was kann ich für dich tun?«

»Nun …«, Walter suchte nach den richtigen Worten. »Ich dachte …«

Wieder stockte er.

Sandra nahm ihm das Handy aus der Hand, stellte es auf Lautsprecher und rief in den Hörer: »Papa möchte mit uns Weihnachten feiern. Ist das nicht toll?«

Christian schwieg.

»Wenn es ungelegen kommt«, sagte Walter schnell, »dann versteh ich das natürlich …«

»Nein, nein, schon gut, ich bin nur überrascht«, antwortete Christian. »Du bist herzlich willkommen!«

»Ja?«, fragte Walter vorsichtig.

»Ja, komm nur. Weihnachten ist eine gute Gelegenheit, findest du nicht auch?«

»Ja, vielleicht.«

»Fein, dann Heiligabend. Zum Essen. Wir fangen so ab sechzehn Uhr an.«

»In Ordnung.«

»Ich schicke dir die Adresse. Du warst ja noch nie bei uns.«

»Das wäre gut«, antwortete Walter.

Wieder entstand eine Pause.

Sandra hob das Handy vor ihren Mund und sagte: »Ich kümmer mich um alles, Chris.«

»Okay.«

»Ich freu mich so!«, rief sie vergnügt.

»Ja«, antwortete Christian, der etwas überfordert schien. »Also, dann bis Heiligabend.«

Sie legten auf.

Sandra strahlte Walter an, als hätte sie im Lotto den Jackpot gewonnen.

Sie umarmte ihn und sagte: »Danke!«

Er erwiderte ihre Umarmung.

Es wurde Zeit, alles wieder in Ordnung zu bringen.

HARRY

41

Was für ein Theater!

Aber die Kinder liebten es. Mit großen runden Augen starrten sie das schöne Christkind an, das seine Sache wirklich gut machte, sanft sprach, viel lächelte, lobte und dann und wann eines der Kleinen in den Arm nahm.

Das Kamerateam verhielt sich unauffällig, die Reporterin stellte die üblichen Fragen, die das Christkind routiniert beantwortete: Ja, es schreibe in zwölf Sprachen, ja, die Wünsche hätten sich in den Jahren ein wenig verändert, ja, es gab wirklich berührende Briefe, wie den eines Mädchens, das sich den im Koma liegenden Vater zurückwünschte. Alles in allem hatte man das Gefühl, das blonde Wasserlockenmodel wüsste, wovon es sprach, und genau das war ja auch Sinn der Sache.

Walter überreichte in Dienstkleidung einen mit Briefen gefüllten Postsack, den das Christkind erfreut annahm, während Frau Tomé mit Argusaugen über die Szenerie wachte, damit ja kein falsches Bild, ja kein falscher Ton die vorweihnachtliche Festlichkeit trübte. Sabine, die danebenstand, wirkte, als wären ihre Finger in einen Schraubstock eingeklemmt worden, aber als sie registrierte, dass Walter sich an seinen Part der Abmachung hielt, lösten sich Mimik und Laune, sodass sie am Ende des TV-Besuchs mit einem der Zivilisten entspannt plauderte und sogar lachte.

Endlich waren alle Aufnahmen im Kasten. Das Kamerateam verabschiedete sich und verschwand, das Christkind begann, umständlich an seinen goldenen Flügeln herumzunesteln. Sehr zur Überraschung der Kleinen, die erstaunt zusahen, wie es langsam, aber sicher seine Montur loswurde und dabei gleichzeitig auf seinem Handy herumscrollte. Ein kleines Mädchen zupfte aufgeregt am Ärmel seiner Betreuerin. »Guck mal, Frau Schmitz, das Christkind hat ein Handy!«

Das war für die erzieherischen Bemühungen der Betreuerinnen natürlich kontraproduktiv. Aber den lieben Kleinen zu verraten, dass das Christkind nur ein Wasserlockenmodel war, wäre ihnen genauso kontraproduktiv, wenn nicht sogar gemein vorgekommen.

So beeilten sie sich, die Rasselbande wieder in ihre Winterjacken zu stecken, ein paar Rotznäschen zu putzen, um dann in Zweierreihen, Hand in Hand, die funkelnde Christkindfiliale winkend und *Wiedersehn!* rufend zu verlassen.

Alles in allem war der Termin ein Erfolg gewesen: Niemand hatte sich danebenbenommen, die gefilmten Bilder sprachen für sich, das Leben konnte weitergehen.

Sabine begleitete Frau Tomé noch zum Ausgang, sichtlich erleichtert. Walter vermutete ein freundliches Feedbackgespräch, aber als er draußen auf dem Flur eine volle Kiste Weihnachtswünsche hereinholen wollte, konnte er hören, dass es ein Stockwerk tiefer um etwas ganz anderes ging.

»Haben Sie schon über meine Mail nachgedacht?«, fragte Sabine.

»Machen Sie sich keine Sorgen«, versprach Frau Tomé. »Nach Weihnachten ist alles vorbei.«

»Sicher? Ich will nicht, dass er dann in meiner Abteilung auftaucht.«

»Wird er nicht. Ich habe mit der Personalabteilung gesprochen. Der Spuk endet, wenn wir die Filiale wieder schließen.«

»Hoffentlich.«

»Keine Sorge, er geht in Frührente. Oder wird freigestellt, wenn er wirklich prozessieren will. So oder so, wir haben den längeren Atem.«

»Gut.«

»Gehen wir was essen?«, fragte Frau Tomé munter.

»Gern«, antwortete Sabine.

Dann hörte Walter noch ihre Schritte auf den Treppen, bevor sie sich im Nichts verloren.

Dass die Christkindfiliale keine dauerhafte Lösung für ihn sein konnte, war Walter klar, sie hatte schließlich nur gut zwei Monate im Jahr geöffnet. Aber er war davon ausgegangen, nach dieser kleinen Pause, die helfen sollte, die Mütchen zu kühlen, wieder als Zusteller arbeiten zu können.

Aber das hatten die nie gewollt.

Sie hatten nur auf Zeit gespielt, um seinen Rauswurf besser vorzubereiten.

Deprimiert kehrte Walter an seinen Schreibtisch zurück und dachte: Wo war das Christkind, wenn man wirklich einen Wunsch hatte? Wo war der liebe Gott, wenn man ihn mal brauchte?

Als Sabine aus der Mittagspause zurückkehrte, packte Walter seine Sachen und teilte ihr mit, dass er den Rest des Tages freimache. Sie nickte ihm gut gelaunt zu und antwortete: »Geht klar.«

Mit allerlei düsteren Gedanken setzte er sich auf sein Moped und fuhr los. Was würde jetzt werden? Er hatte keine Hobbys, keine Freunde und keine Idee, wie er einen arbeitsfreien Tag gestalten sollte. Wer würde er sein, wenn er kein Postbote mehr war?

Eine Klage gegen den Konzern wäre sinnlos, selbst wenn er gewinnen würde, würden sie ihn weiter schikanieren. Wo zwei Sabines herkamen, gab es sicher noch zwei Dutzend andere, die nur darauf warteten, das zu tun, was Vorgesetzte von ihnen verlangten.

Also würde er die Abfindung nehmen.

Und dann?

Sie verprassen? Er war noch nie in seinem Leben verschwenderisch gewesen. Es trotzdem tun, und sei es nur, um herauszufinden, ob Hedonismus nicht doch der bessere Lebensentwurf war? Wie eine Rakete am Himmel zu verglühen, anstatt langsam zu verblassen.

Oder doch lieber sparsam sein?

Das Geld auf die kommenden Jahre verteilen? Nicht zu tief ins Wasser gehen, sondern lieber am Strand stehen bleiben, um die Brandung zu beobachten, statt sich in sie hineinzuwerfen?

Ein Hupen riss ihn aus den Gedanken. Die Ampel war

grün. Zu seiner Überraschung stellte Walter fest, dass er sich ganz in der Nähe des Geländes der Grundschule Engelskirchen befand. Ein schmuckloser eckiger, dreistöckiger Bau, mit einem Parkplatz vor dem Haupteingang und einem Schulhof auf der Rückseite.

Eine ganze Reihe von Kindern verließ gerade lärmend das Gebäude, lief zu wartenden Autos, die sie nach und nach aufnahmen und mit ihnen davonfuhren. Zu seinen Zeiten hatte es kein Kind gegeben, das von seinen Eltern abgeholt worden wäre. Heute gab es kaum ein Kind, das *nicht* abgeholt wurde.

Ben war in der Meute nicht auszumachen, sodass Walter annahm, dass er im offenen Ganztag untergebracht war. In seiner Situation ganz sicher die bessere Lösung. Neugierig beschloss Walter, ins Gebäude hineinzugehen, sich ein wenig umzusehen, in der Hoffnung, dass ihn kein muffliger Hausmeister oder übervorsichtiger Lehrer fragte, was er hier verloren habe.

Er hatte Glück: Im Foyer war niemand.

Von der Rückseite des Gebäudes hörte er Kinderstimmen. Er fand die Tür zum Innenhof, auf dem Kinder ausgelassen herumtobten.

In einer Ecke entdeckte er Ben.

Er kickte nach kleinen Steinchen auf dem Boden, wirkte verloren, als trüge er die ganze Last der Welt auf seinen schmalen Schultern.

Ein blondes Mädchen mit dicken Zöpfen lief zu ihm und sprach ihn an. Was sie sagte, konnte Walter natürlich nicht verstehen, aber er sah, dass sich die Miene des Jungen aufhellte, bis die Kleine plötzlich loslachte und wieder davonlief, zurück zu einer Gruppe giggelnder Schulkameradinnen, die sich über ihren Streich amüsierte.

Ben stand bedröppelt da und wandte sich dann, peinlich berührt, von der Gruppe ab.

Walter kehrte zu seinem Moped zurück.

42

Es war zu einer schönen Gewohnheit geworden, dass da plötzlich jemand war.

Innerhalb kürzester Zeit konnte sich Walter kaum mehr daran erinnern, wie es gewesen war, bevor Sandra bei ihm eingezogen war; vielmehr: Er wollte sich nicht daran erinnern. An die leeren Zimmer, an den einsam laufenden Fernseher, an die tägliche Routine, die ihn in der Früh aus dem Bett getrieben und nach seiner Rückkehr zeitig wieder hatte hineinsteigen lassen, ohne am Feierabend ein Wort an jemand anderen gerichtet zu haben als sich selbst. Hund hielt das neue Familienrudel zusammen, hatte seine Wutanfälle, das ewige Gebeiße und Geknurre, fast vollständig eingestellt, erkannte Walter als Boss an und akzeptierte Sandra als Mitglied des Rudels. Am späten Nachmittag, wenn Walter zu ihm zurückkehrte, erwartete der einst argwöhnische Dobermann ihn schwanzwedelnd. So war dann bald eine neue Routine entstanden: Walter drehte mit Hund eine große Runde, während Sandra kochte. Später aßen sie und guckten zusammen fern oder unterhielten sich. Manchmal sogar bis Mitternacht.

An diesem Abend aber verhielt sich Walter ungewohnt still, was Sandra eine Weile nicht kommentierte. Schließlich aber hielt sie die Stille nicht mehr aus und begann ein zwangloses Gespräch, das vor allem sie antrieb, während Walter sich kaum daran beteiligte und nur mechanisch antwortete. Zu guter Letzt nahm sie dann doch allen Mut zusammen und fragte: »Was ist mit dir heute? Hast du Sorgen?«

»Nein, alles in Ordnung.«

»Nerve ich dich?«, fragte sie vorsichtig.

Überrascht wandte er sich ihr zu.

»Wie kommst du denn darauf?«

»Na ja, ich bin hier eingedrungen in dein Reich. Du hast ja deine eigenen Abläufe, bist es nicht gewohnt, dass ich hier bin. Muss eine ziemliche Umstellung gewesen sein.«

»Ich bin froh, dass du da bist, Sandra.«

»Wirklich? Ich könnte es verstehen. Wenn ich wieder in meine Wohnung soll, ist das kein Problem, Papa. Wirklich nicht.«

»Ich freue mich über deine Gesellschaft, Sandra.«

Sie nickte vorsichtig. »Ich freue mich auch über deine.«

Er lächelte ihr zu.

Nach ein paar Momenten fragte sie: »Aber etwas ist doch, oder?«

»Ich bin nur müde. War ein langer Tag.«

Sie kommentierte es nicht, ihrem Gesicht aber war anzusehen, dass sie das nicht glaubte.

»Weißt du, was Liam sich zu Weihnachten wünscht?«, fragte Walter, um das Thema zu wechseln.

Liam, sein Enkel.

Der Junge, den er nicht kannte.

Sandra hatte ihm immer mal wieder Fotos von einem braunhaarigen Burschen mit Stupsnase und frechem Blick gezeigt, der möglicherweise gar nicht wusste, dass er einen Opa namens Walter hatte. Auf einigen dieser Fotos war Liam zusammen mit Christian und dessen Frau Katrin zu sehen, die Walter ebenfalls nie kennengelernt hatte.

War die Trennung von seiner Familie anfangs noch sehr schmerzhaft gewesen, so hatte sich Walter mit den Jahren daran gewöhnt. Barbara und Christian waren ihm irgendwann wie Verwandte vorgekommen, die nach Amerika oder Australien ausgewandert waren, Verwandte, die man schon lange kannte, aber ob der Entfernung nicht wiedersehen würde. Dabei wohnte Christian in Overath, auf halbem Weg nach Köln. Gerade mal fünfzehn Kilometer entfernt. Es hätten genauso gut fünfzehntausend Kilometer sein können.

»Klar«, sagte Sandra. »Ich hab Christian gefragt.«

»Was denn?«

»Ein Handy.«

Walter verdrehte die Augen.

»Komm schon!« Sandra grinste. »Die Kids stehen auf so was.«

»Ich weiß«, seufzte Walter.

»Aber?«, fragte Sandra.

Walter schwieg.

Dann fragte er: »Was Bestimmtes?«

Sandra nannte ihm Name und Modell.

»Ist ziemlich teuer«, fügte sie noch an.

»Hm«, machte Walter.

»Geht bestimmt auch 'ne Nummer kleiner. Aber mit so einem Geschenk wärst du sicher der King.«

»Hm«, machte Walter erneut.

Es widerstrebte ihm mit jeder Faser seines Seins, sich bei einem Siebenjährigen einzukaufen, auf der anderen Seite hatte er in den letzten Jahren so viel verpasst und ein teures Geschenk konnte auch als Geste des guten Willens gewertet werden. Nicht dem Kleinen gegenüber, sondern Christian.

»Wie auch immer«, lenkte Sandra beschwingt ab. »Die Hauptsache ist, dass du kommst.«

Walter streckte sich und antwortete: »Ich geh ins Bett. Gute Nacht.«

An ihrem besorgten Blick konnte er ablesen, dass sie sich fragte, ob sie etwas falsch gemacht hatte.

»Ich sehe morgen mal nach diesem Handy«, versprach er und erntete ein erleichtertes Lächeln.

Tags darauf verbrachte er öde Stunden mit dem Eintüten von Christkindgrüßen, bevor er irgendwann genug hatte und Sabine davon in Kenntnis setzte, dass er zum Arzt müsse. Sie gewährte ihm den vorzeitigen Feierabend. Wahrscheinlich hätte sie ihm den auch zugestanden, wenn er gesagt hätte, er wolle nur mal eben in der *Eichhörnchenbar* vorbeischauen, einem Bordell in Gummersbach, das erst um zehn Uhr abends öffnete. Es war schon sehr erstaunlich, wie sehr das Gespräch mit Frau Tomé ihr Nervenkostüm hatte beruhigen können. Zwischen Entspanntheit und totaler Gleichgültigkeit war da kaum noch zu unterscheiden. Dabei war das Ziel seiner Reise an diesem kalten Nachmittag mit nachlassendem Licht tatsächlich Gummersbach.

Durchgefroren kam er mit dem Moped am Elektromarkt an.

Eine Weile irrte er ratlos durch die Handyabteilung, sah sich ein paar Modelle an und wartete darauf, dass sie ihm erklärt wurden, aber die Verkäufer waren im Stress: Weihnachten stand vor der Tür. Der Laden war voll, jeder Händler zog eine kleine Schlange Interessierter hinter sich her, die ebenfalls beraten werden wollten. Kurz war er versucht, wieder nach Hause zu fahren, aber dann hätte er an einem anderen Tag zurückkehren müssen, an dem es mit Sicherheit nicht besser ausgesehen haben würde.

Plötzlich entdeckte er das Mädchen von Bens Schulhof, das mit den dicken blonden Zöpfen. In Begleitung zweier Freundinnen lief es durch den Markt, scheinbar ohne besonderes Ziel. Eine Frau, die wahrscheinlich ihre Mutter war, rief nach ihr, sie war gerade im Begriff, mit einem der begehrten Verkäufer zu sprechen. Die Kleine winkte ihr nur kurz zu und tourte dann mit den beiden anderen weiter durch den Laden, bis sie in der Fernsehabteilung vor einem Musikvideo stehen blieben.

Walter gesellte sich unauffällig dazu und sah, wie die drei Mädchen auf den Sänger im Video zeigten, worauf sie allerlei Laute der Verzückung ausstießen und Dinge sagten wie: *Der ist ja so süß! Das Lied ist der Hammer!* Das Mädchen mit den Zöpfen wusste sogar, dass der Kerl mit einer berühmten Schauspielerin zusammen war, die wahnsinnig schön war. Eine ihrer Freundinnen korrigierte, er habe jetzt eine andere, die noch schöner sei. Walter empfand den jungen Mann auch als gut aussehend, dass er aber dieselben

Klamotten trug wie die Frau, die da im Video mit ihm auftrat, irritierte ihn.

War das modern?

Den Mädchen jedenfalls gefiel der androgyne Sänger, sie schmachteten den Fernseher an, bis der Name am Ende des Stücks eingeblendet wurde. Sie seufzten kollektiv: Harry Styles.

»Vielleicht geht Mama mit mir auf ein Konzert!«, sagte das blonde Mädchen und konnte sich damit der Bewunderung der beiden anderen sicher sein.

Da zückte eines der anderen Mädchen ihr Handy, scrollte darauf herum und rief: »Hier! Ich hab den Song!«

Sie ließ das Lied über den Lautsprecher laufen. Die drei steckten die Köpfe zusammen und wogten im Takt hin und her.

Walter betrachtete sie staunend, bevor er sich in eine der Reihen einsortierte, die die Verkäufer hinter sich herzogen.

Endlich war es an ihm, seine Wünsche vorzutragen. Er fragte den Verkäufer nach dem Handy, das Sandra ihm als Geschenk für Liam empfohlen hatte.

»Welche Größe?«, fragte der Mann.

»Keine Ahnung«, gab Walter zurück und markierte mit der Hand in etwa die Größe eines Siebenjährigen. »Ungefähr so.«

Der Verkäufer nickte, als wäre seine Frage damit beantwortet, und griff scheinbar wahllos nach einem Modell.

»Welche Farbe?«

»Junge«, antwortete Walter.

»Schwarz geht immer«, sagte der Verkäufer.

»Achthundert?«, fragte Walter geschockt, als er den Preis entdeckte.

Der Verkäufer nickte milde. »Ja, ich weiß … ist happig.«

»Gibt es denn eins, das genauso gut ist? Nur billiger?«

Der Mann sah sich um, als hätte Walter ihn nach Drogen gefragt, um ihm dann komplizenhaft zuzunicken: Sie rückten ein paar Meter weiter.

»Das hier ist fast genauso gut. Erst recht für einen Siebenjährigen. Und um die Hälfte billiger.«

»Okay«, antwortete Walter. »Das klingt gut.«

»Schutzhülle?«, fragte der Verkäufer.

Walter zuckte mit den Schultern.

»Würde ich schon machen«, riet der Verkäufer. »Vor allem bei Kindern. Das Ding fliegt denen dauernd runter.«

»Welche haben sie denn?«

Der Verkäufer zeigte auf eine Wand mit Schutzhüllen. »Die da vorne.«

Walter nickte.

»Wo zahle ich?«

Der Verkäufer drückte ihm das verpackte Handy in die Hand und wies in Richtung Kasse. Bevor Walter sich bedanken konnte, hatte der Mann sich auch schon dem Nächsten zugewandt.

43

Tags darauf beobachtete Walter Ben das zweite Mal beim Training, in der stillen Hoffnung, er könnte sich in seiner Einschätzung geirrt haben. Tatsächlich aber verlief diese Übungsstunde der E-Jugend für den Jungen noch schlechter als die erste, denn die anderen wussten ja bereits, dass Ben lausig spielte. Sie mussten von den Trainern geradezu genötigt werden, ihn zu integrieren. Was Ben weiter verunsicherte und ihn in geradezu mitleiderregender Art und Weise an Bällen vorbeitreten ließ, bis ihm schließlich gar nichts mehr gelang, was bei den Kameraden wiederum zu noch größerer Ablehnung führte. Beim abschließenden Spiel wurde er dann vollends ignoriert: Selbst wenn er frei stand, spielte man ihm den Ball nicht zu. Er hätte ihn wohl ohnehin verstolpert.

Als die Kinder in die Kabine zurückmarschierten, verließ auch Walter den Sportpark und fasste einen Entschluss.

Zu Hause wartete Sandra bereits mit dem Essen und grinste ihn breit an.

»Was?«, fragte Walter irritiert.

Sie stand auf und kramte ein mit Geschenkpapier eingeschlagenes Päckchen aus dem Wohnzimmerschrank.

»Ist es das, was ich glaube, dass es das ist?«

»Kann schon sein«, antwortete Walter lächelnd.

»Das ist so toll von dir, Papa. Liam wird ausflippen!«

Walter nickte, aber antwortete nicht.

Sie aßen, und als sie zusammen abräumten, fragte er: »Kannst du heute ausnahmsweise eine Runde mit Hund drehen?«

Sandra sah ihn überrascht an.

»Ich spüle dafür.«

»Okay. Bist du sicher, dass der Köter mich nicht wie eine alte Blechdose durchs Dorf zerrt?«

»Er ist kein Köter. Und nein: wird er nicht. Nicht wahr, Hund?«

Der Dobermann trottete sogleich heran und sah Walter erwartungsvoll an.

»Siehst du? Er ist ganz brav.«

Sandras Miene war zu entnehmen, dass sie die Lage nicht ganz so optimistisch einschätzte, aber sie nahm sich die Leine und führte Hund nach draußen.

Walter hingegen ließ das benutzte Geschirr auf dem Tisch stehen, öffnete seinen Laptop und tippte eine Mail.

Von: Gott, Lieber <Mein-Gott-Walter@t-online.de>
Gesendet: Mittwoch, 10. Dezember 2022, 20:18
An: Gregersen, Ben <BEN857@gmail.com>
Betreff: Training

Lieber Ben,
wie war dein Fußballtraining. Hattest du Spaß?
Alles Liebe
Gott

Von: Gregersen, Ben <BEN857@gmail.com>
Gesendet: Mittwoch, 10. Dezember 2022, 20:21
An: Gott, Lieber <Mein-Gott-Walter@t-online.de>
Betreff: AW: Training

Lieber Gott,
ich wollte dir gerade schreiben. Es war toll! Danke,
dass ich jetzt in einer Fußballmannschaft sein darf.
Das ist was ganz Besonderes. Und deine Fußball-
schuhe passen wie angegossen. Ich putze sie jeden
Tag!
Liebe Grüße
Dein Ben

Von: Gott, Lieber <Mein-Gott-Walter@t-online.de>
Gesendet: Mittwoch, 10. Dezember 2022, 20:24
An: Gregersen, Ben <BEN857@gmail.com>
Betreff: AW: Training

Lieber Ben,
und die Schule? Ich habe gesehen, dass sich da
ein blondes Mädchen für dich interessiert?
Alles Liebe
Gott

Von: Gregersen, Ben <BEN857@gmail.com>
Gesendet: Mittwoch, 10. Dezember 2022, 20:26
An: Gott, Lieber <Mein-Gott-Walter@t-online.de>
Betreff: AW: Training

Lieber Gott,
das hast du gesehen? Ach, richtig, du bist ja der liebe
Gott. Also, ich glaube nicht, dass sie mich mag. Sie
ärgert mich immer.
Liebe Grüße
Ben

Von: Gott, Lieber <Mein-Gott-Walter@t-online.de>
Gesendet: Mittwoch, 10. Dezember 2022, 20:29
An: Gregersen, Ben <BEN857@gmail.com>
Betreff: AW: Training

Lieber Ben,
sie ärgert dich, weil sie dich mag. Sie kann das nur
nicht so zeigen.
Alles Liebe
Gott

Von: Gregersen, Ben <BEN857@gmail.com>
Gesendet: Mittwoch, 10. Dezember 2022, 20:31
An: Gott, Lieber <Mein-Gott-Walter@t-online.de>
Betreff: AW: Training

... waaas? Das glaube ich nicht!
Liebe Grüße
Ben

Von: Gott, Lieber <Mein-Gott-Walter@t-online.de>
Gesendet: Mittwoch, 10. Dezember 2022, 20:33
An: Gregersen, Ben <BEN857@gmail.com>
Betreff: AW: Training

Lieber Ben,
ich kann den Menschen nicht sagen, was sie tun
oder fühlen sollen. Aber ich weiß, was sie sich
wünschen. Also, wollen wir mal ausprobieren, ob
ich bei deiner Schulkameradin richtig liege?
Alles Liebe
Gott

Von: Gregersen, Ben <BEN857@gmail.com>
Gesendet: Mittwoch, 10. Dezember 2022, 20:35
An: Gott, Lieber <Mein-Gott-Walter@t-online.de>
Betreff: AW: Training

Lieber Gott,
wie willst du das denn ausprobieren?
Liebe Grüße
Ben

Von: Gott, Lieber <Mein-Gott-Walter@t-online.de>
Gesendet: Mittwoch, 10. Dezember 2022, 20:38
An: Gregersen, Ben <BEN857@gmail.com>
Betreff: AW: Training

Lieber Ben,

wenn du genau tust, was ich dir schreibe, dann bin ich mir sicher, dass sie dich danach mit ganz anderen Augen sehen wird. Willst du es mal versuchen?

Alles Liebe

Gott

Von: Gregersen, Ben <BEN857@gmail.com>
Gesendet: Mittwoch, 10. Dezember 2022,20:41
An: Gott, Lieber <Mein-Gott-Walter@t-online.de>
Betreff: AW: Training

Lieber Gott,

ja, ich will. Was soll ich machen?

Liebe Grüße

Dein Ben

Walter atmete tief durch: Jetzt würde sich zeigen, ob er als Gott etwas taugte oder nicht. Das alles war reichlich gewagt, aber verzweifelte Situationen erforderten ungewöhnliche Maßnahmen.

Noch einmal atmete er tief durch.

Dann tippte er.

44

Es hatte sich bei dem Event mit dem Wasserlockenchristkind schon eigenartig angefühlt, jetzt aber kam er sich wie verkleidet vor: Er stand in Uniform vor dem Spiegel und war tatsächlich wieder Postbote. Wenn auch nur für einen einzigen Tag und nur für eine einzige Zustellung. Als wäre er Teil einer Inszenierung, die einen Postboten erforderte, und letztlich war das gar nicht mal so weit von der Wahrheit entfernt.

Unter einem Vorwand hatte er in aller Früh Sabine angerufen, um ihr mitzuteilen, dass er krank sei. Sie hatte es ohne Regung oder weitere Nachfrage zur Kenntnis genommen.

Der Dobermann hatte sich über die ungewohnte Gesellschaft an diesem Morgen gefreut. Walter drehte mit dem aufgeregten Tier eine ausgedehnte Hunderunde durch Ründeroth, bevor er schließlich für seinen Einsatz in seine Uniform schlüpfte. Er polsterte eine alte Posttasche mit Zeitungen aus, verstaute eine kleine, sorgfältig verpackte Box darin und fuhr gegen elf Uhr nach Engelskirchen. Dort quälte er sein Moped den Berg in die Horpestraße hinauf. Etwa hundert Meter vor dem Haus der Gregersens parkte er am Straßenrand und vertrat sich in einer Seitenstraße die Füße, bis endlich sein Kollege Frank mit der täglichen

Post auftauchte. Als er außer Sicht war, packte Walter seine Tasche, marschierte entschlossen zu Bens Haus und klingelte energisch an der Tür.

Wiederholte das Klingeln, als niemand öffnete.

Schließlich konnte er zaghafte Schritte vernehmen. Bens Mutter öffnete die Tür.

Sie sah furchtbar aus.

Blass, übernächtigt, die Augen wie hinter einem tiefen Schleier. Alles an ihr strahlte Müdigkeit und Melancholie aus, ihr Blick erfasste ihn kaum. Ihr Zustand schien sich noch einmal verschlechtert zu haben.

»Ja?«, fragte sie leise.

»Ich habe hier ein Einschreiben für Ben Gregersen«, antwortete Walter betont beflissen.

»Meinen Sohn?«

»Ist er da?«, fragte Walter.

»Nein. Er ist in der Schule. Worum geht es denn?«

Walter hielt ihr das Paket hin. Ein Aufkleber warnte davor, es zu stürzen.

»Ich habe eine Zustellung für ihn«, sagte Walter und zückte ein elektronisches Quittiergerät. »Wenn Sie hier unterschreiben wollen?«

»Ich habe nichts bestellt«, antwortete Bens Mutter.

»Dazu kann ich nichts sagen. Die Zustellung ist für Ben Gregersen.«

Obwohl der Tag grau und trüb war, konnte Walter sehen, dass der Frau das Tageslicht zu schaffen machte. Sie blinzelte und verzog ihr Gesicht, als plagte sie eine Migräne.

»Was soll das sein?«

Die Box verriet nichts über ihren Inhalt.

»Wenn Sie mich fragen: ein Handy.«

»Ein Handy?«, fragte sie erstaunt zurück.

»Ja, die werden üblicherweise in solchen Verpackungen verschickt.«

»Aber … Ben kann doch nicht … das … Wir können uns das gar nicht leisten!«, stammelte sie.

»Sie meinen, Ihr Sohn hat es heimlich gekauft?«, fragte Walter.

»G-gekauft?«

»Handys werden fast immer im Voraus bezahlt.«

»Das kann nicht sein!«, antwortete sie geschockt.

Sie tat ihm leid: Dieses Gespräch überforderte sie. Er konnte ihr ansehen, welche Schwierigkeiten sie hatte, ihm zu folgen. Dem Gesagten einen Sinn zuzuordnen.

»Hören Sie, selbst wenn ihr Sohn das Gerät heimlich erworben hat, können Sie jederzeit vom Kauf zurücktreten. Ich vermute aber etwas anderes …«

Sie sah ihn ausdruckslos an. »Was denn?«

»Er hat es gewonnen. Die Kollegen der Telekom haben ein großes Gewinnspiel veranstaltet. Ich habe schon zwei dieser Handys zugestellt. Da war die Freude groß!«

»Meinen Sie?«, fragte Bens Mutter zögerlich.

»Ich bin mir sicher. Die anderen Pakete sahen ganz genauso aus wie das hier! Wenn Ihr Sohn aus der Schule kommt, können Sie ihn ja fragen.«

»Und ich komme nicht in Schwierigkeiten, wenn ich das Paket annehme?«, fragte sie vorsichtig.

»Nein. Wenn es kein Gewinn ist, schicken Sie es einfach wieder zurück.«

Sie starrte auf die Box und murmelte abwesend: »Ja ... vielleicht ... er hat übermorgen Geburtstag ...«

Überrascht rief Walter: »Na, das trifft sich ja! Nehmen Sie es! Da haben Sie doch ein tolles Geschenk für Ihren Sohn! Und wenn jemand fragt, haben *Sie* an dem Spiel teilgenommen. Ihr Sohn ist sicher noch nicht volljährig, oder?«

»Er ist zehn.«

»In Ordnung. Ich weiß von nichts!« Walter lächelte komplizenhaft. »Schenken Sie es ihm. Das hat alles seine Richtigkeit.«

Er hielt ihr das Quittiergerät hin.

Mit zittrigen Fingern malte sie ihren Namen auf das Display.

Walter übergab ihr das Handy, verabschiedete sich und atmete durch, als die Tür hinter ihm wieder ins Schloss fiel.

45

Am Abend beobachtete Walter Ben wieder beim Training, doch an dem, was sich bereits gezeigt hatte, änderte sich nichts. Walter konnte kaum hinsehen. Ben versuchte es zwar, aber er verlor immer mehr den Mut. Er war hier genauso ein Außenseiter wie in der Schule.

Und trotzdem mailte er Walter noch am selben Abend, wie toll er das alles finde, wahrscheinlich um ihn, Gott, nicht zu enttäuschen. Um nicht undankbar zu erscheinen, vielleicht auch, um die Freundschaft zum Allmächtigen nicht zu gefährden. Wer nur einen Freund hatte, konnte es sich nicht leisten, den zu verlieren, denn wenn er es tat, verlor er nicht nur einen Freund, er verlor gleich alles, was er hatte.

Wenn Walters Plan doch nur aufginge!

Wäre er tatsächlich Gott, müsste er sich darüber keine Sorgen machen, so aber konnte er nur hoffen, die Dinge richtig eingeschätzt zu haben. Alles, was es brauchte, war ein bisschen Glück und wer, wenn nicht Ben, hatte ein bisschen Glück verdient?

Walter grübelte den ganzen Abend über das nach, was er da eingefädelt hatte: War es nicht reichlich übergriffig? Mit welchem Recht mischte er sich immer weiter in das Leben des Kleinen ein? Sollte er nicht vielleicht doch besser wegsehen? So wie alle anderen?

Und warum hatte er so ein selten schlechtes Gewissen?

Weil er Ben belog? Weil er in Wirklichkeit nur ein Postbote war, den die meisten Menschen nicht leiden konnten? Weil er einem fremden Kind half, sich aber um seine eigenen viel zu wenig kümmerte?

Er versank so tief in Gedanken, dass er nur am Rande bemerkte, dass Sandra seltsam fahrig wirkte, nicht versuchte, ihn in ein Gespräch zu verwickeln, sondern ihren eigenen Grübeleien nachhing. Weit weg schien. Dass sie immer wieder zu ihrem Handy griff. Blass war, nervös, den Fernseher anmachte, dem Programm aber nicht folgte.

Bis sie schließlich wortlos ins Bett ging.

So wie Walter.

Wo sie beide unabhängig voneinander eine unruhige Nacht verbrachten.

Am Morgen machte Sandra Frühstück in der Küche, als ihr Handy, das auf dem Wohnzimmertisch lag, mit einem kurzen Vibrieren eine Nachricht vermeldete.

Walter ging endlich ein Licht auf. So aufmerksam er Ben gegenüber war, so gedankenlos war er Sandra gegenüber gewesen. Mittwoch hatten sie den Abend noch harmonisch verbracht, Donnerstag aber hatte sie sich schon ein wenig seltsam verhalten. Sie war wie jemand, der hinter einer Glaswand stand: Man sah sie, hörte sie und doch war sie unerreichbar.

Er starrte auf das Handy, während er Sandra in der Küche hantieren hörte, starrte es so lange an, bis es erneut vibrierte.

Nahm es in die Hand, wog es.

Es war eines dieser alten Dinger, mit denen man nur telefonieren und SMS schreiben konnte, klein und leicht.

Wieder ein Vibrieren.

Auf dem Display wurden drei empfangene Mitteilungen angezeigt.

Sein Zeigefinger schwebte über der Sperrtaste.

Durfte er eingreifen?

Sollte er wegsehen?

Er klickte und wusste doch längst, wer diese Nachrichten geschrieben hatte: Uwe.

Bitte sprich mit mir!

Ich will zurück zu dir!

Ich liebe dich!

Walter war so wütend, dass seine Hände zu zittern begannen.

Wahrscheinlich hatte er Walters Geld versoffen, die Sachen, die er gestohlen hatte, versetzt, war pleite und hoffte darauf, sich erneut in Sandras Leben einzecken zu können.

»Papa?!«

Walter fuhr herum und sah in das blasse Gesicht seiner Tochter.

»Was tust du da?«

»Du darfst ihn nicht wieder in dein Leben lassen, Sandra! Das lasse ich nicht zu!«

»Das lässt du nicht zu?«, fragte Sandra entgeistert zurück.

Walter legte das Handy zurück auf den Tisch.

Dann wandte er sich ihr wieder zu.

»Sieh dich um, Sandra! Was siehst du?«

Sie zog irritiert die Brauen zusammen. »Was meinst du?«

»Das hier!«, antwortete Walter und zeigte auf sich, auf sie, auf das Wohnzimmer und sogar auf den Dobermann, der die beiden aufmerksam beobachtete.

»Was ist damit?«

»Haben wir nicht eine schöne Zeit miteinander?«, fragte Walter.

Tränen schossen ihr in die Augen. »Ja …«

»Gib das nicht auf, Sandra! Bitte!«

»Aber das will ich doch gar nicht!«, würgte sie hervor.

»Es ging dir doch gerade gut! Es ging mir gerade gut! Wir sind ein tolles Team. Dieses Schwein wird alles zerstören. Er wird dich zerstören. Er wird das, was wir haben, zerstören! Willst du das?«

Sie heulte Rotz und Wasser.

Mit hängenden Armen und vorgebeugten Schultern.

Wie das kleine Mädchen, das er einst verlassen musste.

Walter ging auf sie zu und umarmte sie. »Ich beschütze dich, Sandra! Ich gehe nicht mehr weg! Ich verspreche es!«

Sie umarmte ihn so fest sie konnte, schluchzte, während er sie festhielt und ebenfalls weinte.

»Es tut mir leid!«, flüsterte er. »Es tut mir so leid.«

Er spürte, wie sie nickte.

Sie standen da und hielten sich.

Nach einer Weile aber beruhigte sie sich.

Da ließ er sie los und fragte: »Hast du ihm schon geantwortet?«

Sie schüttelte den Kopf.

»Gut, dann blockier jetzt seine Nummer! Hast du die Schlösser bei dir zu Hause ausgetauscht?«

Sie schüttelte wieder den Kopf.

»Ich erledige das!«

Er nahm das Handy, gab es ihr und wiederholte: »Blockier die Nummer!«

Sie schluckte, aber sie gehorchte.

»Bitte besorg dir selbst eine neue, ja?«

Sie nickte.

»Ich kann mich darauf verlassen?«

»Ja.«

Er nahm sie wieder in den Arm und streichelte ihr über den Rücken. »Wir zwei kriegen das schon hin, nicht wahr?«

Und sie antwortete leise: »Ja, Papa.«

46

Von: Gott, Lieber <Mein-Gott-Walter@t-online.de>
Gesendet: Sonntag, 14. Dezember 2022, 10:12
An: Gregersen, Ben <BEN857@gmail.com>
Betreff: Geburtstag

Lieber Ben,
herzlichen Glückwunsch zum Geburtstag!
Alles Liebe
Gott

Von: Gregersen, Ben <BEN857@gmail.com>
Gesendet: Sonntag, 14. Dezember 2022, 11:23
An: Gott, Lieber <Mein-Gott-Walter@t-online.de>
Betreff: AW: Geburtstag

Lieber Gott,
vielen Dank! Wie schön, dass du an mich gedacht
hast! Übrigens, du glaubst nicht, was Mama mir zum
Geburtstag geschenkt hat! Ein Handy! Ist das der
Wahnsinn? Dabei haben wir gar kein Geld! Ich bin so,
so, so glücklich. Sie muss mich sehr lieb haben, nicht?
Liebe Grüße
Ben

Von: Gott, Lieber <Mein-Gott-Walter@t-online.de>
Gesendet: Sonntag, 14. Dezember 2022, 11:28
An: Gregersen, Ben <BEN857@gmail.com>
Betreff: AW: Geburtstag

Lieber Ben,
ich freue mich für dich! Das ist ja ein tolles Geschenk!
Und natürlich hat dich deine Mama lieb. Sie ist nur
krank, aber das heißt nicht, dass du ihr nicht wichtig
bist. Sie wird wieder gesund.
Alles Liebe
Gott

Von: Gregersen, Ben <BEN857@gmail.com>
Gesendet: Sonntag, 14. Dezember 2022, 11:33
An: Gott, Lieber <Mein-Gott-Walter@t-online.de>
Betreff: AW: Geburtstag

Lieber Gott,
kannst du mir sagen, wann das ungefähr sein wird?
Liebe Grüße
Ben

Von: Gott, Lieber <Mein-Gott-Walter@t-online.de>
Gesendet: Sonntag, 14. Dezember 2022, 11:36
An: Gregersen, Ben <BEN857@gmail.com>
Betreff: AW: Geburtstag

Lieber Ben,

alles braucht seine Zeit. Irgendwann ist auch mal die finsterste Depression vorbei. Hab Vertrauen!

Alles Liebe

Gott

Von: Gregersen, Ben <BEN857@gmail.com>
Gesendet: Sonntag, 14. Dezember 2022, 11:39
An: Gott, Lieber <Mein-Gott-Walter@t-online.de>
Betreff: AW: Geburtstag

Lieber Gott,

natürlich vertraue ich dir. Aber was ist das: Depression?

Liebe Grüße

Ben

Von: Gott, Lieber <Mein-Gott-Walter@t-online.de>
Gesendet: Sonntag, 14. Dezember 2022,11:41
An: Gregersen, Ben <BEN857@gmail.com>
Betreff: AW: Geburtstag

Lieber Ben,

bist du schon mal nachts wach geworden und hast bei völliger Dunkelheit den Lichtschalter gesucht?

Alles Liebe

Gott

Von: Gregersen, Ben <BEN857@gmail.com>
Gesendet: Sonntag, 14. Dezember 2022, 11:43
An: Gott, Lieber <Mein-Gott-Walter@t-online.de>
Betreff: AW: Geburtstag

Lieber Gott,
ja, das kenne ich.
Liebe Grüße
Ben

Von: Gott, Lieber <Mein-Gott-Walter@t-online.de>
Gesendet: Sonntag, 14. Dezember 2022, 11:44
An: Gregersen, Ben <BEN857@gmail.com>
Betreff: AW: Geburtstag

Lieber Ben,
so ist das bei deiner Mama. Sie hat sich in der Dunkelheit verirrt. Sie hat Angst und ist traurig, weil sie ein Licht sucht und nicht finden kann. Aber irgendwann wird sie es finden und dann kann sie aus ihrem dunklen Zimmer heraus. Und dann wird sie gleich als Erstes zu dir gehen und dich in die Arme nehmen.
Alles Liebe
Gott

Von: Gregersen, Ben <BEN857@gmail.com>
Gesendet: Sonntag, 14. Dezember 2022, 11:51
An: Gott, Lieber <Mein-Gott-Walter@t-online.de>
Betreff: AW: Geburtstag

Lieber Gott,
kann ich ihr denn nicht helfen?
Liebe Grüße
Ben

Von: Gott, Lieber <Mein-Gott-Walter@t-online.de>
Gesendet: Sonntag, 14. Dezember 2022, 11:52
An: Gregersen, Ben <BEN857@gmail.com>
Betreff: AW: Geburtstag

Lieber Ben,
warte einfach vor der Tür. Sie wird zu dir kommen.
Ganz bestimmt.
Alles Liebe
Gott

Von: Gregersen, Ben <BEN857@gmail.com>
Gesendet: Sonntag, 14. Dezember 2022, 11:54
An: Gott, Lieber <Mein-Gott-Walter@t-online.de>
Betreff: AW: Geburtstag

Lieber Gott,
ja, das mache ich. Ich warte auf sie.
Liebe Grüße
Ben

Von: Gott, Lieber <Mein-Gott-Walter@t-online.de>
Gesendet: Sonntag, 14. Dezember 2022, 11:59
An: Gregersen, Ben <BEN857@gmail.com>
Betreff: AW: Geburtstag

Lieber Ben,
zurück zu dem, was ich dir letztes Mal geschrieben
habe. Hast du dich über Harry Styles informieren
können?
Alles Liebe
Gott

Von: Gregersen, Ben <BEN857@gmail.com>
Gesendet: Sonntag, 14. Dezember 2022, 12:03
An: Gott, Lieber <Mein-Gott-Walter@t-online.de>
Betreff: AW: Geburtstag

Lieber Gott,
ja klar. Weißt du was? Mama hat mir auch eine Handy-
hülle geschenkt. Du glaubst nicht, wer da drauf ist?!
Harry Styles! Das ist ein Zufall, was?
Liebe Grüße
Ben

Von: Gott, Lieber <Mein-Gott-Walter@t-online.de>
Gesendet: Sonntag, 14. Dezember 2022, 12:05
An: Gregersen, Ben <BEN857@gmail.com>
Betreff: AW: Geburtstag

Lieber Ben,

das ist kein Zufall. Da kannst du mal sehen, wie sehr du in ihrem Kopf bist – auch wenn sie das im Moment nicht so gut ausdrücken kann.

Alles Liebe

Gott

Von: Gregersen, Ben <BEN857@gmail.com>
Gesendet: Sonntag, 14. Dezember 2022, 12:07
An: Gott, Lieber <Mein-Gott-Walter@t-online.de>
Betreff: AW: Geburtstag

Lieber Gott,

ich bin so froh, dass du mir hilfst. Wirklich! Ohne dich wäre es ganz schön schwer.

Liebe Grüße

Ben

Von: Gott, Lieber <Mein-Gott-Walter@t-online.de>
Gesendet: Sonntag, 14. Dezember 2022, 12:08
An: Gregersen, Ben <BEN857@gmail.com>
Betreff: AW: Geburtstag

Lieber Ben,

ich helfe gern. Ist mein Job, sozusagen.

Also, dann bitte deine Mama, dir eine Prepaidkarte zu kaufen. Und dann lädst du dir am besten gleich ein paar Songs von Harry Styles auf dein neues Handy, in Ordnung?

Alles Liebe
Gott

Von: Gregersen, Ben <BEN857@gmail.com>
Gesendet: Sonntag, 14. Dezember 2022, 12:25
An: Gott, Lieber <Mein-Gott-Walter@t-online.de>
Betreff: AW: Geburtstag

Lieber Gott,
ich habe Mama gefragt – sie hat versprochen, mir
gleich morgen eine zu kaufen.
Liebe Grüße
Ben

Von: Gott, Lieber <Mein-Gott-Walter@t-online.de>
Gesendet: Sonntag, 14. Dezember 2022, 12:28
An: Gregersen, Ben <BEN857@gmail.com>
Betreff: AW: Geburtstag

Lieber Ben,
sehr gut. Also, jetzt zu meiner Idee …

Walter dachte einen Moment nach, dann tippte er weiter.

Wenn sein kleiner göttlicher Plan nicht funktionierte,
würden Ben sicher ganz menschliche Zweifel an ihm kommen. Das mit dem Fußball war schon ein Reinfall gewesen,
Harry Styles durfte einfach nicht scheitern.

47

Nachdem Hilde mit dem Liebreiz einer Abrissbirne Rudolf Neissers Vorzimmer verwaltet hatte, wehte jetzt ein anderer Wind. Mit Nicole wurde das Vorzimmer zum Wallfahrtsort der Sehnsüchtigen. Auch wenn das in einem Unternehmen, in dem hauptsächlich Bauarbeiter beschäftigt waren, wahrscheinlich mit jemandem, der nicht so hübsch, nicht so schlagfertig wie Nicole war, ebenso der Fall gewesen wäre.

Ständig flog da die Tür auf, um der neuen Sekretärin unter irgendeinem Vorwand, und sei er auch noch so lächerlich, einen kleinen Besuch abzustatten. Man hoffte auf einen Kaffee und einen kleinen Plausch, darauf, ein Lächeln oder einen Lacher für einen lahmen Witz zu ernten.

Meist lachte Nicole tatsächlich, wenn auch in der Regel aus Höflichkeit.

Enttäuschungen, Missmut und Eifersüchteleien waren natürlich vorprogrammiert. Aber glaubten die Verzweifelten, ihrem Ärger mit ein paar misogynen Sprüchen oder sexistischen Bemerkungen Luft verschaffen zu müssen, so stellten sie schnell fest, dass es Nicole weder an Mutterwitz noch an Mut mangelte und sie zudem keinerlei Hemmungen hatte, vor versammelter Mannschaft zu kontern. Da fand sich dann schnell jemand mit hochrotem Kopf wieder, der Sekunden zuvor noch geglaubt hatte, sie beschämen zu können.

Nur einer schien ihrem Charme nicht zu erliegen: Walter.

Mittlerweile lebte er mit Barbara in ihrem neuen Haus, das, idyllisch in einen Hang gebaut, einen wunderbaren Blick über das Tal erlaubte. Es stand nicht weit vom Zuhause der Neissers entfernt, hatte einen schönen Garten, eine Terrasse, eine Garage und war von bürgerlicher Schlichtheit, aber doch schöner als alles, was Walter sich je erträumt hatte.

Fußball spielte er nur noch sonntags und weil es ihm Spaß machte, nicht weil er sich davon noch etwas erhoffte. Montags bis freitags lernte er an Rudolfs Seite alles, was ein erfolgreicher Bauunternehmer wissen musste: Erfolg mit all seinen plüschig weichen Begleiterscheinungen wurde mit Hammer und Amboss geschmiedet. Jede Mark, die man mehr verdienen wollte, musste man vorher jemand anderem abnehmen.

Walter begleitete Rudolf auf die Baustellen, war bei allen Gesprächen mit Architekten, Behörden, Polieren und Handlangern dabei und merkte sich genau, wann er wie mit wem und auf welche Art und Weise zu sprechen hatte. Zwar fehlten ihm das Charisma und die bullige Durchsetzungskraft seines Schwiegervaters, aber er begriff schnell, dass ein zu höflicher Ton nicht nur auf einer Baustelle, sondern auch in Verhandlungen mit Geschäftspartnern eher als Schwäche denn als Freundlichkeit ausgelegt wurde.

Walter lernte, wie er seit jeher alles zur Zufriedenheit seiner Lehrherren gelernt hatte, und erwarb sich nach und nach den Respekt derer, mit denen er zu tun hatte, sicher auch deswegen, weil er der Schwiegersohn des Alten war. Mit dem wollte sich wirklich niemand anlegen.

Zu Hause aber war Walter ein ganz anderer Mensch, hielt seinen Sohn Christian auf dem Arm, sooft er nur konnte, gab ihm das Fläschchen, badete ihn und wechselte sogar seine Windeln, obwohl Barbara wie auch die Neissers ihn ermahnten, dass das nun wirklich keine *Männerarbeit* sei. Walter kümmerte sich nicht darum und Barbara ließ ihn gewähren, obwohl sie sonst alles tat, was ihr Vater sich wünschte.

Ihr Haus, ihr Zuhause, war von Barbara modern, aber ohne Extravaganzen eingerichtet worden, gerade so, dass ihre Eltern dem darin ausgestellten Zeitgeist noch zustimmen konnten. Die jungen Leute hatten eben ihren eigenen Kopf. Bei den wirklich wichtigen Angelegenheiten gab es jedoch nur einen Kopf, der zählte. Und der saß auf Rudolfs Hals. Auf diese Art und Weise kamen sie wunderbar miteinander aus, verbrachten viel Zeit miteinander und luden einander oft zum Essen ein.

An den Tagen, an denen Barbara die Familie bewirtete, betrieb sie einen enormen Aufwand. Da wurde Staub gewischt, wurden die Böden gewienert, die Schränke ausgewaschen und die Bäder so aufpoliert, dass man darin hätte operieren können. Da Christian ein sehr braves Kind war, kaum schrie und viel schlief, blieb ihr danach noch Zeit, sich selbst zu pflegen und aufwendig zu kochen, um dann am Abend die perfekte Gastgeberin zu sein.

Die perfekte Mutter.

Und natürlich auch die perfekte Ehefrau.

Sie bediente mit Renate die beiden Männer, küsste Walter und bewunderte ihren Vater. Und je mehr Komplimente Rudolf ihr machte, das saubere Haus, das tolle Essen, ihren grandiosen Enkel, desto glücklicher war sie.

Mit Walter.

Und mit ihrem Leben.

An diesen Abenden wurde Musik angemacht, gelacht, geraucht und manchmal auch diskutiert. Wobei diese Diskussionen weniger Disput denn ein Abfeiern der Ansichten Rudolf Neissers waren.

Der Alkohol sorgte dafür, dass der mit Schmeicheleien und Zärtlichkeiten sehr zurückhaltende Rudolf seine Frau Renate mit Zuneigung überschüttete, was Barbara nicht selten innig seufzen und kundtun ließ, dass sie dafür betete, in vielen Jahren mit Walter einmal eine genauso fantastische Ehe zu führen wie ihre Eltern. Rudolf nahm sie zu diesen Gelegenheiten in den Arm, küsste sie auf die Stirn und sagte: »Du bist mein größter Stolz!«

Was Renate Tränen des Glücks in die Augen trieb.

Genau wie Barbara.

Als Christian ein gutes Jahr alt war, lud Barbara ihre Eltern wieder einmal zu einem dieser Essen ein. Und wieder einmal lobte Rudolf sie überschwänglich. Als es dann an der Zeit war, die Musik ein wenig lauter zu drehen, Bier und Cognac zu servieren, schenkte Barbara sich selbst nicht ein.

Rudolf sah sie erst irritiert an, dann aber lachte er.

»Du bist … Bist du etwa …?«

»Ja!«, antwortete Barbara grinsend.

Renate fiel ihrer Tochter in die Arme.

Rudolf drückte sie beide an sich.

Winkte Walter heran, den er auch umarmte.

»Was geht es uns gut!«, rief er.

Dann stieß er mit Walter an, trank einen Schluck auf den werdenden Vater und prostete dann seiner Tochter zu: »Du bist mein größter Stolz!«

Da weinte Renate wieder vor Glück.

Genau wie Barbara.

48

Mit Sandras Geburt wurde Walter offiziell befördert: Er bekam sein eigenes Büro mit Tageslichtfenster. Natürlich wurde auch sein Gehalt deutlich erhöht, was ihn um ein Haar einen brandneuen BMW Touring hätte kaufen lassen, aber knapp vierzigtausend Mark waren ihm dann doch zu viel, obwohl Barbara ihn ermutigte, seinen Erfolg mit ein wenig Status auszustellen. Er entschied sich für einen Honda Civic, was Rudolf missfiel: Ein japanisches Auto war nun mal nicht so gut wie ein deutsches.

Im Radio liefen Stock-Aitken-Waterman-Songs, Künstler wie Rick Astley, Mel & Kim oder Bananarama kletterten unaufhörlich mit ähnlich klingendem Sound an die Spitze der Charts, und wann immer man in Rudolfs Vorzimmer trat, liefen diese Songs dort in Dauerschleife, weil Nicole sie so liebte. Genau wie sie Dauerwelle, Pastellfarben, Vanilia-Cargos, Schulterpolster und Lipgloss liebte, weshalb ihr Vorzimmer immer etwas nach Kirsche oder Erdbeere duftete.

Mit der Nachtruhe in Walters Haus war es derweil vorbei. Sandra entpuppte sich als Schreikind, was nicht nur Barbara an den Rand des Nervenzusammenbruchs brachte, sondern auch Walter, der jeden Tag müder an seinen Arbeitsplatz schlich, wo er nach besonders harten Nächten kaum in der Lage war, einen klaren Gedanken zu fassen, geschweige denn sinnvolle Entscheidungen zu treffen.

Rudolf riet ihm, ein Zimmer im Keller zu beziehen, aber Walter bestand darauf, seiner Frau beizustehen, zumal sich herausstellte, dass er besser als Barbara darin war, Sandra zu beruhigen. Nachts schlief er nun zumeist im Sitzen, Sandra in den Armen haltend, und tagsüber geisterte er mit blutunterlaufenen Augen und sehr kurzer Zündschnur durch die Firma. Ein ehedem freundlicher Juniorchef, gefährlich wie eine im Erdreich lauernde Weltkriegsbombe, über die ahnungslos die Bagger fuhren.

Bis sie eines Tages einer rammte.

Es war Freitag, ein elend heißer Junitag, als Walter und Nicole so etwas wie Freunde wurden. Hatte sich ihre Konversation bis dahin auf rein Dienstliches beschränkt, hatte man sich des Morgens freundlich, aber unverbindlich begrüßt, so änderte sich das nun. Walter trat an diesem Tag ins Vorzimmer und traf dort wie üblich auf einen herumlungernden Arbeiter, der Kaffee trank und Nicole zu einem reichlich anzüglichen Plausch zwang, den sie wiederum kühl an sich abperlen ließ. Ob der Mann Walter nicht hatte hereinkommen hören oder sich nicht weiter in seinem Redefluss stören lassen wollte, ließ sich im Nachhinein nicht mehr sagen, jedenfalls drängte er Nicole, am Abend mit ihm in die Diskothek zu gehen, stellte ihr Drinks in Aussicht und gab derart zotig zu verstehen, was er sich am Ende dieses Abends erhoffte, dass es die Grenze des guten Geschmacks weit überschritt.

Nicole wandte sich Walter mit einem Lächeln zu und

fragte, wie sie ihm helfen könne, als sich der Mann, immer noch mit dem Rücken zu Walter stehend, in die Sichtachse stellte und darauf beharrte, eine Antwort zu bekommen. Selbstredend eine positive, denn aus unerfindlichen Gründen war er nicht nur von sich, sondern auch vom Ausgang dieses Abends überzeugt.

»Lass mich in Ruhe, Guido!«, fauchte Nicole.

»Stell dich nicht so an!«, entgegnete der. »Sagst doch sonst auch nie Nein.«

Walter, übermüdet, gereizt und von der Hitze aufgeweicht, platzte der Kragen. »SIE HAT GESAGT, DU SOLLST SIE IN RUHE LASSEN, DU ARSCH-LOCH!«

Überrascht drehte sich der Mann namens Guido um.

»Was?«, fragte er erschrocken.

»BIST DU TAUB? KEIN PROBLEM: ICH KANN NOCH LAUTER. LASS SIE GEFÄLLIGST IN RU-HE!«

»W-was ist denn los?«, fragte Guido geschockt.

»DU FRAGST, WAS LOS IST, DU NEANDER-TALER? STELL DIR EINFACH VOR, JEMAND WÜRDE MIT DEINER MUTTER SO SPRECHEN WIE DU MIT NICOLE!«

»Mit … meiner …«

»UND? SPRICHST DU MIT DEINER MUTTER AUCH SO?«

»Ich … nein …«

»NEIN? WARUM NICHT?!«

»Ich …«

»RAUS! RAUS, ABER SCHNELL! WENN ICH SO WAS NOCH MAL ERLEBE, FLIEGST DU! KAPIERT?«

Der Mann schluckte.

»KAPIERT?!«, schrie Walter mit sich überschlagender Stimme.

»Ja«, antwortete Guido kleinlaut und eilte aus dem Büro.

Walter setzte ihm noch ein paar Meter nach, um sicherzugehen, dass er hier zumindest heute nicht mehr auftauchte, dann schmetterte er die Tür zu, dass die Scheiben der anliegenden Büros zitterten.

Als er schließlich zu Nicoles Schreibtisch zurückkehrte, fühlte er sich ausgehöhlt, leer und den Tränen nah: Die Schlaflosigkeit, das Geschrei Sandras, der unerbittliche Arbeitsirrsinn im Büro, die Guidos dieser Welt zerrten an seinen Nerven. Völlig erschöpft sank er auf einen Stuhl und rieb sich die Schläfen.

Nicole aber war aufgestanden, hatte ihm ein Glas Sprudelwasser eingegossen und sagte, als sie es ihm in die Hand drückte: »Danke.«

Walter trank und murmelte nur: »Ich bin so müde …«

Sie legte ihm die Hand auf die Schulter, auf die er unwillkürlich und ohne jede Absicht seine legte. Er fühlte sich überfordert und die kleine Geste versprach jenen Trost, den er gerade dringend brauchte.

»So schlimm?«, fragte sie mitfühlend.

Walter antwortete nicht, sondern würgte den Kloß in seinem Hals herunter. Er wollte sich keine Blöße geben, aber Entkräftung und nervliche Zerrüttung ließen ein paar

Tränen kullern, sodass Nicole sich neben ihn setzte und seine Hand hielt.

Weiter sprachen sie nicht.

Nach einer Weile stand Walter dann auf, nickte ihr zu und verließ das Vorzimmer. Glücklicherweise war Rudolf auf einem auswärtigen Termin, sodass Walter eine Blamage erspart blieb, denn Rudolf gehörte nicht zu den Männern, die Verständnis für Gefühlsduseleien hatten.

Nicole hingegen war angenehm überrascht.

In ihrer Welt war sie umringt von Typen, deren Gefühlswelt sich allein in Erektionen zu manifestieren schien. Walter dagegen war integer, intelligent, niemals anzüglich und emotional ganz offensichtlich nicht verkrüppelt. Kurz: Er war anders als die anderen und das machte ihn interessant.

Der Montag kam und etwas hatte sich verändert.

Nicht dass der Morgengruß herzlicher gewesen wäre, aber in beider Augen lag plötzlich etwas Komplizenhaftes. Wie die Erinnerung an eine bestandene Prüfung oder ein kleines Abenteuer, das ein zartes Band zwischen ihnen geknüpft hatte. Sie begannen sich, wann immer sie einander sahen, kurz zuzuwinken, als Zeichen dafür, dass man den anderen wahrgenommen hatte. Nicht mehr nur als Kollegin oder als Vorgesetzter, sondern als Kumpanin oder Freund.

Mitte der Woche trat Nicole dann in Walters Büro und fragte, ob sie vielleicht zusammen mittagessen sollten. Kurz darauf saßen sie auf dem Werksgelände in der Sonne und verputzten ihre mitgebrachten Butterbrote. Walter war entspannt wie lange nicht mehr und so entwickelte sich diese Pause recht lebhaft: Sie lachten viel und nichts daran war vorgetäuscht. Walter mochte ein paar Jahre jünger sein als Nicole, war aber für sein Alter erstaunlich reif. Ein Mann, der früh Verantwortung hatte übernehmen müssen, einer, der viel charismatischer sein konnte, als sie das für möglich gehalten hätte.

Nicht lange nach diesem ersten Mittagessen folgten weitere, in denen Walter Nicole von einer anderen Seite als der der hübschen Sekretärin kennenlernte, die keck mit Männern umgehen konnte. Sie war viel belesener, viel gebildeter als er. Sie interessierte sich für alles, konnte zu allem Möglichen eine fundierte Meinung präsentieren. Und je länger er ihr zuhörte, desto öfter war er der Überzeugung, dass sie sich unter Wert verkaufte, dass das tägliche Geschwätz, das sie sich anhören musste, eine frustrierende Beleidigung ihrer Intelligenz sein musste.

»Du solltest deine eigene Firma gründen!«, riet Walter ihr einmal.

»Ach ja? Welche denn?«

»Du kämst in jeder Branche klar.«

»Willst du mich loswerden?«, neckte sie ihn.

»Auf keinen Fall. Aber du könntest überall Karriere machen!«

»Kommt darauf an, was man vom Leben erwartet.«

»Was erwartest du denn?«, fragte Walter.

»Ich möchte glücklich sein.«

»Und hier bist du glücklich?«

Sie zuckte mit den Schultern. »Der Ort ist nicht so wichtig. Nur die Menschen, mit denen man zu tun hat.«

Nicole lächelte ihn versonnen an, doch er begriff nicht,

wie es um sie stand. Walter spukte ihr mittlerweile regelrecht im Kopf herum. Morgens wachte sie mit seinem Gesicht auf und abends ging sie mit seiner Stimme zu Bett.

Sie war verliebt.

Ziemlich heftig sogar.

In einen Mann, der hier genauso wenig reinpasste wie sie selbst. Doch Walter reagierte nicht auf ihre heimlichen Blicke und die sanften Worte. Verwundert, dann fast schon verzweifelt, stellte sie fest, dass sie gegen Wände lief. Walter war ihr zwar zugewandt, aber auch immer etwas distanziert. Das war sie nicht gewohnt. Sie hätte jeden haben können, doch mit jedem Tag wurde ihr klarer: Sie wollte nicht jeden, sie wollte nur ihn.

Walter.

Walter.

Walter.

49

Mehr als ein Jahr brannte sein Name wie eine ewig leuchtende Wunderkerze in ihrem Kopf, regnete Fantasien in ihre Träume, verbrannte heiß und schmerzhaft ihren Stolz, bis sie ihre Gefühle vor kaum jemandem mehr verbergen konnte und Gerüchte um eine Liebschaft zwischen dem Junior und der Vorzimmerdame entstanden, die vor allem der gedemütigte Guido immer weiter befeuerte.

Die erlittene Schmach war nicht vergessen und so zahlte er es Walter heim, indem er Geschichten erfand, die bei den Kollegen ob ihrer außerordentlichen Deftigkeit großen Eindruck machten. Wilde Anekdoten machten da die Runde, die ausgerechnet diejenigen am meisten empörten, die zuvor noch am heftigsten versucht hatten, Nicole für sich zu gewinnen. Denn war es nicht himmelschreiend ungerecht, dass die Bosse immer alles bekamen, einfach weil sie Bosse waren und Frauen vom Schlag Nicoles sich von ihnen ein besseres Leben versprachen? Am liebsten hätte man dagegen protestiert, am liebsten der Ehefrau Bescheid gegeben, aber dann wäre man wohl entlassen worden, weil die Bosse immer am längeren Hebel saßen.

So war das.

Überall auf der Welt.

Und das war einfach nur empörend.

Der Einzige, der von den Gerüchten lange Zeit nichts mitbekam, war Walter. Für ihn war Nicole zu einer Freundin geworden, einer Frau, mit der er andere Themen besprechen konnte als Familie, vollgeschissene Windeln und Samstagseinkäufe, die an Versorgungstransporte der Bundeswehr erinnerten. Eine, die witzig war, die Musik, Partys und sogar Fußball liebte. Die ihm versicherte, dass er längst mit dem 1. FC Köln um die Meisterschaft spielen könnte, wenn er nur wollte, und da bestimmt jede Menge Freundinnen hätte.

Walter winkte lachend ab und antwortete: »Eine reicht mir.«

Er meinte es kameradschaftlich, aber Nicole hörte heraus, dass er Gefühle für sie hegte.

In Wahrheit aber war Walter mit den Gedanken entweder bei der Arbeit oder bei seiner Familie: bei Barbara, den beiden Kindern, vor allem natürlich bei Sandra, die das Licht der Welt offenbar so erschrocken hatte, dass sie dem Leben nur schreiend begegnen konnte und sich nur langsam beruhigte, nur allmählich Vertrauen in die Umarmungen ihres Vaters fasste. Für die Ehe der jungen Eltern war die Kleine eine Belastungsprobe, sie, die vorher nie gestritten hatten, taten es jetzt. Wenn auch nur aus Erschöpfung oder Überreizung, nie, weil sie einander nicht mehr liebten.

Eines Abends dann, als Walter länger auf der Arbeit blieb, weil er eine Pause von zu Hause brauchte und die Stille des Büros genoss, klopfte es leise an die Tür. Zu seiner Überraschung trat Nicole ein.

»Was machst du noch hier?«, fragte er erstaunt.

Sie antwortete nicht.

Kam um den Schreibtisch herum, beugte sich zu ihm herab und küsste ihn so zärtlich sie nur konnte. Vollkommen verblüfft ließ er sie einen Moment gewähren, spürte weiche, nach Erdbeere schmeckende Lippen und schlanke Finger, die sanft über seinen Nacken fuhren.

Dann aber schob er sie von sich. »Was machst du da?«

Für Nicole hätte die Reaktion kaum grausamer sein können.

Nicht nur, dass sie sich in ihrer hilflosen Aktion bloßgestellt fühlte, ihr wurde endlich klar, dass Walter nicht von ihr träumte und sich nicht nach ihr verzehrte. Dass sie all das sofort erkannt hätte, wenn es nicht um sie selbst gegangen wäre. Die Hoffnung war wie ein Nebel, in dem sie nur Schemen wahrgenommen hatte, Stimmen ohne Gesichter, denen sie nachgelaufen war, im vagen Glauben, sie würden sie zurück in einen klaren Tag führen.

»I-ich …«, stotterte sie.

»Nicole«, begann er nachsichtig. »Ich bin verheiratet.«

»I-ich … es tut mir leid … ich …«

Aus einem kleinen Kofferradio trällerte Kylie Minogue, der neue Stern des Stock-Aitken-Waterman-Imperiums, und ihr kindlich beschwingtes *I should be so lucky* brannte sich förmlich in Nicoles Gehörgänge. Sie wagte nicht mehr, Walter anzusehen, wandte sich rasch um und stürmte aus dem Büro, begleitet vom albernsten Grabgesang in der Geschichte dahingefahrener Liebschaften.

Sie verschwand in der Nacht, ohne dass er Anstalten machte, ihr nachzulaufen. Erst da ahnte er, dass er offensichtlich im Blindflug durch die letzten Monate gesegelt war, weil er die Zeichen entweder fehlinterpretiert oder nicht ernst genommen hatte. Dass er zwar die Gesellschaft einer schönen Frau und die damit verbundene Nähe genossen hatte, ohne jedoch anzunehmen, sie könnte ihn *als Mann* damit gemeint haben.

Sie waren doch nur Freunde!

Wie oft hatte sie ihn neckisch angetippt? Oder ihm zugezwinkert? Oder ihn angelacht? Ihr morgendliches Grüßen oder das kleine versteckte Winken. Federleichte Alltäglichkeiten, die mit einem Mal ihre Unschuld verloren hatten.

Fortan ging sie ihm aus dem Weg.

Erwiderte weder die Grüße noch nahm sie seine Einladung für eine Mittagspause an. Weniger aus verletztem Stolz denn aus Trauer um eine Liebe, die nicht sein durfte. Eine Weile dachte Walter darüber nach, mit ihr ein klärendes Gespräch zu führen, wenigstens aber ein tröstendes, allein die Situation ergab sich nicht, auch weil sie alles dafür tat, dass sie nicht eintreten konnte. Er sah ihren Kummer und fühlte den seinen, denn all die schönen Gespräche, die Witzeleien und das Unbeschwerte waren nun dahin. Aber ihm blieben Barbara und die Kinder.

Sein Leben war immer noch reich – ihres nicht.

Anfangs glaubte Walter, dass sie ihren Gram bald überwinden würde, doch er täuschte sich. So wie sich viele in ihr täuschten, weil das, was jeder sah, eben nicht das war, was sie ausmachte. Die kecke junge Frau mit der großen Klappe und dem sprühenden Witz, der man ein munteres

Liebesleben unterstellte, war eben auch mitfühlend und voller unerfüllter Sehnsüchte. Ein Mensch, der sich selten verliebte, und wenn, dann verließ sie weder das Verlangen noch das Leid. Bei Walter war es so schlimm, dass sie nicht einmal die Kraft fand, ihren Job zu kündigen, um woanders neu anzufangen.

So blieb sie, weil sie in seiner Nähe sein wollte.

Blieb, weil sie das Ende von etwas, das noch gar nicht begonnen hatte, nicht verwinden konnte, und hoffte, es würde vielleicht ein Wunder geschehen.

Blieb und beschwor damit die Katastrophe.

50

Etwa zur selben Zeit hatte Sandra zu sprechen gelernt. Sie war früh dran und ihr erstes Wort natürlich Papa. Mit ihm verschwanden schlagartig ihre Schreiattacken, endlich konnte sie sich anders ausdrücken als nur mit Gekreische. Endlich wurde es auch ruhiger in Walters Haus, endlich war wieder an Schlaf zu denken und auch an Liebe.

Walter und Barbara erlebten ein Hoch als Paar, das dem auf Juist ähnelte, als alles neu war, alles aufregend und ihnen das Herz so laut pochte, dass es wehtat. Nur dass sie jetzt einander gut kannten, wussten, wer der andere war und was ihm gefiel, und es ihnen Spaß machte, Wünsche zu erfüllen und nur einander zu genügen.

Auch verlebten sie wieder fröhliche Abende mit Barbaras Eltern in einem polierten Heim mit köstlichem Essen, Bier, Zigaretten und Cognac. Abende, an denen man die Harmonie genoss. An denen Renate und Rudolf sich von ihren Enkeln berichten ließen und Barbara mit einem Anflug von Eifersucht vom innigen Verhältnis Walters zu Sandra erzählte.

»Immer nur Papa, Papa, Papa, Papa«, sagte sie mit einem Schmollmund und ertrug das gutmütige Gelächter ihrer Eltern.

»Du warst auch nicht anders!«, rief Renate.

»Wirklich?«, fragte Barbara erstaunt.

»Ganz genauso. Väter und ihre Töchter. Da sieht man als Mutter immer alt aus!«

»Du warst schon immer mein ganzer Stolz!«, pflichtete Rudolf bei.

Er lächelte nicht, als er es sagte, und es war ihm anzusehen, dass er dabei an seine Söhne dachte. Insgeheim hatte Rudolf darauf spekuliert, dass wenigstens einer von ihnen irgendwann wieder heimkehren würde, und sei es nur, weil ihm das Geld ausgegangen war, aber beide hatten ihren Weg gefunden: Stefan war tatsächlich Musiker geworden, Thomas Dramaturg am Theater. Und keiner von ihnen dachte auch nur im Traum daran, sich dem elterlichen Betrieb zu widmen. Oder mit dem Vater Frieden zu schließen.

Als die beiden Frauen später den Tisch abräumten und Geschirr und Gläser in die Küche brachten, schien Rudolf etwas verstimmt. Er goss sich und Walter einen großen Cognac in einen Schwenker. Dann blickte er kurz in Richtung Küche, in der er Barbara und Renate werken hörte, und wandte sich Walter zu.

»Ich möchte dich etwas fragen, Walter.«

Sein Schwiegersohn sah ihn an, irritiert vom konspirativen Ton.

»Ja?«

»Was läuft da mit Nicole?«

Walter war, als wäre er in den Bauch geboxt worden. Für einen Moment blieb ihm sogar die Luft weg.

»Was meinst du?«, wich er aus, um sich wieder zu sammeln.

»Es wird geredet, mein Junge!«

»Es ist nichts. Absolut nichts.«

Rudolf starrte Walter an, als suchte er in dessen Gesicht nach Anzeichen für eine Lüge.

»Sag mir bitte die Wahrheit!«, forderte Rudolf.

Walter zögerte mit der Antwort, fand eigentlich, dass diese Sache seinen Schwiegervater nichts anging, dann aber antwortete er: »Sie hat sich immer korrekt verhalten. Und ich auch.«

Rudolfs Miene blieb skeptisch.

»Sicher?«

»Ja.«

»Ich könnte es verstehen!«, gab Rudolf sich jovial. »Sie ist sehr hübsch!«

Walter starrte ihn an.

Meinte er das gerade ernst? Oder sollte ihn die Bemerkung in Sicherheit wiegen? Ihn in ein Geständnis locken, das Rudolf dann hart verurteilen würde?

»Es ist nichts, Rudolf. Ich schwöre es.«

»Man sagt ihr aber so manches nach«, setzte der erneut an.

»Blöder Klatsch. Nichts weiter!«, konterte Walter. »Sie hat nie einen der Männer an sich herangelassen und aus Enttäuschung darüber ruinieren sie ihren Ruf. Sie ist lustiger, freundlicher und schlauer als der ganze Haufen zusammen.«

»Hm«, machte Rudolf nachdenklich, um dann anzufügen: »Wo Rauch ist, ist auch Feuer.«

Walter kommentierte es nicht.

Bevor sie das Thema weiterverfolgen konnten, kehrten Barbara und Renate mit Kaffee aus der Küche zurück.

An diesem Abend sprachen sie nicht mehr über Nicole. Oder die Firma. Sie sprachen allein darüber, was für ein Glück sie doch alle hatten.

Dann kam der Winter. Die Geschäfte schliefen witterungsbedingt ein wenig ein, wenn die Auftragsbücher auch weiterhin voll waren.

Walter wirkte ausgeruht, plante, entschied, empfand Freude an den Projekten und hatte aufgehört, Nicole zuzuwinken, um sie nicht zu quälen. Doch das verletzte sie nur umso mehr. Sie mühte sich um Abstand und hoffte doch, er würde vielleicht irgendwann erwähnen, dass es zu Hause nicht mehr so gut laufe. Dass er Barbara verlassen wolle oder sie ihn. Und gleichzeitig wusste sie, wie niederträchtig diese Wünsche waren, sodass sie sich nicht nur nach ihm sehnte, sondern sich dafür auch noch verachtete.

Sie unternahm einen langen Urlaub, blieb fast den ganzen Januar im Süden und kehrte erholt, aber nicht geheilt wieder zurück. In der Zwischenzeit hatte Rudolf einen großen Auftrag in Franken an Land gezogen. Zusammen mit Walter verbrachte er viel Zeit damit, die Logistik zu planen und die nötigen Subunternehmer zu finden, die der Firma einen nie da gewesenen Gewinn in Aussicht stellten.

Rudolf vergewisserte sich immer wieder vor Ort, dass alles glattlief, reiste mal ein paar Tage, mal eine Woche nach Süddeutschland, während Walter zu Hause die Geschäfte führte und das Schiff auf Kurs hielt. Nicole begleitete Rudolf auf mehreren dieser Fahrten, sodass im heimischen Betrieb in amouröser Hinsicht Ruhe einkehrte.

Im Frühjahr dann fuhren Rudolf und Nicole das vorerst letzte Mal auf die Baustelle. Eigentlich konnte jetzt nichts mehr schiefgehen. Rudolf war bei seiner Rückkehr bester Laune und öffnete bei einem Abendessen, diesmal im Haus Neisser, eine sehr teure Champagnerflasche. Er trank darauf, dass die Firma wuchs und wuchs und wuchs.

»Ich werde einen zweiten Geschäftsführer brauchen!«, rief er gut gelaunt. »Und ich werde nicht lange nach ihm suchen müssen!«

Der Satz stieg wie die prickelnden Luftbläschen des edlen Sekts in die Höhe und zersprang über Barbaras Kopf, die breit zu grinsen begann.

»Walter!«, rief sie entzückt.

Der versicherte sich bei seinem ebenfalls grinsenden Schwiegervater, dass er gemeint war, dann fielen sich erst die beiden Männer, dann die beiden Frauen in die Arme.

»Ich danke dir, Rudolf!«, sagte Walter gerührt.

»Ich danke *dir*!«, antwortete Rudolf ebenso gerührt. »Eines Tages wirst du diese Firma übernehmen. Und ich weiß, dass du sie in meinem Sinn weiterführen wirst. Du bist der Sohn, den ich mir immer gewünscht habe!«

»Rudolf!«, mahnte Renate.

»Schon gut!«, lenkte er ein. »Sagen wir: Du bist wie ein Sohn für mich!«

Renate nickte zustimmend.

»Was für ein Glück ich doch habe!«, seufzte Rudolf. »Was für ein Glück.«

51

Nicole hingegen hatte kein Glück.

Und es war eine dieser Konversationen, wie sie sie seit ihrem Antritt bei der Neisser GmbH praktisch täglich führen musste, die ihr endgültig den Boden unter den Füßen wegzog.

Ein besonders aufdringlicher Arbeiter lungerte im Vorzimmer herum und versuchte, mit ein paar flotten Sprüchen zu ihr durchzudringen. Als die keine Wirkung zeigten, wollte er mit gezielten Sticheleien eine Reaktion provozieren.

Er fragte: »Gehst wohl nicht mit jedem aus?«

Sie ignorierte ihn.

Er fragte: »Gehst erst mit einem aus, wenn er richtig Kohle hat, was?«

Sie ignorierte ihn.

Er fragte: »Muss sich lohnen, was?«

Sie ignorierte ihn.

Er fragte: »Scheißegal, ob verheiratet, was?«

Sie blickte auf und antwortete kalt: »Halt dein blödes Maul!«

Es hatte leider nicht den gewünschten Effekt, denn jetzt wusste er, wohin er zu stechen hatte. »Der Mann hat Kinder. Aber das ist dir egal, was? Hauptsache, es gibt Geschenke. Einen Ring für jeden Fick.«

Der Zufall wollte es, dass Nicole, die gerne Schmuck trug, tatsächlich zwei neue Ringe am Finger hatte, selbstredend nicht von Walter, sondern als Souvenirs aus ihrem Urlaub, aber die Bemerkung schnitt so tief, dass sie den Mann ohrfeigte.

»Blödes Flittchen!«, schrie der Mann und schlug zurück.

Binnen Sekunden lief das Gerangel mit Geschrei und Geschubse aus dem Ruder, sodass schließlich Rudolf aus seinem Büro stürmte und die beiden auseinanderriss.

»Die hat mir eine geknallt, die verrückte Schlampe!«

Mittlerweile weinte Nicole so heftig, dass ihr eine Antwort darauf nicht gelingen wollte. Rudolf schrie den Arbeiter an: »RAUS!«

Der gehorchte und trollte sich.

Rudolf bat Nicole in sein Büro, und als sie fünf Minuten später wieder heraustrat, war sie fristlos gekündigt. Rasch packte sie ihre Sachen und verließ das Vorzimmer.

Draußen lief sie Walter in die Arme. Er starrte entgeistert auf den kleinen Karton mit persönlichen Sachen, den sie umklammert hielt.

»Was ist los, was ist passiert?«, fragte er und fasste sie sanft an der Schulter. Aber sie riss sich von ihm los und rannte nach draußen. Er sah ihr nach, dann spurtete er ihr hinterher. »Nicole!«

Er erreichte sie, als sie auf dem Parkplatz angelangt war und versuchte, ihren Wagen aufzuschließen. Ihre Hände zitterten so stark, dass ihr der Schlüssel zu Boden fiel. Da packte er sie bei den Handgelenken, hielt sie so lange fest, bis sie aufgab und ihm dann weinend in die Arme sank.

So hielt er sie, bis sie sich beruhigte.

Vor den Augen derer, die ihnen nachgegangen waren, um zu sehen, ob die Show nicht noch ein paar Überraschungsmomente bereithalten würde.

Walter spürte die Blicke und flüsterte Nicole zu: »Lass uns ein paar Meter gehen.«

Sie verließen das Gelände der Neisser GmbH, folgten der Gerberstraße hinab in die Schlosserstraße, bis Nicole erschöpft innehielt und sich am Straßenrand ins Gras setzte. So wie Walter.

»Was ist passiert?«, fragte er schließlich.

Nicole erzählte es ihm.

»Herr Neisser hat gesagt, er habe überhaupt keine Wahl, egal, was passiert sei. Solche Sachen gingen in seiner Firma einfach nicht.«

Walter schüttelte den Kopf. Er fand, man hätte Nicole nicht gleich rauswerfen müssen.

»Gilt natürlich nicht für ihn …«

Überrascht sah er sie an.

»Für ihn?«

Sie schwieg.

Sehr lange.

»Nicole?«, hakte Walter vorsichtig nach.

Wieder Schweigen.

Dann aber, als Walter bereits dachte, er würde keine Antwort mehr bekommen, sagte sie leise: »Ich bin schwanger …«

Mit allem Möglichen hatte Walter gerechnet, aber nicht damit. Und weil er instinktiv begriff, was wirklich geschehen war, kribbelte plötzlich seine Kopfhaut und in seinen Ohren summte ein ganzer Bienenstock.

»W-was?«, brachte er stotternd vor.

Sie blickte ihn so schmerzerfüllt an, dass ihm die Tränen kamen.

»Ich bin schwanger, Walter.«

»A-aber …«

»Ich weiß nicht … Wahrscheinlich war es zu viel Alkohol. Wahrscheinlich, weil ich nur an dich gedacht habe.«

Die Bilder explodierten in seinem Kopf.

Ein einfaches Hotelzimmer.

Nicole, deren glasiger Blick kaum noch Halt findet.

Rudolfs gewaltige Unterarme.

Ihr Körper, der halb nackt auf die Matratze fällt.

Er sprang auf, hatte das Gefühl, fliehen zu müssen, zwang sich dann aber doch zu bleiben.

»Das kann doch nicht …«, begann er hilflos.

»Es tut mir so leid«, sagte sie.

Er nickte wie betäubt.

Dann fragte er: »Was wirst du jetzt machen?«

Sie zuckte mit den Schultern. »Irgendwo neu anfangen, denke ich.«

»Und das Kind?«

Wieder zuckte sie mit den Schultern, ratlos.

Er setzte sich wieder neben sie, auch weil ihm die Knie zittrig wurden, und fasste ihre Hand. Dankbar und müde lehnte sie ihren Kopf an seine Schulter. »Es hätte alles so schön sein können …«

Er antwortete nicht.

Nach einer ganzen Weile erhob sie sich.

Er blickte zu ihr auf. »Ich werde dir immer helfen, Nicole. Ich hoffe, du weißt, dass du dich auf mich verlassen kannst.«

Sie nickte.

»Ich komm schon klar.«

Auch er rappelte sich auf.

Da küsste sie ihn kurz auf den Mund und sagte: »Geh zu deiner Familie. Du bist ein guter Mann, Walter. Ich wünschte, ich hätte deine Frau sein dürfen.«

Damit wandte sie sich ab und marschierte zurück zum Neisser-Gelände, wo sie in ihren Wagen stieg und eilig davonfuhr.

Auf der Gerberstraße kam sie ihm noch einmal entgegen.

Den Blick starr geradeaus.

Seinen Gruß erwiderte sie nicht mehr.

52

Nicht jeder Riss in einem Bauwerk war bedrohlich.

Einige waren sogar unvermeidlich, wie Setz- oder Senkrisse, wenn ein neues Haus die Baufeuchte verlor und sich unter der eigenen Last winzige Spalte auftaten. Mängel, die mit ein wenig Putz, manchmal sogar nur mit ein wenig Farbe behoben werden konnten. Erst wenn das Fundament betroffen war, wenn gepfuscht oder der Untergrund falsch berechnet worden war, sprangen kleine Risse zu großen auf, bis tragende Wände nachgaben und der komplette Einsturz drohte.

Walter bemühte sich um Normalität, hoffte, dass sich der Riss zwischen ihm und seinem Schwiegervater nur als kosmetischer Mangel erwies, aber mit jedem Tag, mit jeder Woche, die verging, spürte er, wie sich feine Spinnennetze der Zerstörung bildeten, über das Fundament krochen und es schwächten. Dass der Mann, der den Streit mit Nicole provoziert hatte, nach ein paar Wochen zum Polier ernannt wurde, obwohl andere fähiger waren als er, trug sein Übriges dazu bei. Wieso war der Scheißkerl befördert worden?

In Walters Kopf pochte diese Frage jedes Mal, wenn er sah, mit welchem Stolz der Mann die Arbeiter herumkommandierte. Wie hatte Rudolf nur zulassen können, dass sich die Dinge so entwickelten?

Eine ganze Weile bemerkte sein Schwiegervater nicht, dass sich Walter von ihm entfernte. Aber irgendwann wurde die Entfremdung doch zu groß, als dass er sie noch ignorieren oder darauf schieben konnte, dass schließlich jeder mal einen schlechten Tag hatte.

Es war eines dieser gemeinsamen Abendessen, bei dem Rudolf das Thema zur Sprache brachte, just in dem Moment, als Barbara und Renate sie allein ließen.

»Sag mal, mein Junge, ist irgendwas?«, fragte er eindringlich.

Walter zögerte kurz und antwortete dann: »Ich weiß nicht …«

Er zögerte.

Dann nickte er. »Es ist wegen Nicole.«

Rudolf sah ihn lauernd an.

»Was ist mit ihr?«

Walter hielt Rudolfs Blicken stand. »Warum wurde sie entlassen?«

»Das weißt du doch!«

»Weiß ich das?«, fragte Walter zurück.

Rudolf schwieg.

Dann fuhr er ihn an: »Was soll das, mein Junge?«

Zum ersten Mal ließ Rudolf Walter spüren, dass er unter seinem Befehl stand, obwohl es eigentlich nie anders gewesen war.

»Sie ist schwanger!«, platzte Walter heraus.

Diesmal ließ Rudolf sich mit der Antwort Zeit.

Versuchte einzuschätzen, was Walter wusste und was nicht.

Entdeckte in dessen Augen, dass er die Wahrheit bereits kannte.

»Sie hat mir eine Falle gestellt«, behauptete Rudolf lapidar.

Walter hob die Brauen.

»Sie hat dir eine Falle gestellt?«

»Ja.«

»Was soll das bedeuten? Dass sie dich in ein Zimmer gelockt und gezwungen hat, mit ihr zu schlafen?«

Der beißende Spott war nicht zu überhören und für Rudolf genauso überraschend wie für Walter, der sich das erste Mal offen gegen seinen Mentor stellte.

»Mir gefällt dein Ton nicht!«, zischte Rudolf.

»Weißt du was?«, fauchte Walter. »Das ist mir scheißegal! Du schwängerst deine Mitarbeiterin und entlässt sie dann?«

»Deswegen wurde sie nicht entlassen!«

Walter winkte ab. »Ah, richtig. Die Ohrfeige. Von der Pfeife, die zur Belohnung Polier geworden ist …«

Walter konnte sich nicht erinnern, je so sarkastisch gewesen zu sein. Rudolf war so verblüfft, dass er sich gegen seine Natur in die Defensive flüchtete: »Das ist alles Vergangenheit. Wir sollten in die Zukunft blicken!«

»Welche Zukunft hat denn Nicole?«

»Bitte lass uns nicht über sie streiten. Das ist sie nicht wert!«

»Ich möchte nicht, dass du so über sie redest, Rudolf!«

Überraschenderweise gab sein Schwiegervater etwas nach.

»Meinetwegen. Aber jetzt ist sie weg. Und das ist auch gut so!«

»Und was ist mit dem Kind?«, fragte Walter.

»Dafür sorge ich schon.«

Walter schnaubte verächtlich.

»Und deine Frau?«

Rudolf sah ihn wütend an. »Was passiert ist, ist nun mal passiert!«

»Das ist alles? Was passiert ist, ist nun mal passiert?«

Rudolf erhob sich verärgert aus seinem Sessel. »Wie du deine moralische Überlegenheit ausstellst, geht mir auf die Nerven, Walter! Kehr lieber vor deiner eigenen Tür!«

»Ich habe mir nichts vorzuwerfen!«

»Nein? Das sehen die meisten aber anders!«

»*Ich* habe nicht mit Nicole geschlafen!«, gab Walter zurück.

»Das glaubt in der Firma aber jeder!«

»Das ist mir scheißegal, Rudolf. Ich weiß ja, dass da nichts war!«

»Wo Rauch ist, ist auch Feuer!«

Sie schwiegen.

Starrten einander an.

So feindselig wie noch nie in ihrem Leben.

Dann ging Rudolf zur Anrichte und goss ihnen beiden einen großen Cognac ein.

»Ich kümmere mich um alles. Ich verspreche es.«

Er reichte ihm ein Glas.

»Und jetzt vertragen wir uns wieder. Ich nehme an, ich darf auf deine Diskretion zählen?«

Walter rührte sein Glas nicht an.

Antwortete auch nicht.

»Walter?«, fragte Rudolf warnend.

»Ich werde nichts sagen, Rudolf.«

Sein Schwiegervater fixierte ihn mit bösem Blick.

»Du solltest eines nicht vergessen: Ich war immer für dich da. Als niemand sonst für dich da war!«

Bei Rudolf gab es nichts umsonst, er trieb seine Schulden ein, auf die eine oder andere Art. Und obwohl er es nicht aussprach, wusste Walter, dass er alles verlieren würde, wenn er das Geheimnis lüftete: das Haus, das offiziell Rudolf gehörte, und natürlich seine Ehe. Barbara würde immer zu ihrem Vater halten, den sie vergötterte. Und seine Karriere könnte Rudolf von einem Tag auf den nächsten beenden.

Alles wäre fort.

Sein ganzes viel beschworenes Glück.

»Ich werde nichts sagen«, wiederholte Walter tonlos.

Rudolf nickte zufrieden.

Die Frauen kamen gut gelaunt zurück, irritiert über die seltsame Stimmung am Tisch. Doch ein paar Cognacs später war die Trübnis scheinbar verflogen.

Musik tönte aus der Stereoanlage, während Rudolf mit Renate tanzte und Barbara sich in Walters Arme kuschelte.

Niemand sah, dass er der Einzige war, der nicht lachte.

53

Walter hörte lange nichts mehr von Nicole, dazu nahm ihn die neue Baustelle derart ein, dass er kaum innehalten und nachdenken konnte.

Das Verhältnis zu Rudolf blieb derweil gestört: Sie kamen miteinander aus, aber die Herzlichkeit war dahin. So sehr, dass sie ihre Frauen baten, die gemeinsamen Abendessen seltener stattfinden zu lassen, beide mit der Ausrede, dass ihnen Stress zu schaffen mache.

Barbara und ihre Mutter ahnten zwar, dass etwas vorgefallen sein musste, aber weil beide Männer es abstritten, gaben sie sich scheinbar zufrieden. Dann aber warteten sie an einem dieser sporadisch gewordenen Abendessen mit einer Überraschung auf: Sie hatten einen gemeinsamen Weihnachtsurlaub gebucht.

»Eine Skihütte in Österreich! Nur für uns!«, jubelte Barbara und küsste Walter.

»Aber ich kann überhaupt nicht Ski fahren«, antwortete Walter konsterniert.

»Du bist doch ’ne Sportskanone!« Renate lachte. »Du lernst das im Nullkommanichts!«

»Nur wir vier?«, fragte Walter vorsichtig.

»Und die Kinder natürlich«, rief Barbara freudig. »Das wird toll!«

Walter zwang sich zu einem Lächeln.

»Das ist ja eine schöne Überraschung!«, sagte Rudolf lahm.

Renate küsste ihn. »Wir fahren am Zweiundzwanzigsten los und kommen am vierten Januar wieder. Du wirst sehen, wie gut ihr euch da oben erholen werdet. Das wird ein richtiger Familienurlaub!«

Knapp zwei Wochen auf engstem Raum.

Möglicherweise eingeschneit auf einem Berg.

Begann Stephen Kings *Shining* nicht genau so?

Eine Weile dachte Walter darüber nach, wie er diesen Urlaub verhindern konnte, ohne dass die Frauen misstrauisch wurden, dann allerdings verschlang ihn die Arbeit erneut, zog ihn wie ein Strudel unter Wasser, und als er das nächste Mal nach Luft schnappend auftauchte, war es bereits November und in den Nachrichten sah man Deutsche aus Ost und West auf die Berliner Mauer klettern und sich umarmen. Da draußen wurde Geschichte geschrieben, während er zwischen Büro und Zuhause hin- und herpendelte und Geld verdiente.

Wie sinnlos das alles war!

Er wünschte sich, mit Barbara und den Kindern weit weg zu sein. Irgendwo, wo sie nur sie selbst sein könnten, ohne Schwiegereltern, Baustellen oder große Politik.

Ohne diese Lüge, die alles vergiftete.

Abends, als Barbara und er im Bett lagen, studierte sie Kataloge, präsentierte ihm die Skihütte, Panoramafotos von verschneiten Alpen und breite weiße Skipisten. Christian und Sandra schlichen sich kichernd ins Schlafzimmer, um in das Elternbett zu klettern. Sie wollten bei Mama und Papa schlafen.

Nur heute! Großes Ehrenwort!

Das waren charmante Lügen.

Walter blickte in die naseweisen Gesichter mit den großen runden Augen und seufzte. Während er sein Familienleben genoss, war Nicole hochschwanger und wahrscheinlich allein.

Wie lange ließ sich dieses Geheimnis wohl noch verstecken?

Was würde geschehen, wenn es herauskam?

Würden die Frauen Rudolf glauben, dass Nicole ihn in eine Falle gelockt hatte? Dass sie es darauf angelegt hatte, ihren Chef zu verführen und ihm ein Kind anzuhängen?

Einstweilen ahnten sie nichts.

Bereits Anfang Dezember begannen sie mit den Vorbereitungen für den großen Urlaub. Sortierten ihre beste Kleidung vor, kauften den Kindern neue, damit sie besonders schick wären, wenn man abends in ein Restaurant gehen würde.

Freuten sich.

Währenddessen zog Walter Schneeketten auf, weil der Winter mit großer Macht über das Bergische Land eingebrochen war und die Straßen kaum noch freigeräumt werden konnten.

Sturm kam auf.

Fünf Tage vor Heiligabend überrollte er mit eisigen Temperaturen Berg und Tal.

Fauchte, pfiff und hetzte um jedes Haus, ließ geparkte

Autos unter Hauben verschwinden, löste Straßen, ja ganze Landschaften unter pudrig weißen Schneemassen auf.

Den ganzen Tag schon war die Sicht schlecht gewesen, jetzt am Abend fiel dazu die Nacht wie ein großes schwarzes Tuch über Lindlar, während Barbara und die Kinder staunend am Fenster standen und hinausstarrten auf eine bedrohliche Welt.

Da klingelte das Telefon, Walter hob ab.

»Walter?«, fragte eine alarmierte Frauenstimme, als er abgehoben hatte.

Er zuckte zusammen: Nicole.

Sie klang gehetzt.

»Ja?«, fragte er vorsichtig.

»Du musst mir helfen! Bitte!«

Ihre Stimme in Panik.

»Was ist passiert?«, fragte er erschrocken.

»Das Kind kommt!«, rief sie.

Er hörte sie schwer atmen, dann einen Schrei, den sie zu unterdrücken versuchte.

»Ruf einen Krankenwagen!« Walter war beunruhigt.

Barbara hatte sich vom Fenster weggedreht und sah ihn erschrocken an. Stumm formten ihre Lippen die Frage, ob es um ihre Eltern gehe. Walter schüttelte den Kopf.

»Hab ich!« Nicole stöhnte. »Sie stecken fest!«

Er schluckte.

»Walter, bitte, ich habe solche Angst!«

Er fühlte nicht nur ihre Not, sondern auch das Unrecht, das ihr angetan worden war. Rudolf, der ihre Schwäche ausgenutzt hatte, der offenkundig provozierte Streit des Arbeiters, der befördert worden war, während man sie entließ, bevor ihre Schwangerschaft die heile Welt der Neissers erreichen konnte. Und da war auch noch sein Versprechen, dass er immer für sie da sein würde. Was war das wert, wenn er sie in dem Moment größter Not im Stich lassen würde?

Was war *er* da noch wert?

»Ich komme! Sag mir, wo du bist!«

Sie nannte ihm die Adresse, während Barbara mit fragendem Gesicht auf ihn zukam.

Dann legte er auf und sagte: »Ich muss noch mal los!«

»Bist du verrückt?«, fragte sie zurück. »Da draußen geht gerade die Welt unter!«

»Tut mir leid«, antwortete er und lief bereits zur Garderobe, wo sein Mantel hing.

»Du kannst jetzt nicht raus!«, rief Barbara verängstigt.

»Ich muss! Ich erklär's dir später, Liebling!«

Bevor sie weiter protestieren konnte, hatte er bereits die Haustür geöffnet. Der Schnee trieb quer durch die Luft, eisiger Wind schlug ihm hart ins Gesicht.

Und Walter dachte nur: Jetzt kommt alles raus.

Dann lief er los und sprang in seinen Wagen.

54

Die Winter waren längst nicht mehr mit denen in Walters jungen Jahren zu vergleichen. Wo früher noch Bergisches Land und Eifel von Schneemassen erdrückt wurden, wo sich die Kinder selbst im flachen Rheinland fast jedes Jahr über Schulausfall wegen Schneechaos freuen konnten, war heute alles nur noch nass, kahl, grau und trostlos. Keine weißen Puderdecken, keine Häubchenwälder oder rätselhaften Tierspuren auf ansonsten unberührten Schneeflächen. Weiße Weihnachten waren – wenigstens in den größeren Städten – beinahe zu einem Märchen geworden.

Für jemanden mit einem Moped hatte das allerdings den Vorteil, weiterhin mobil sein, sich auch im Dezember noch auf die Straßen wagen zu können, ohne Furcht haben zu müssen, entweder wegzuschlittern oder von ausbrechenden Autos von der Straße gewischt zu werden.

Am Vormittag hatte Walter ein neues Haustürschloss besorgt, Sandras Wohnung inspiziert und nach verräterischen Überbleibseln eines ungebetenen Besuchers abgesucht. Zu seiner Erleichterung hatte er festgestellt, dass Uwe offensichtlich nicht auf die Idee gekommen war, die alte Wohnung aufzusuchen, um dort auf Sandra zu warten. Vorerst beruhigt ließ Walter alle Jalousien herunter und tauschte zum Schluss die Zylinder der Tür aus. Uwe würde hier nur noch mit roher Gewalt eindringen können.

Zufrieden fuhr Walter nach Engelskirchen, leistete noch etwas Dienst in der Christkindfiliale, wo ihn Sabine kaum beachtete, während die Zivilisten mit dem Eintüten der Post kaum noch nachkamen. Der Betrieb steuerte auf seinen saisonalen Höhepunkt zu.

Am frühen Nachmittag verabschiedete sich Walter kommentarlos aus dem Dienst und machte sich auf den Nachhauseweg, gespannt, ob sein göttlicher Plan aufgegangen war oder sich als Rohrkrepierer herausgestellt hatte.

Eine gefühlte Ewigkeit lang saß er vor seinem Klapprechner und starrte auf das Mailprogramm. Sosehr er hoffte, es würde bald schon die vertraute Mailadresse BEN857@gmail.com auf dem Bildschirm erscheinen, so wenig tauchte sie auf.

War etwas schiefgegangen?

Saß Ben zu Hause und heulte sich die Augen aus, weil Gott ihn reingelegt hatte? Weil er glaubte, er habe sich über ihn lustig gemacht – so wie alle anderen auch?

Sandra kehrte von der Arbeit zurück.

Sie schien guter Laune zu sein, hatte die SIM-Karte getauscht und diktierte ihm jetzt ihre neue Nummer in sein Handy, damit er sie abspeichern konnte. Für ein paar Stunden vergaß Walter Ben, konzentrierte sich stattdessen auf seine Tochter, erfreut darüber, dass sie diesen Dreckskerl Uwe offenbar abgeschrieben hatte.

Am nächsten Morgen dann immer noch keine Nachricht von Ben.

Nur sehr widerwillig machte sich Walter auf in die Filiale und absolvierte einen vollen Arbeitstag. Der Briefeflut war kaum noch Herr zu werden.

Dann, als es schon dunkel geworden war, kehrte er zurück und begrüßte den Dobermann, der ihm unmissverständlich klarmachte, dass er entweder eine Hunderunde mit ihm drehen oder schon mal Kehrblech und Schaufel bereitlegen konnte. Erst eine knappe Stunde später öffnete er Rechner und Mailprogramm.

Er hatte Post!

Von: Gregersen, Ben <BEN857@gmail.com>
Gesendet: Dienstag, 16. Dezember 2022, 17:45
An: Gott, Lieber <Mein-Gott-Walter@t-online.de>
Betreff: Harry

Lieber Gott,
ich habe alles ganz genau so gemacht, wie du es mir geraten hast. Du glaubst nicht, was heute passiert ist! Das war echt verrückt! Hast du es gesehen?
Liebe Grüße
Ben

Von: Gott, Lieber <Mein-Gott-Walter@t-online.de>
Gesendet: Dienstag, 16. Dezember 2022, 18:26
An: Gregersen, Ben <BEN857@gmail.com>
Betreff: AW: Harry

Lieber Ben,
bitte erzähl es mir. Ich hatte so viel mit Krieg
und Elend zu tun – ich freue mich über gute
Nachrichten!
Alles Liebe
Gott

Von: Gregersen, Ben <BEN857@gmail.com>
Gesendet: Dienstag, 16. Dezember 2022, 18:40
An: Gott, Lieber <Mein-Gott-Walter@t-online.de>
Betreff: AW: Harry

Lieber Gott,
also, ich habe mich nach dem Unterricht draußen
an den großen Baum vor dem Eingang gestellt
und mein Handy mit der Harry-Styles-Hülle hoch-
gehalten. Und dann habe ich einen Song von ihm
ganz laut gedreht und mir eins von seinen Videos
angesehen.
Als Mia mit ihren beiden Freundinnen vorbeigekom-
men ist, haben sie ganz komisch geguckt, aber
ich habe sie nicht beachtet, genau wie du es
gesagt hast, und dann sind sie zu mir gekommen
und haben gefragt, was ich da höre. Und ich habe
gesagt: Harry Styles.
Und da waren sie total begeistert!
Wir haben das Video zusammen geguckt. Und sie
haben gesagt, dass sie ihn lieben. Und ich habe
gesagt, dass ich ihn auch liebe und bald auf ein

Konzert gehen will. Und sie haben gesagt: sie auch! Und dann haben sie die Schutzhülle gesehen und gefragt, woher ich die habe. Und ich habe ihnen gesagt, dass man die kaufen kann, wenn man ein echter Fan ist. Und sie haben gesagt, sie wollen auch so eine. Und ich habe gesagt, dass sie damit auch echte Fans wären. Wie ich.

Wir haben noch einen Song angesehen, bis sie von ihren Eltern abgeholt worden sind. Aber sie haben gesagt, dass wir uns morgen wieder treffen können, und ich habe gesagt: gern. Und dass ich dann bestimmt News über Harry hätte, und sie waren beeindruckt, dass ich News gesagt habe.

Ist das nicht alles irre?

Das war der schönste Tag in meinem Leben!

Danke! Danke! Danke!

Du bist der Allergrößte!

Liebe Grüße

Dein Ben

Von: Gott, Lieber <Mein-Gott-Walter@t-online.de>
Gesendet: Dienstag, 16. Dezember 2022, 18:42
An: Gregersen, Ben <BEN857@gmail.com>
Betreff: AW: Harry

Lieber Ben,

vielen Dank für deinen Bericht! Das war die beste Nachricht seit langer, langer Zeit für mich. Also auch von mir: Danke! Danke! Danke!

Alles Liebe

Gott

Von: Gregersen, Ben <BEN857@gmail.com>
Gesendet: Dienstag, 16. Dezember 2022, 18:45
An: Gott, Lieber <Mein-Gott-Walter@t-online.de>
Betreff: AW: Harry

Lieber Gott,

ich wünschte, ich könnte allen erzählen, wie cool du bist!

Liebe Grüße

Dein Ben

Von: Gott, Lieber <Mein-Gott-Walter@t-online.de>
Gesendet: Dienstag, 16. Dezember 2022, 18:46
An: Gregersen, Ben <BEN857@gmail.com>
Betreff: AW: Harry

Lieber Ben,

das bleibt bitte unter uns. Versprochen?

Alles Liebe

Gott

Von: Gregersen, Ben <BEN857@gmail.com>
Gesendet: Dienstag, 16. Dezember 2022, 18:47
An: Gott, Lieber <Mein-Gott-Walter@t-online.de>
Betreff: AW: Harry

Lieber Gott,
klaro! Großes Kumpelehrenwort!
Liebe Grüße
Dein Ben

Walter klappte lächelnd den Rechner zu.

Er hatte bislang wahrlich nicht die besten Erfahrungen damit gemacht, sich in das Leben anderer einzumischen, unabhängig von den Absichten, die er verfolgt hatte. Aber da war er auch noch nicht Gott gewesen.

Man korrigierte hier und da, stellte die Weichen und sah plötzlich losfahren, was vorher noch gestanden hatte. Ben würde Anschluss finden, Trost, und eines hoffentlich nahen Tages würde sich seine Mutter vom Schock der Trennung, von all dem erlittenen Schmerz erholen und wieder gesunden. Sie würde ihren Sohn in die Arme schließen und ihn nie wieder allein lassen.

Und auch Sandra würde neu anfangen. Die Erinnerung an einen Mann, der sie nie geliebt und immer nur ausgenutzt hatte, würde verblassen und sie würde irgendwann einen finden, der sie verdient hatte. Einen, der es ehrlich mit ihr meinte und mit dem sie glücklich sein konnte.

Einen guten Mann.

Und all das hatte ein einziger Brief in Bewegung gesetzt.

Ein paar Zeilen, geschrieben von einem Zehnjährigen, der um Hilfe gebeten hatte. Oder war das Teil eines Plans?

Der Plan eines echten Gottes?

Hatte Bens Brief ihn nur erreicht, um ihn wieder glauben zu lassen? An das, was möglich war, wenn man vertraute? Weil nicht er dem Jungen, sondern der Junge ihm den Weg weisen sollte?

Weihnachten stand vor der Tür.

Es wurde Zeit für ein Wunder.

WO RAUCH IST,
IST AUCH FEUER

55

Ein abergläubischer Mensch hätte das dräuende Gewitter an diesem vierundzwanzigsten Dezember als böses Omen gewertet.

Aber Walter war kein abergläubischer Mensch, und wenn ihn das Unwetter, das sich da in allen Schattierungen von dunkelgrau bis beinahe schwarz von Westen heranwälzte, etwas sorgte, dann nur, weil er mit dem Moped von Ründeroth nach Overath fahren wollte, um Heiligabend mit seiner Familie zu verbringen. Sandra hatte dankend abgelehnt, als er ihr angeboten hatte, sie zu chauffieren, und sich stattdessen in ein Taxi gesetzt.

Sie war schon aus dem Haus, als Walter sich wehmütig seine Regenuniform von der Post anzog. Wahrscheinlich würde er sie zum letzten Mal tragen. Denn wenn die Christkindfiliale schloss, würden sie ihn einbestellen und ihm mitteilen, dass er in Frührente zu gehen hatte. Und dabei so laut mit dem Säbel rasseln, dass kein vernünftiger Mensch es wagen würde, gegen den Konzern in den Krieg zu ziehen.

Vielleicht wäre Walter im Oktober noch ein unvernünftiger Mensch gewesen, vielleicht hätte er es stur und selbstzerstörerisch darauf ankommen lassen, aber tatsächlich hatten Ben, Sandra und selbst Hund ihm die Augen geöffnet. Im Leben gab es wichtigere Dinge, als sinnlose Kämpfe auszufechten. Man sollte sich stattdessen lieber um das kümmern, was die Welt zu einem besseren Ort machen könnte.

Trotzdem fühlte er große Wehmut. Ein Lebensabschnitt, ja, eine Ära ging zu Ende. Ein im wahrsten Sinne des Wortes langer Weg mit unzähligen Sendungen. Würden sich die Menschen an ihn erinnern? Würden sie traurig sein, dass er nicht mehr kam? Oder wäre es ihnen vollkommen egal? Postboten gehörten nicht zum Leben, sondern stellten nur den Kontakt zu ihm her. Wie ein Schaltrelais, das getauscht und weggeworfen wurde, wenn es kaputt war.

Er nahm einen Rucksack, steckte das Geschenk für seinen Enkel ein und kniete sich zu Hund.

»Du musst leider hierbleiben ...«, sagte er und kraulte ihm ein wenig die Ohren.

Der Dobermann trat zwei Schritte vor und legte seinen Kopf auf Walters Schulter. Gerührt von der Geste umarmte Walter ihn und flüsterte: »Wenn ich wiederkomme, bekommst du was Feines!«

Das ließ Hund aufmerken und Walter lächeln.

Aber nicht allein die Uniform hatte Walter in melancholische Stimmung versetzt, da waren auch noch Bens letzte Mails. Nachdem sich anfangs alles so wunderbar gefügt, sich die Situation dank eines Smartphones und eines einfachen, aber durchaus wirkungsvollen Plans zum Guten gewendet hatte, war doch noch alles schiefgegangen.

Zunächst war der Nachrichtenverkehr zwischen ihm und dem Jungen ein großes Vergnügen gewesen. Ben hatte die Mädchen mit seinem Wissen über Harry Styles sehr beeindruckt. Das Fan-Dasein hatte die vier zusammengeschweißt, sodass sie sich schließlich für die Winterferien zum Spielen verabredeten, was Ben ebenso glücklich wie euphorisch gestimmt hatte. Endlich hatte er Anschluss gefunden, und das zu lesen machte Walter glücklich. Wen interessierte schon Fußball, wenn er Freundinnen haben konnte.

Dann aber, ausgerechnet am letzten Schultag, erreichte Walter folgende Mail:

Von: Gregersen, Ben <BEN857@gmail.com>
Gesendet: Montag, 22. Dezember 2022,16:47
An: Gott, Lieber <Mein-Gott-Walter@t-online.de>
Betreff: Mama

Lieber Gott,
heute war ein schlimmer Tag. Hast du's gesehen?
Ich habe einfach kein Glück.
Liebe Grüße
Dein Ben

Von: Gott, Lieber <Mein-Gott-Walter@t-online.de>
Gesendet: Montag, 22. Dezember 2022, 16:52
An: Gregersen, Ben <BEN857@gmail.com>
Betreff: AW: Mama

Lieber Ben,
was ist denn passiert? Heute haben doch alle Kinder Ferien bekommen? Warum ist das denn ein schlimmer Tag?
Alles Liebe
Gott

Von: Gregersen, Ben <BEN857@gmail.com>
Gesendet: Montag, 22. Dezember 2022, 17:12
An: Gott, Lieber <Mein-Gott-Walter@t-online.de>
Betreff: AW: Mama

Lieber Gott,
Mama hat sich zu Hause ausgesperrt. Sie wollte die
Post reinholen, als der Wind die Tür zugeschlagen hat.
Und dann ist sie zu mir in die Schule gekommen, weil
es doch so kalt war und sie sonst vielleicht erfroren
wäre oder so.
Weißt du, dass sie nur ihren Morgenrock und Pantoffeln
anhatte? Ihre Haare waren ganz durcheinander, weil
sie doch so viel schläft. Sie hat wie eine verrückte Hexe
ausgesehen – das haben jedenfalls die anderen gesagt.
Alle haben gelacht.
Mia auch.
In der Pause hat sie mich nicht mehr angeguckt. Ich
glaube nicht, dass wir noch Freunde sind.
Ich bin so traurig.
Was soll ich denn jetzt tun?
Liebe Grüße
Dein Ben

Von: Gott, Lieber <Mein-Gott-Walter@t-online.de>
Gesendet: Montag, 22. Dezember 2022, 17:18
An: Gregersen, Ben <BEN857@gmail.com>
Betreff: AW: Mama

Lieber Ben,

das tut mir sehr leid. Aber das ist meine Schuld, Ben. Ich habe Mia schlecht ausgesucht. Du hast einen viel besseren Freund verdient. Also, ich verspreche dir, ich suche dir einen neuen Freund. Und so lange hast du ja mich! Ich werde immer dein Freund sein!

Alles Liebe

Gott

Von: Gregersen, Ben <BEN857@gmail.com>
Gesendet: Montag, 22. Dezember 2022, 17:25
An: Gott, Lieber <Mein-Gott-Walter@t-online.de>
Betreff: AW: Mama

Lieber Gott,

vielen Dank. Ich bin so froh, dass ich dich habe. Ich vertraue dir. Du wirst schon jemanden finden. Und wenn nicht: Du bist mein Freund. Und ich deiner. Das ist toll!

Liebe Grüße

Dein Ben

Wieso musste das Leben so kompliziert sein?

Wieso bekam es nicht mal der liebe Gott in den Griff?

Jetzt standen sie wieder am Anfang. Und Walter hatte nach dem Fußballclub mit Mia bereits die zweite Niete gezogen. Es wurde Zeit, dass mal etwas gelang – und zwar ohne Drama oder Fehleinschätzung.

Walter fuhr los und dachte darüber nach, ob sein Enkel vielleicht doch als Freund infrage käme. Vielleicht war er ja nicht zu jung? Vielleicht war er ja auch ein Einzelgänger, der sich nach einem Freund sehnte?

Liam.

Wie er wohl sein mochte?

Er kannte ihn nur von Fotos.

Und Christian?

Sie hatten seit vielen Jahren nicht mehr miteinander gesprochen. Während Sandra auf das, was damals geschehen war, mit Schmerz reagiert hatte, war es bei seinem Sohn Wut.

Genau wie bei Barbara.

Sie waren wütend.

Sie hassten ihn für das, was er getan hatte. Und vielleicht hatten sie ja recht. Vielleicht war es ja doch seine Schuld. Vielleicht hatte er das sein ganzes Leben nicht wahrhaben wollen.

Aber vielleicht war heute der Tag, an dem sie ihm vergaben.

Und er ihnen.

56

Christian wohnte in einem beschaulichen Viertel, mit einem kleinen Garten vor und einem großen hinter dem Haus, genau wie alle anderen in der Straße. Allesamt solide Gebäude aus den Achtzigern, vor denen Mittelklassewagen parkten. Eine gut situierte, ordentliche Bürgerlichkeit, in der Walters altes Moped aufgefallen wäre, wenn es nicht schon gedämmert hätte. Hinter hell erleuchteten Fenstern schimmerten hier und da schmuckbehangene Weihnachtsbäume oder huschten gut gekleidete Menschen an Fenstern vorbei.

Einen Moment stand Walter unschlüssig vor dem Vorgartentürchen, blickte auf die gestrichene Fassade: Soweit er es mitbekommen hatte, hatte Christian das Haus knapp vor dem großen Immobilienboom gekauft, zu einer Zeit, als alle dachten, es könnte nicht mehr teurer werden, nur um dann festzustellen, dass sich die Preise in den kommenden gut zehn Jahren verdoppeln, ja verdreifachen würden. Der kleine Junge von einst war längst erwachsen geworden und hatte sein Geld schlau angelegt. Walter seufzte. Er sah Christian noch vor sich, wie er bei den Bambini die Kameraden schwindelig gespielt und Walters Jubel an der Seitenlinie genossen hatte.

Später dann, als alles verloren war, hatte Christian sich

geweigert weiterzuspielen. Er wollte nicht sein wie sein Vater. Eine ganze Weile noch war er ein miserabler Schüler gewesen, hatte sich dann aber berappelt und plötzlich mit guten Noten geglänzt, vor allem in den Naturwissenschaften. Und so studierte er nach dem Abitur Chemie, schloss sein Masterstudium ab und krönte es mit einem Doktortitel. Er heuerte im Bayerwerk in Leverkusen an, wo er seine Frau Katrin kennenlernte und ein Jahr später heiratete. Katrin wurde schwanger – sie kauften dieses Haus.

Mehr wusste Walter nicht.

Vor der Haustür hielt er ein weiteres Mal inne, sah Schatten hinter Milchglaslicht tanzen, hörte leise Stimmen. Fragte sich, ob er nicht einfach umkehren sollte: Sie waren Jahre, um nicht zu sagen Jahrzehnte, ohne einander ausgekommen, hatten sich arrangiert und eigene Leben aufgebaut. Jetzt steuerten sie wieder aufeinander zu, wie zwei Tanker vor einem Hafen, von dem niemand wusste, ob er für große Schiffe tief genug war.

Er musste daran denken, wie Barbara ihn vor gut einem Jahr besucht hatte. Es hatte nur Minuten gedauert, bis sie die Vergangenheit eingeholt hatte und der Frieden dahin gewesen war.

Nervös ließ er seinen Finger über der Klingel kreisen, dann aber atmete er tief durch und drückte den Knopf: Es war Weihnachten. Das Fest der Liebe. Wenn nicht heute, wann dann?

Er hörte trippelnde Füße von drinnen, dann schon flog die Tür auf: Ein Siebenjähriger starrte ihn an, unschlüssig, wie es nun weitergehen sollte.

»Du bist Liam, nicht?«, fragte Walter freundlich.

Der Junge nickte.

»Weißt du, wer ich bin?«

»Opa«, antwortete der Junge und grinste.

Zwei gewaltige Zahnlücken strahlten Walter an.

»Lässt du mich rein?«

Wieder ein Nicken.

Walter trat in den Flur, Sandra kam hinzu, gab ihm einen Kuss auf die Wange und sagte fröhlich: »Frohe Weihnachten, Papa!«

»Frohe Weihnachten«, antwortete Walter und drückte sie fest.

»Ist da mein Geschenk drin?«, fragte Liam und zeigte auf den Rucksack, den Walter noch auf dem Rücken trug.

»Vielleicht.« Walter lächelte.

»Yeah!«

Liam ballte die Faust und rannte zurück ins Wohnzimmer.

»Schick!«, bemerkte Sandra, als Walter die Regenmontur abgelegt und an die Garderobe gehängt hatte. Er trug darunter seinen einzigen Anzug: nachtblau. Das passte zu allem. Sogar zu Beerdigungen.

Sie nahm ihn bei der Hand und zog ihn hinter sich her.

Da standen sie.

Barbara, Christian, Katrin – alle mit einem Sektglas in der Hand.

Im Hintergrund ein prächtig geschmückter Weihnachtsbaum mit bunten Geschenken darunter, um die Liam bereits schlich wie eine Raubkatze um seine Beute. Es gab eine gemütliche Eckcouch mit Großbildfernseher, wenige, aber sehr geschmackvolle Möbel. Parkettboden und lange Vorhänge.

»Frohe Weihnachten!«, sagte Walter.

Barbara und Katrin grüßten mit einem Kopfnicken und einem Prosten zurück, Christian, der ein weißes T-Shirt unter dem Hemd trug, kam auf ihn zu und erwiderte: »Frohe Weihnachten, Pap.«

Erstes Grau zog sich durch die Haare an den Schläfen, er hatte ein paar Lachfältchen, angedeutete Koteletten. Ein kleiner Rettungsring zeichnete sich um die Hüften ab.

»Komm, ich stell dir meine Frau vor!«

Walter gab auch Katrin die Hand und wünschte ihr frohe Weihnachten – wie sie ihm. Gleiches Alter wie Christian. Dunkelblond. Weder attraktiv noch unattraktiv. Weder dick noch dünn. Weder modisch noch unmodisch gekleidet. Randlose Brille, tadellose Zähne.

Eine Frau, mit der man eine Familie gründete.

Dann begrüßte Walter auch Barbara, die reserviert, aber freundlich war.

»Ich dachte, wir essen zusammen und dann ist Bescherung«, schlug Christian vor.

»Gern«, antwortete Walter.

»Möchtest du einen Sekt?«, fragte Sandra.

Walter nickte. »Warum nicht?«

Er mochte keinen Sekt, aber vielleicht würde er helfen, die Befangenheit loszuwerden. Sie prosteten einander zu.

Tranken.

Schwiegen.

Blicke wanderten unsicher von einem zum anderen.

»Tja …«, sagte Barbara.

Wieder Schweigen.

»Haben Sie gut hergefunden?«, fragte Katrin plötzlich.

Sie sahen ihn so erwartungsvoll an, als wäre er gefragt worden, ob er die Riemannsche Vermutung endlich gelöst hätte.

»Ja, kein Problem«, antwortete Walter.

»War es nicht zu kalt?«, hakte Katrin nach.

»Nein, es ging.«

»Und der Verkehr?«, fragte Sandra.

»Kein Verkehr«, antwortete Walter.

Allgemeines Nicken, es war ja Weihnachten. Da waren alle zu Hause.

Dann wieder Schweigen.

Blicke.

»Möchtest du vielleicht das Haus sehen?«, fragte Christian.

»Gern«, antwortete Walter.

Das Grüppchen entspannte sich, als Christian Walter mit einer Geste in den Flur geleitete, um ihn in den ersten Stock zu führen.

Das lief doch ganz passabel.

In der Horpestraße hatte sich Ben die größte Mühe gegeben, ein schönes Weihnachtsfest auf die Beine zu stellen. Und zu seiner großen Freude hatte seine Mutter dieses Jahr tatsächlich einen kleinen Weihnachtsbaum besorgt. Ja, es lagen sogar zwei Geschenke unter dem Baum: ein kleines für sie und ein großes von ihr. Ben war glücklich, nicht, weil er auf etwas Wertvolles oder Schillerndes hoffte, sondern einfach, weil sie es geschafft hatte, eines zu besorgen.

Dass sie an ihn gedacht hatte.

Der Vorfall am letzten Schultag war vergessen. Genau wie die anderen Kinder ihn nach den Ferien bestimmt vergessen haben würden. Gott würde ihm aber sowieso bald einen neuen, besseren Freund zeigen. Einen, mit dem er sich jeden Tag treffen konnte und der vielleicht auch einen anderen Musikgeschmack hatte, denn wenn Ben ehrlich war: So toll fand er Harry Styles dann doch nicht.

Aber das konnte alles warten.

Heute war Weihnachten.

Seine Mutter war früh aufgestanden und hatte angefangen, die Wohnung zu putzen, sogar Musik aus dem Radio dazu laufen lassen. Immer wieder hatte sie Ben gedrückt oder ihm einen Kuss gegeben. Sie waren allein, aber die Stimmung war so gut wie seit Wochen nicht mehr. Hieß das, dass seine Mutter endlich gesund würde? Hatte Gott das nicht angekündigt? Ben war sehr beeindruckt von seinem Freund im Himmel, der für alles eine Lösung zu haben schien. Es musste ziemlich cool sein, Gott zu sein! In jedem Fall aber war es ziemlich cool, ihn zum Freund zu haben.

Sie deckten den Tisch, dann servierten sie sich selbst das einfachste und beste aller Weihnachtsessen: Würstchen mit Kartoffelsalat.

Bens Mutter dimmte das Licht und ließ eine CD mit Weihnachtsliedern laufen.

Eine Weile unterhielt sie sich mit Ben über dieses und

jenes, irgendwann aber wurde sie mit jeder Minute stiller, ihre Augen verloren an Glanz, während sie einen Kampf gegen den Absturz austrug und ihn verlor. Sosehr sie sich auch mühte, so wenig war sie in der Lage, die Tränen zu stoppen, und nicht einmal die Hand ihres Sohnes schien sie noch halten zu können: Sie war wie eine Kletterin am Fels, die sich mit den Fingerspitzen in eine Spalte krallte, wissend, dass sie ihr Gewicht nur noch Sekunden würde halten können.

Ben saß bei ihr und fühlte sich hilflos.

Sie hatten sich weder ihre Geschenke überreicht noch ihre Teller geleert, als er schließlich aufstand und sich zu ihr auf den Schoß setzte. Sie hielt ihn so fest sie konnte, aber Trost fand sie darin nicht. Genauso wenig wie er.

»Wollen wir schlafen gehen?«, fragte er leise.

Sie nickte schluchzend.

Sie standen auf und Ben legte sich zu ihr ins Bett.

Es war dunkel.

Unten spielten immer noch Weihnachtslieder.

Hinter der angelehnten Schlafzimmertür konnte er die Weihnachtsbaumkerzen an den Wänden flackern sehen.

Er war müde.

So müde.

Bei Christian war der Tisch aufs Festlichste geschmückt.

Überall glitzerte und blinkte es, selbst auf der Tischdecke funkelten blitzende Sternchen. Es gab Gans, die der Hausherr anschnitt und fachmännisch tranchierte. Dazu Klöße, Rotkohl, Sauce und Wein.

»Das schmeckt fantastisch!«, lobte Walter.

»Danke!«, antwortete Katrin.

»Im Ernst! Ich habe seit Jahren nicht mehr so etwas Gutes gegessen!«

Christian lächelte Katrin stolz zu.

Sandra strahlte, selbst Barbara sah entspannt aus.

Liam hatte das Essen schnell in sich hineingeschaufelt und begann zu drängeln: »Wann ist denn jetzt Bescherung?«

Seine Eltern vertrösteten ihn, die Erwachsenen sollten noch in Ruhe aufessen, aber nachdem man ein paar Bissen später immer noch nicht fertig war, wurde Liam langsam unleidig.

»Ich will aber jetzt meine Geschenke!«, forderte er.

»Gleich«, antwortete Katrin nachsichtig.

Keiner der Erwachsenen machte Anstalten, das Gespräch, das sich freundlich entwickelt hatte, das mühelos dahinplätscherte, zu unterbrechen. Sie sprachen über Walters neuen Job in der Christkindfiliale, ein Thema, das Katrin entzückend fand. Christian war verwundert, er hätte nie damit gerechnet, dass sein Vater sich für so etwas interessieren würde.

Walter hatte natürlich die Tatsache ausgespart, dass er nicht ganz freiwillig dort arbeitete, genau wie die, dass man seine endgültige Demission bereits beschlossen hatte. Stattdessen schmückte er den Bericht über seine Arbeit ein wenig aus, berichtete fast genauso sendungsbewusst wie einst das blonde Christkind-Model von den Wunschzetteln und den bedrückenden Schicksalen der Kinder.

»Kann ich mir da auch was wünschen?«, wollte Liam wissen.

»Jeder kann sich da was wünschen!«, antwortete Walter.

»Kann ich mir da auch ein Handy wünschen?«

»Natürlich.«

Sandra grinste. »Wer weiß, vielleicht hat das Christkind ja deinen Wunsch schon erfüllt?«

»Echt?«, rief Liam. »Ein iPhone?«

»Schon möglich!«, sagte Sandra vage und zwinkerte Walter zu. Und obwohl er keinen Ärger verspüren wollte, fühlte er ihn. All die gierigen kleinen Wünsche, die er hatte lesen müssen. Haben, haben, haben und natürlich PS: Weltfrieden.

»Na, dann lass uns ihn nicht weiter auf die Folter spannen!«, erklärte Christian. »Wollen wir bescheren?«

Liam schoss davon und schlitterte die letzten beiden Meter bis zum Baum, wo er sich das erste Geschenk packte. Walter erhob sich, ging in den Flur, zog seines aus dem Rucksack, und als er ins Wohnzimmer zurückkam, hatte Liam bereits fast alle Geschenke aufgerissen, angesehen und achtlos zur Seite gelegt. Papier segelte in Fetzen durch die Luft. Es war, als hätte ein dicker Junge eine Arschbombe in einem Planschbecken für Säuglinge gezündet.

Liam sprang auf, lief Walter entgegen und rupfte ihm das Geschenk aus der Hand.

Mit ein paar schnellen Bewegungen riss er das Papier zu Konfetti.

Und hielt zu seinem Entsetzen kein iPhone in den Händen.

Nicht einmal ein Handy.

»Das ist ein Kugellabyrinth«, erklärte Walter.

Liam sah ihn verwirrt an.

»Das ist eine tolle Sache. Eine strategische Herausforderung. Man muss es kippen, drehen, neigen. Sehr knifflig! Und sehr gut für den Kopf!«

Liam brach in Tränen aus. »Das ist kein iPhone!«

Nicht gerade eine Hochbegabung, dachte Walter.

Liam lief zu seiner Mutter und stürzte ihr schluchzend in den Schoß. Sie streichelte mitfühlend sein Haar und versuchte, ihn zu beruhigen.

Walter wandte sich den anderen zu, die ihn betreten ansahen.

»Es ist wirklich ein tolles Geschenk! Genau richtig für einen Siebenjährigen.«

»Aber Papa …«, begann Sandra zögernd. »Du hattest doch ein Handy gekauft? Ich dachte, ich hätte es bei dir gesehen?«

»Das war nicht für ihn«, antwortete Walter.

»Er hat es sich aber gewünscht«, sagte Christian. »Das hast du doch gewusst.«

»Ich will ein iPhone!«, schrie Liam. »Ein iPhhoooonne!«

Walter gab sich die größte Mühe, nicht genervt die Augen zu verdrehen, denn schließlich war der Kleine erst sieben und da sprangen Freud und Leid noch ungebremst ins Tageslicht, aber es gelang ihm nicht.

»Wieso machst du das?«, fragte Christian gereizt.

»Was mache ich denn?«, fragte Walter zurück.

»Es zählt immer nur das, was *du* denkst.«

»Ist es jetzt schlimm, dass ich dem Jungen kein iPhone geschenkt habe?«, fragte Walter zurück. »Habt ihr mich nur eingeladen, damit ich mich bei ihm einkaufe? Sieh dir an, wie er sich benimmt! Ein schönes Geschenk reicht nicht. Es muss das teuerste sein, das es gibt! Sonst zählt es nicht.«

»Er ist ein kleiner Junge!«, pampte Barbara.

»Ja, und was für einer!«, gab Walter giftig zurück.

An Christian und Katrins Reaktion konnte er sehen, dass er zu weit gegangen war. Er setzte gerade an, sich für die Bemerkung zu entschuldigen, als Christian mit kalter Stimme dazwischenging: »Es geht nicht um das iPhone. Es geht um das, was andere empfinden. Du bist immer noch derselbe Egomane von früher. Alle haben Schuld – nur du nicht!«

»Christian!«, zischte Sandra.

»Doch! Ist doch so! Immer nur er. Wie es anderen geht: egal!«

Bevor Walter etwas darauf erwidern konnte, klingelte es an der Haustür.

Barbara sah Christian und Katrin überrascht an: »Erwartet ihr noch jemanden?«

»Nein«, sagte Katrin verwundert.

»Wer kann das denn sein?«, fragte Barbara.

Katrin zuckte mit den Schultern.

»Ich sehe nach!«, rief Sandra und eilte aus dem Wohnzimmer in den Flur.

Die Unterbrechung tat der hochkochenden Stimmung gut. Liam heulte zwar noch, aber Christian sah eher deprimiert als kampfeslustig aus. Weder er noch seine Mutter wollten diesen Abend in einem Eklat enden lassen.

Das tat dann ein anderer.

Uwe.

Zusammen mit Sandra trat er ins Wohnzimmer.

»Guten Abend!«, grüßte er zurückhaltend.

Er war für seine Verhältnisse gewaschen, gekämmt und hatte einen alten, aber sauberen Anzug an. Er hielt eine billige Flasche Wein als Geschenk in den Händen, die er hilflos anbot und, als sie ihm niemand abnahm, auf dem Tisch abstellte.

»Ich …«, begann er erneut und mied Walters wütenden Blick. »Der Überfall tut mir leid. Aber es ist Weihnachten. Und ihr seid meine Familie.«

Alle starrten ihn an.

»Ich habe euch sehr vermisst. Doch am meisten habe ich dich vermisst …«

Er drehte sich zu Sandra.

»Kein Tag, keine Minute ist vergangen, ohne dass ich an dich gedacht habe!«

Sandra rang mit den Tränen.

»Aber jetzt bin ich zurück, Sandra. Und ich verspreche, ich werde mich ändern. Ich werde alles ändern! Denn ich gehöre zu dir – und du zu mir!«

Er kniete sich vor sie.

»Sandra, du bist die Frau meines Lebens. Das warst du immer, aber ich habe das nicht immer erkannt. Aber jetzt erkenne ich es. Daher möchte ich dich fragen …«

Wutentbrannt sprang Walter vor, packte Uwe am Kragen

und riss ihn von Sandra weg. Katrin hatte erschrocken aufgekreischt und Liam zu heulen aufgehört, während Barbara und Christian wie erstarrt waren.

»WAG ES JA NICHT, DU DRECKSKERL!«, schrie Walter.

»Papa!«, rief Sandra, der Tränen über die Wangen kullerten.

Walter wandte sich ihr zu: »Das ist alles nur Theater, Sandra. Begreifst du das denn nicht? Er wird sich niemals ändern!«

»Da ist er nicht der Einzige!«, sagte Christian kühl.

Walter wandte sich ihm zu: »Mag sein, Christian. Jeder ist, der er ist. Du auch! Aber dieses Dreckschwein ruiniert deine Schwester! Und das weißt du! Das weiß jeder von euch!«

Katrin hielt Liam die Ohren zu. »Bitte keine Kraftausdrücke!«

Walter trat ganz nah an Uwe heran. »Lass sie in Frieden, du Schwein! Hau ab!«

Christian hielt seinen Vater zurück. »Du wirfst ganz sicher niemanden aus *meinem* Haus! Hast du verstanden?«

Walter war so wütend, dass er sich von Christian losriss, um sich auf Uwe zu stürzen.

»HILFE!«, kreischte Uwe.

»RAUS!«, schrie Walter.

Uwe drehte sich zu Sandra. »Ich wollte dich nicht verlassen! Dein Vater hat mich dazu gezwungen!«

Sandra sah ihren Vater überrascht an.

»Er hat seinen Hund auf mich gehetzt! Diese Bestie hat mich beinahe umgebracht!«, kreischte er.

»Papa!«, rief Sandra entsetzt. »Ist das wahr?«

»Wisst ihr, wie er seinen Hund nennt? Adolf!«, rief Uwe schnell.

Alle Blicke ruhten auf Walter.

Der sah von einem zum anderen: die wehrlose Sandra, sein wütender Sohn, eine entsetzte Barbara und Katrin, die Liam auf den Arm hob und so schnell mit ihm aus dem Wohnzimmer eilte, als hätte es einen Bombenalarm gegeben.

»Das ist es?«, fragte er sie alle. »Ihr wollt den da in der Familie? Einen Säufer? Einen Schläger? Einen Dieb? Und mich verurteilt ihr?«

Sie schwiegen.

Sandra wagte nicht, ihn anzublicken.

In Barbaras Augen las er nur Verachtung.

Christian dagegen sagte nur: »Es ist besser, du gehst jetzt.«

Niemand widersprach.

Walter schluckte.

Dann nickte er stumm.

57

Lindlar, 1989

Ohne Schneeketten wäre Walter nicht einmal aus der Ausfahrt seines Hauses gekommen. Für einen Moment sah er Barbara noch im schimmernden Rechteck der offenen Haustür stehen, dann schon verschwand sie hinter einer weißen gepunkteten Wand. Im Schritttempo ging's den Berg hinab. In diesem Schneesturm konnte man nichts, aber auch gar nichts erkennen! Straßenlaternen fielen im wild wirbelnden Gestöber zu milchig hellen Kugeln zusammen, die mal aus dem Nichts erschienen, mal darin verschwanden, während er hier und da Bürgersteige rammte, die man unter der flauschigen Schneedecke nicht sah.

Bald schon verließ er Lindlar und geriet in absolute, beängstigende Dunkelheit.

Im Scheinwerferlicht jagten Schneeflocken über die Windschutzscheibe hinweg, so dicht und schnell, dass er nur den rasenden Strom weißer Kristalle sah. Die Strecke Richtung Engelskirchen kannte er gut, aber jetzt, wo sich die Natur aufgelöst hatte und Straßenschilder unsichtbar geworden waren, konnte er nur hoffen, sich nicht zu verfahren, und vor allem, dass sein Wagen nicht schlappmachte. Niemand war hier unterwegs, niemand würde jemanden um Hilfe rufen hören.

Hier gab es einfach nichts mehr.

Wie durch ein Wunder erreichte er die L302, die bergab führte und von der er irgendwann links abbog, um ein winziges Dorf namens Feckelsberg zu erreichen. Eine Handvoll Häuser mitten im Nirgendwo mit einer einzigen Laterne als Beleuchtung.

Der Schnee lag so hoch, dass Walter ihn mit der Schnauze seines Wagens vor sich herschob. Alle paar Meter riss er das Lenkrad herum, weil plötzlich ein Baum, ein Strauch oder ein Telefonmast vor ihm auftauchte. Und doch näherte er sich den Häusern, ohne etwas zu rammen oder zu überfahren.

Dort angekommen sprang er direkt aus dem Auto.

Wurde fast von einer Böe zu Boden gerissen, fing sich stolpernd und suchte im Schneetreiben nach Licht oder einer Einfahrt oder irgendetwas, was ihm verriet, wo er Nicole finden konnte. Stapfte frierend durch kniehohen jungfräulichen Schnee, kam an ein Haus, das falsche, wenn ihm die Hausnummer auch verriet, dass Nicole entweder links oder rechts davon wohnte.

Er entschied sich für rechts.

Und hatte Glück.

Mit Eishänden hämmerte er gegen die Haustür, weil er in der Dunkelheit keine Klingel entdecken konnte.

Plötzlich war da Licht über seinem Kopf.

Dann flog auch schon die Tür auf, Nicole stand schmerzgekrümmt vor ihm, beide Hände auf den gewaltigen Bauch gepresst. Eine Wehe zwang sie in die Knie, sie schrie vor Schmerz. Walter zögerte nicht lang und hob sie entschlossen auf die Arme. Schlingernd und taumelnd trug er sie mit letzter Kraft durch den Sturm zurück zu seinem Auto, drehte den Beifahrersitz in eine Liegeposition und half ihr einzusteigen.

Wieder kamen Wehen, wieder schrie Nicole fast wie von Sinnen.

Er startete den Wagen, kämpfte sich zurück auf die Hauptstraße, tastete sich langsam vor, während Nicole weinte und schwer atmete.

Wieder eine harte Wehe.

Unkontrolliert packte sie seinen Arm, suchte Halt und kippte in seinen Schoß. Er hatte keine Chance, verlor die Kontrolle über den Wagen und kam von der Straße ab.

Und diesmal hatte er kein Glück.

An dieser Stelle fiel die Straße steil ab.

Der Wagen stürzte tief und krachte schließlich gegen einen Baum.

Walter war nicht angeschnallt, genauso wenig wie Nicole, die jetzt mit dem Oberkörper im Fußraum lag, während ihre Beine gegen das Autodach stießen. Walter war hart mit dem Kopf gegen das Lenkrad geschlagen, kam bald benommen zu sich und versuchte im zunehmenden Schwindel zu begreifen, was gerade passiert war. Die Windschutzscheibe war in einem Stück herausgebrochen, Schnee und Wind fuhren durch den Wagen.

Nicole schrie.

Walters Sichtfeld verzerrte sich, lief konisch zu einem

Trichter zusammen. Übelkeit schwappte in ihm hoch, bis er sich übergeben musste.

»WALTER! WALTER!«

Er hörte Nicole wie aus großer Ferne schreien, sie musste irgendwo sein. Alles drehte sich, ihr Knie stieß gegen seinen Kopf und löste erneut Übelkeit aus. Mit letzter Kraft zog er sie aus dem Fußraum hoch und schob sie zurück in den Beifahrersitz.

Hämmernder Kopfschmerz setzte ein.

Gleichzeitig rückten die Geräusche von ihm fort.

Schlaf kam.

Süß und verführerisch.

Sein Kopf sank langsam auf die Brust, doch Nicole packte und schüttelte ihn.

»Walter! Nicht einschlafen!«

»Was?«

»Du musst Hilfe holen!«

»Was?«

Er war vollkommen verwirrt. Warum sollte er Hilfe holen? Wo waren sie überhaupt? Und warum durfte er nicht schlafen?

»Walter, bitte, ich flehe dich an! Wir werden hier sonst sterben!«

»Was?«

Er verstand nichts von dem, was sie sagte.

Dann krümmte sie sich erneut unter einer Wehe.

Warum hatte sie Schmerzen? Wieso war es hier so dunkel? Warum war er nicht zu Hause? Wo waren Barbara und die Kinder?

Dann spürte er ihr Gesicht ganz nahe an seinem.

»Walter, bitte rette uns! Bitte!«

Er sah sie an: das verschwitzte Gesicht, die angstgeweiteten Augen, der Mund, der sich bewegte.

»Hol Hilfe, bitte! Es stimmt was nicht mit dem Baby. Ich spür's!«

»Hilfe?«, fragte er.

»Lauf auf die Straße! Halt einen Wagen an!«

Er nickte: die Straße. Wo war noch mal die Straße? Welche Straße? Und wohin führte sie?

Da fühlte er ihre Lippen auf seinen. »Ich liebe dich, Walter! Ich liebe dich!«

Plötzlich war die Fahrertür auf.

Er fiel mehr, als dass er sein Auto verließ. Rappelte sich hoch, rutschte aus, kam erneut auf die Beine.

Nach oben.

Auf Händen und Füßen kletterte er die Böschung hinauf.

Rutschte erneut.

Blieb liegen.

Spürte angenehm kalten Schnee im Gesicht.

Er könnte einfach liegen bleiben.

Ein wenig schlafen.

Nur ein bisschen.

Weit weg hörte er eine kreischende Frauenstimme, er mühte sich erneut auf und krabbelte zur Straße, die nichts als eine weiße, tote Schlange mit glitzernden Schuppen war.

Wo sollte er jetzt hin?

Es gab nur weißen Schnee und schwarze Nacht.

Heulenden Wind und stille Abgeschiedenheit.

Leben und Tod.

Bergab.

Er musste bergab gehen.

Taumelnd lief er weiter, der Sturm schien ihn anzuschieben.

Zwei helle Punkte brachen durch einen Schattensamt.

War da Licht?

Er hob winkend die Hände – sein Kopf explodierte förmlich unter dem hämmernden Puls. Alles drehte sich. Er konnte nicht mehr. Fiel nach vorne. Mit dem Gesicht in weichen, luftigen Schnee.

Hier würde er sterben.

Alles wurde schwarz.

Er erwachte im gleißenden Licht einer Untersuchungsleuchte.

Zwei Gesichter über seinem.

Eines rechts, eines links.

Zwei Männer in weißer Kleidung.

So wenig Platz hier. Überall medizinisches Gerät. Es roch nach Krankenhaus, aber das hier war kein Krankenhaus.

Motorengeräusche.

Der Raum schaukelte plötzlich.

Erneut übergab er sich.

»Schwere Gehirnerschütterung!«, hörte er einen der Männer sagen. »Er muss sofort ins Krankenhaus!«

Walter wollte dem Mann antworten, wollte ihm sagen, dass sie Nicole holen mussten. Wollte ihm sagen, dass sie einen Unfall gehabt hatten. Wollte ihm sagen, dass das Baby kam. Wollte ihm sagen, dass sie irgendwo unterhalb der

Straße im Wagen feststeckte. All das, alles auf einmal, aber seine Stimme gehorchte ihm nicht. Die Worte waren in seinem Kopf, aber sie platzten wie Luftballons, bevor er ihrer habhaft wurde.

»Heee … heeee! Niii … nieeee!«

Seine Stimme.

War das ein Wort?

Hatte er Nicoles Namen gerufen?

»Schon gut, nicht reden!«, sagte der eine Mann.

»HEEEE … NIIII … BEEEBEEE!«

War das jetzt ein Wort?

Dann sah er, wie einer der Männer eine Spritze aufzog, während der andere mit etwas Kühlem seinen Unterarm rieb. »Ruhen Sie sich etwas aus. Alles wird gut!«

Walter bäumte sich auf, etwas stach ihn in den Arm.

Dann war alles fort.

58

Alles sah so friedlich aus.

Der Schneesturm hatte das Land wellenweich zugedeckt: Bäume, Sträucher, Autos mit mächtigen weißen Zylindern. Einzelne tiefe Reifenspuren zogen sich über eingeschneite Straßen, das Tal schien in ein Winterwunderland verwandelt, in dem es weder Mühe noch Leid, ja nicht mal ein Geräusch gab.

Walter war mit dröhnenden Kopfschmerzen aufgewacht, blinzelte, bemerkte eine Kanüle in einer Handvene, ein Bett auf Rollen und einen Fernseher unter der Zimmerdecke. Da war noch ein Tisch, dazu zwei Stühle und ein weiteres Krankenbett, das aber leer war. Auf seiner Stirn klebte ein Pflaster, es tat weh, wenn man es berührte. Etwas war geschehen, sein Magen rumorte nervös, als ob er vor einem großen Auftritt vor Publikum stünde.

Eine Tür öffnete sich, zwei Sekunden später trat Barbara zusammen mit zwei Männern an sein Bett.

»Du bist wach!«, rief sie und beugte sich zu einem flüchtigen Kuss auf die Wange herab.

»Was … wo bin ich?«, fragte Walter.

»Die beiden Herren möchten mit dir sprechen. Sie sind von der Polizei«, antwortete Barbara.

Walter starrte die beiden Männer an.

Dann blitzte eine Erinnerung scharf wie eine Glasscherbe durch seinen Kopf. »Nicole! Sie ist da draußen!«

»Bitte beruhigen Sie sich!«, sagte einer der beiden.

»Aber sie ist da draußen!«, rief Walter aufgeregt. »Wir müssen sie holen!«

Schweigend sahen ihn die beiden an.

Barbara suchte sich einen Stuhl und setzte sich so, dass sie dabei zum Fenster hinaussehen konnte.

»Wir haben leider keine guten Nachrichten«, begann jetzt der andere Polizist. »Nicole Schmude konnte heute Morgen leider nur noch tot geborgen werden.«

Barbara starrte aus dem Fenster.

Die beiden Polizisten blickten auf ihn herab.

Walter lag da und sah Hilfe suchend von einem zum anderen.

»Wir haben ein paar Fragen. Reine Routine«, sagte der Erste der beiden.

Reine Routine.

Nicole war tot? Wie konnte das reine Routine sein? In Walters Augen schimmerten Tränen.

Die Männer fragten nach den Ereignissen der Nacht, ließen sich alles bis ins kleinste Detail schildern, nickten schließlich zufrieden, weil Walters Antworten offenbar dem entsprachen, was sie erwartet hatten.

Ein Unfall.

Überaus tragisch dazu, denn der Krankenwagen, der Walter gerettet hatte, war der, den Nicole zuvor angefordert hatte. Er war auf dem Rückweg aus Feckelsberg, wo die Sanitäter unverrichteter Dinge wieder abziehen mussten, nachdem sie unter der angegebenen Adresse niemanden angetroffen hatten. Hätte Walter nach Nicoles Anruf nichts getan, hätte er nicht versucht, ihr zu helfen, wäre sie wohl gerettet worden. Die Ärzte hätten sie zu Hause eingeladen und ins Krankenhaus gebracht. Oder sie hätte das Kind im Rettungswagen bekommen. In jedem Fall wäre sie nicht im Auto erfroren.

Nach einer halben Stunde verabschiedeten sich die Polizisten wieder.

Endlich setzte sich auch Barbara zu ihm.

»Ich wollte doch nur …«, begann Walter, bevor ihm erneut die Tränen kamen. »Ich wollte …«

Er weinte, während Barbara ruhig an seinem Bett saß.

Ihn nicht tröstete.

Nicht seine Hand hielt.

In seinem Schmerz bemerkte er es nicht einmal.

Erst als sie sich erhob und ihm mitteilte, dass sie nach den Kindern sehen müsse und später wiederkommen würde, fiel ihm auf, wie distanziert sie sich verhalten hatte. War sie wütend, dass er sein Leben aufs Spiel gesetzt hatte? Dass er riskiert hatte, sie und die Kinder zurückzulassen, um einer, zumindest für Barbara, wildfremden Frau zu helfen?

Später teilte man ihm bei der Visite mit, dass man ihn noch einen Tag beobachten wolle, weil seine Gehirnerschütterung erheblich gewesen sei. Bis jetzt habe man keine Anzeichen einer Blutung entdecken können, doch ausschließen könne man sie nicht. Dennoch sei man optimistisch, dass alles wieder gut werden würde.

Walter hörte kaum zu, nur bei einer Sache war er sich ziemlich sicher: Nichts würde wieder gut werden. Nicole war tot! Er hatte sie im Stich gelassen. Hatte den Rettungsärzten nichts gesagt. Hatte im warmen Bett gelegen, während sie und das Kind da draußen erfroren waren.

Es dämmerte bereits, als sich die Tür zu seinem Zimmer leise öffnete.

Doch nicht Barbara, sondern Rudolf trat ein. Er nahm sich einen Stuhl und setzte sich zu ihm ans Bett.

Eine Weile schwiegen sie beide, während das Zimmer langsam in Dunkelheit versank, ihre Gesichter nur noch schemenhaft zu erkennen waren, schwach beleuchtet von den Straßenlaternen, die von draußen hineinschimmerten.

»Die Ärzte sagen, du wirst wieder gesund«, sagte Rudolf schließlich.

Walter antwortete nicht.

»Du musst dich jetzt um deine Familie kümmern«, mahnte Rudolf.

Walter wandte sich ihm langsam zu. »Um meine Familie?«

»Sie haben Angst«, antwortete Rudolf.

Walter hatte große Schwierigkeiten, dem Gespräch zu folgen, ihm war, als sprängen Worte wie Hasen aus dem Unterholz, schlügen wilde Haken, bevor er ihren Sinn begreifen konnte.

»Wovor haben sie Angst?«, fragte er unsicher.

»Ihr müsst jetzt nach vorn sehen. Die Vergangenheit hinter euch lassen. Renate und ich werden immer für euch da sein!«

»Wovor haben sie Angst?«

Rudolf zögerte, dann sagte er: »Vor der Zukunft.«

Walter mühte sich zu verstehen, aber es gelang ihm nicht. Dieser Kopfschmerz machte ihn verrückt.

»Was ist damit?«, fragte er schließlich.

»Dein alter Fußballkamerad Bernd Voosen erzählt Geschichten. Dreckige Geschichten!«

»Was hat der damit zu tun?«, fragte Walter verwirrt.

»Er ist mit Nicole verwandt. Ihr Cousin, glaube ich.«

»Und?«

»Er gibt dir die Schuld an ihrem Tod. Sagt, du hättest sie im Stich gelassen. Dich selbst gerettet und sie sterben lassen.«

Walter wandte sich ab.

»Glaubst du, dass ich das nicht selbst weiß?«, schluchzte er.

»Es war ein Unfall, Walter! Du hast getan, was du konntest! Du bist ein Held!«

Wie tief die Worte einschnitten!

Wie bitter sie waren!

»Ich bin ein Held?« Walter fuhr wütend hoch. »Was für ein Held lässt eine Schwangere sterben?«

»Es ist nicht deine Schuld! Das werde ich jedem sagen!«

»Ich hätte bei ihr bleiben müssen! Ihr beistehen müssen!«

Rudolf schüttelte den Kopf. »Dann wäret ihr beide gestorben.«

»Besser, als *so* zu überleben.«

Rudolf packte ihn an der Schulter. »Sag das nicht, Walter! Das mit Nicole ist eine Tragödie. Aber du und Barbara lebt!

Ihr habt zwei wunderschöne Kinder, die euch brauchen! Nicole hätte sicher nicht gewollt, dass du auch stirbst!«

Walter sank zurück ins Kissen.

Er war müde.

So müde.

»Kümmer dich jetzt um deine Frau, Walter! Sie macht sich Sorgen!«

»Wo ist sie?«, fragte Walter matt.

»Zu Hause, bei den Kindern. Renate ist auch bei ihr. Sie sollte jetzt nicht alleine sein.«

Es war das Unausgesprochene, das Walter nicht begriff.

Die wahre Hässlichkeit der Tragödie.

Rudolf aber witterte die Gefahr.

Er sagte: »Ich kümmere mich um Voosen. Stopf ihm sein Schandmaul! Ich werde nicht zulassen, dass er unsere Familie in den Dreck zieht! Dass er dich in den Dreck zieht! Ich werde jedem das Maul stopfen! Das schwöre ich dir!«

Walter begriff nichts.

Rang mit Schuldgefühlen, die nichts waren verglichen mit dem, was da wie ein Tsunami auf ihn zuraste.

Auf sie alle.

59

Lindlar war zu groß, als dass jeder hätte jeden kennen können, aber eindeutig zu klein, als dass ein tödlicher Unfall
nicht Tagesthema gewesen wäre. Auch ohne die Berichte in
der Zeitung. Oder im Regionalfernsehen. Oder im Privat-
fernsehen, das es seit einem Jahr in Nordrhein-Westfalen gab.

Der große Familienurlaub der Neissers in den Bergen
wurde abgesagt: Niemand hatte Lust zu fahren, mal davon
abgesehen, dass es im Ort mindestens als kaltschnäuzig
empfunden worden wäre. Ohnehin zerriss man sich das
Maul, nachdem Bernd Voosen ein Gerücht in die Welt gesetzt hatte, das sich derart zerstörerisch ausweitete, dass Barbara sich kaum noch aus dem Heim traute. Und zu Hause,
wo sie nur konnte, Walters Zimmer mied.

Allein Christian und Sandra verstanden nicht, warum
plötzlich alles so ernst geworden war. Warum Oma Renate
jeden Tag bei ihnen war und Opa Rudolf gar nicht. Warum
Mama oft weinte und Oma die Kinder ständig bat, woanders zu spielen. Warum Papa kaum sprach und Christian
noch vor den Ferien aus dem Kindergarten genommen
worden war. Warum plötzlich seine Freunde nicht mehr
mit ihm sprachen, wenn er sie beim Schlittenfahren traf.

Sandra verbrachte die meiste Zeit bei ihrem Vater, saß
auf seinem Bett und spielte mit ihren Sachen oder unter-

hielt sich mit Walter über alles Mögliche, wobei sich sein Anteil an der Konversation auf *Ja* und *Nein* und *Weiß nicht* beschränkte.

So kam der Heilige Abend, letztlich von allen Beteiligten gefürchtet, aber der Kinder wegen konnte man ihm nicht ausfallen lassen und vor allem konnte man sich nicht ewig aus dem Weg gehen.

Walter war wieder auf den Beinen, hatte anfangs noch die Berichterstattung verfolgt, sie später aber gemieden, sodass er nicht wusste, welche Dimension der Boshaftigkeit sie mittlerweile angenommen hatte.

Mittags kochte Renate das Festmahl, Barbara assistierte nur, weil sie immer wieder von Weinkrämpfen geschüttelt wurde und von ihrer Mutter getröstet werden musste. Der Feiertagseinkauf war ihr zu einem Spießrutenlauf geworden, all die heimlichen Blicke, all die Finger, die auf sie zeigten.

Sie deckten den Tisch festlich ein, beschlossen, die Bescherung vorzuziehen, damit die Kinder mit ihren Geschenken beschäftigt waren, während die Erwachsenen das Essen zu sich nahmen.

Niemand sprach.

Niemand sah den anderen an.

Bis Barbara schließlich das Besteck auf den Teller fallen ließ und in Tränen ausbrach.

Betretenes Schweigen am Tisch.

Christian lief zu ihr und fragte: »Was hast du, Mama?«

Rudolf nickte seiner Frau zu, die daraufhin die Kinder mit ihren Geschenken in ihre Zimmer brachte. Schließlich kehrte sie zurück und setzte sich neben ihre Tochter, die sich wieder gefasst hatte.

Da blickte Barbara auf und sah Walter fest in die Augen.

»Weißt du, was die Leute sagen?«

Walter schwieg.

»Sie sagen, dass du deine Geliebte absichtlich hast sterben lassen!«

Wütend schlug Rudolf auf den Tisch. »Dummes Geschwätz!«

»Ist das so?«, fragte Barbara ihn scharf.

»Ja, es war ein tragischer Unfall! Walter hat alles getan, um Nicole zu retten!«, donnerte Rudolf.

»Sie bekam ein Kind von ihm!«, entrüstete sich Barbara.

»Barbara …«, begann Walter traurig.

»Halt den Mund!«, schrie sie. »Halt einfach den Mund!«

»Walter hat sich nichts zuschulden kommen lassen!«, verteidigte Rudolf seinen Schwiegersohn.

Da mischte sich Renate ein: »Hör auf, ihn in Schutz zu nehmen, Rudolf! Die Spatzen pfeifen es von den Dächern!«

»Was pfeifen sie von den Dächern?«

»Dass die beiden ein Verhältnis hatten. Jeder in deiner Firma wusste davon. Jeder!«

Rudolf schwieg einen Moment zu lange.

»Siehst du!«, rief Barbara. »Nicht mal du kannst es leugnen!«

»Das ist widerwärtiger Klatsch!«, entgegnete Rudolf.

»Klar, alle lügen! Nur Walter nicht! Und du machst dich

auch noch stark für ihn! Was ist das? So eine beschissene Männersache? So eine Art Kumpeldienst?«

Walter saß wie gelähmt da.

Dann aber sagte er laut: »Ich war nicht der Vater des Kindes!«

Rudolf schluckte und wurde blass.

»Nein?«, fauchte Barbara. »Und warum hat sie *dich* dann angerufen?«

»Sie hatte Angst.«

Barbara funkelte ihn wütend an. »Und wen ruft man an, wenn man Angst hat? Sag mir: Wen würdest *du* anrufen? Eine Arbeitskollegin? Ist das so, Walter? Hättest du *sie* angerufen, wenn du Angst gehabt hättest?«

Walter wusste nichts zu entgegnen.

»Sie hat den Vater ihres Kindes angerufen! Jede Frau würde in einer solchen Situation den Vater ihres Kindes anrufen! *Ich* habe *dich* angerufen, als Christian kam. Und bei Sandra genauso!«

»Ich war nicht der Vater ihres Kindes!«, wiederholte Walter fest.

Er vermied es, Rudolf anzusehen, konnte aber im Augenwinkel erkennen, wie der unruhig auf seinem Stuhl hin und her rutschte.

»HÖR ENDLICH AUF DAMIT!«

Barbara war förmlich explodiert.

Renate war ebenfalls aufgesprungen und nahm sie jetzt beruhigend in den Arm.

»Bernd Voosen hat allen erzählt, dass das Kind von dir ist. Nicole hat es ihm gesagt!«

Walter war sprachlos.

Nicht weil er sich überführt glaubte, sondern weil Bernd Voosen eine solche Lüge herumposaunte. Nicole hätte Walter niemals so belastet.

»SCHLUSS JETZT!«, schrie Rudolf.

Auch er stand jetzt.

Die beiden Frauen sahen ihn erschrocken an.

»Das reicht jetzt!«, fügte Rudolf ruhiger an. »Mir ist egal, was für Lügen da draußen kursieren, aber ich lasse nicht zu, dass sie uns entzweien! Ein schreckliches Unglück ist passiert und ihr beide habt nichts Besseres zu tun, als ihn anzugreifen! Ihr solltet ihm beistehen, verdammt noch mal! Er hat verdient, dass wir ihm beistehen! Habt ihr mich verstanden?«

Ob aus Überraschung oder aus erlerntem Gehorsam – Barbara und Renate nickten.

»Wir werden als Familie angegriffen, wir werden uns als Familie verteidigen!«

Er wandte sich Walter zu. »Lieber Walter, ich werde jeden in Stücke reißen, der dich beschuldigt!«

Dann blickte er warnend zu Barbara und Renate. »Und ihr werdet ihn unterstützen! Walter ist ein guter Mann!«

Sie schwiegen, stimmten nicht zu, widersprachen aber auch nicht.

Rudolf schob seinen Stuhl zurück, ging auf Walter zu und nahm ihn in den Arm. »Es geht vorüber, Walter. Und dann werden wir stärker sein als je zuvor!«

Walter ließ die Umarmung über sich ergehen.

Sah in Barbaras Gesicht Ablehnung, aber auch Stolz. Der

nicht ihm galt, sondern dem unerschütterlichen Rudolf. Der sich löwengleich vor sie alle gestellt hatte und sie mit seinen mächtigen Unterarmen beschützte.

Der die beiden Frauen ansah und lächelte.

Und es auch noch tat, als er vornüberkippte.

Mitten auf den Tisch.

60

Einer der Ärzte kam im Flur auf sie zu, um ihnen mitzuteilen, dass es ein Wunder sei, dass Rudolf nach diesem schweren Infarkt überhaupt noch lebe. Barbara und Renate waren in Tränen aufgelöst, Walter stand zwei Schritte daneben und starrte auf die Tür mit dem Schriftzug *Intensivstation*.

»Mein Mann ist stark!«, schluchzte Renate. »Er kommt zurück.«

Der Arzt antwortete darauf nicht, seiner Miene aber war zu entnehmen, dass er da ganz anderer Meinung war.

»Er schafft das doch?«, fragte Barbara bang.

Mit einem schweren Atemzug gab der Arzt diplomatisch zurück: »Alles ist möglich, wenn er diese Nacht übersteht.«

Die beiden nickten.

»Können wir zu ihm?«, fragte Barbara.

Der Arzt zögerte, stimmte dann aber zu: »Bitte nur kurz. Und bitte einzeln.«

So zogen sich alle drei Schutzkleidung und Masken über und traten dann nacheinander an Rudolfs Bett: erst Renate, dann Barbara und zum Schluss Walter.

Er stand neben den piepsenden Geräten, sah die Herzkurve in wilden Linien unregelmäßig ausschlagen und blickte auf den Mann, der beinahe jeden und alles hatte besiegen können, diesen letzten Kampf aber wohl verlieren würde. Und nicht nur Rudolf war geschlagen. Als er die Station wieder verließ und an Renates und Barbaras Seite wachen wollte, wandten sich die beiden Frauen von ihm ab.

Da wusste Walter, dass ihn nur noch ein Wunder würde retten können.

Es blieb aus.

Keine zwei Stunden später starb Rudolf an den Folgen seines Herzinfarktes, ohne noch einmal das Bewusstsein zu erlangen. Ohne Walter mit einem Geständnis zu retten.

Barbara schickte Walter nach Hause, damit er sich um die Kinder kümmerte. Sie und ihre Mutter wollten Abschied nehmen vom geliebten Vater und Ehemann und beide Frauen gaben Walter zu verstehen, dass er dabei nicht erwünscht wäre.

So verbrachte Walter den ersten Weihnachtstag allein mit den Kindern.

Am späten Nachmittag kehrten die Frauen dann vollkommen übernächtigt zurück. Kommentarlos bezog Barbara Walters Seite des Ehebetts neu.

Renate zog zu ihr und den beiden Kindern.

Und Walter in ein nahes Hotel.

Dort verbrachte er die Tage auf dem Zimmer und dachte darüber nach, wie diese Situation noch zu retten wäre, doch es fiel ihm nichts ein, wie er seine Frau wieder für sich gewinnen konnte. Ganz zu schweigen von seiner Schwiegermutter. Er telefonierte oft mit Sandra, die weinte und fragte, wann er wieder zurückkommen würde. Walter vertröstete sie und versprach, bald wieder da zu sein. Christian dagegen legte darauf keinen Wert – er weigerte sich, mit ihm zu sprechen.

Dann, eine Woche nach Rudolfs Tod, rief ihn Barbara an, um ihm mitzuteilen, dass sie Rudolf beerdigt hätten.

»Und ihr seid nicht auf die Idee gekommen, dass ich vielleicht dabei sein will?«, fragte Walter ungläubig.

»Du?«

Dann, nach einer Pause, fügte sie nüchtern an: »Komm morgen vorbei. Pack deine Sachen!«

»Barbara, können wir nicht …«

Sie unterbrach ihn scharf: »Morgen! Zehn Uhr.«

Bevor er antworten konnte, hatte sie bereits aufgelegt.

Er studierte die Zeitung, fand zwei Mietwohnungen annonciert, rief an und vereinbarte Besichtigungen.

Am nächsten Morgen fuhr er ins Haus, traf dort auf eine blasse Barbara, die ihn stumm in der Haustür stehen ließ, während Sandra ihm in die Arme stürmte. Renate kam dazu, auch sie ignorierte ihn und versprach den Kindern, mit ihnen Schlitten zu fahren, sodass Barbara und er eine halbe Stunde später allein waren.

Walter fand sie in der Küche. »Können wir reden?«

Sie nippte an einem Kaffee und antwortete kalt: »Es gibt nichts zu reden!«

»Hat nicht jeder Beschuldigte ein Recht, sich zu verteidigen?«

Sie antwortete nicht, widersprach aber auch nicht.

»Nicole war verliebt in mich«, begann Walter ruhig.

Sie funkelte ihn böse an.

»Aber ich habe nie etwas mit ihr gehabt. Ich habe ihr

gesagt, dass ich glücklich verheiratet bin. Das hat sie auch akzeptiert, aber es ist wohl eine Sache, eine Angelegenheit zu akzeptieren, eine andere, sie auch wirklich anzunehmen.«

Barbara verzog spöttisch das Gesicht, sie glaubte ihm kein Wort. Sie so grimassieren zu sehen, verletzte Walter nicht nur, es machte ihn wütend.

»Genau so war es!«

Barbara stellte ihre Kaffeetasse ab und antwortete: »Ich war so dumm! So blind! Ich habe dir vertraut und sieh, was passiert ist!«

»Ich habe dich nicht betrogen, Barbara. Es gab nie eine andere außer dir!«

Sie krallte sich mit beiden Händen an der Küchenarbeitsplatte fest. »Wie kannst du es wagen, nach allem, was passiert ist, dich hierhinzustellen und weiter Lügen von dir zu geben? Sind noch nicht genug Menschen deinetwegen zu Schaden gekommen?«

»Meinetwegen?!«, rief Walter wütend. »MEINETWEGEN?!«

»JA, DEINETWEGEN!«

Ein tiefer Graben tat sich zwischen beiden auf, ein Abgrund, gähnend wie das Maul eines Riesen.

»Du hast meinen Vater auf dem Gewissen, Walter! Du hast ihn umgebracht mit deinen Lügen!«

»Wie kannst du so eine Gemeinheit von dir geben?«, fragte Walter zurück. »Wie kannst du mir die Schuld für den Tod deines Vaters geben?«

Barbara schwieg, wobei nicht zu erkennen war, ob sie ihre Worte bereute.

Eine Weile standen sie sich stumm gegenüber.

Dann begann Walter: »Ich habe nicht gelogen, aber ...«

»Aber was?«, zischte sie.

Er zögerte, weil er nicht klar denken konnte. Zögerte, weil er eigentlich bereits wusste, dass schon zu viel gesagt worden war. Zögerte, weil er die Frau seines Lebens nicht aufgeben wollte.

»Ich habe auch nicht die ganze Wahrheit gesagt.«

»Und was ist die ganze Wahrheit, Walter?«

»Das Kind war nicht von mir!«

»Das hast du schon gesagt! Und niemand glaubt dir das, Walter! Niemand! Papa hat sie sogar deinetwegen gefeuert!«

»Er hat sie nicht meinetwegen gefeuert!«, schrie Walter zurück.

»Natürlich hat er das! Und du bist ihr nachgelaufen wie ein Hündchen! Hattest wohl ein schlechtes Gewissen wegen dieser ganzen Scheiße!«

Er konnte nichts dagegen tun, die Worte sprangen ihm aus dem Mund: »Das Kind war nicht von mir! Sondern von deinem Vater!«

Es war, als blickten sie beide auf eine Bombe, die vor ihre Füße gefallen war. Als durchlebten sie einen Moment absoluter Klarheit und wüssten, dass sie beide in der nächsten Sekunde sterben würden. Dass sie ein Blitz hinwegfegen würde und alles, was jemals war, mit ihnen.

Barbara brach in Tränen aus.

So heftig, dass sie keine Kontrolle mehr über ihr verzerrtes Gesicht hatte, um dann in einer Supernova des Schmerzes loszuschreien. Walter versuchte, sie zu beruhigen, sie in den Arm zu nehmen, aber sie schlug nach ihm und wich ihm aus, als wäre er der Leibhaftige. Er hatte das Andenken ihres Vaters in den Schmutz gezogen, um sich auf seine Kosten reinzuwaschen. Einen Toten beschuldigt, der sich nicht mehr verteidigen konnte. Auf das Grab desjenigen gespuckt, der ihn gerettet und bis zum Schluss zu ihm gehalten und ihn verteidigt hatte.

Das würde sie ihm niemals verzeihen.

Die Wahrheit hatte sie alle zerstört.

Und das war seine Schuld.

Seine Schuld.

Seine große Schuld.

61

Einsamer hätte die Fahrt von Christians Zuhause in Overath nach Ründeroth kaum sein können: Niemand war noch auf den dunklen Straßen unterwegs, alle feierten mit ihren Familien den Heiligen Abend, nur Walter saß auf seinem Moped und knatterte weinend nach Hause.

Obwohl er sich fest vorgenommen hatte, nicht zu viel von diesem Abend zu erwarten, fühlte er jetzt eine solche Trauer, einen solchen Schmerz wie seit dem letzten Gespräch mit Barbara nicht mehr. All die Jahre, die er sich eingekapselt hatte, den Blick stur nach vorn gerichtet, um nicht mehr das zu fühlen, was er gerade empfand, waren vergebens gewesen. Das, was war, wog viel zu schwer, als dass die Zeit ihnen helfen konnte, wieder zueinanderzufinden.

Es gab keine Vergebung.

Nicht für ihn.

Und als ob der wahre liebe Gott Freude am grausamen Trauerspiel gehabt hätte, hatte er dafür gesorgt, dass sie ausgerechnet Uwe gewährt wurde.

Ihm blieb nur der Rückzug in sein bisheriges Leben, in sein Haus am Ende einer stillen Gasse, in dem allein Hund auf ihn wartete und sonst nichts mehr. Seine Familie war er los, seinen Job auch, Perspektive hatte er kaum eine.

Aber da war ja noch Ben!

Wenigstens der Junge brauchte ihn.

Ihm konnte er als stiller Begleiter die Hand reichen, bis seine Mutter wieder auf dem Damm war. Er war allein, genau wie Walter es war, und verdiente Hilfe. Und warum nicht vom lieben Gott?

Ob der Kleine einen schönen Heiligen Abend verbrachte?

Ob seine Mutter ihn in den Arm genommen und versprochen hatte, wieder gesund zu werden?

Walter erreichte Engelskirchen, bog aber nicht nach Ründeroth ab, sondern lenkte sein Moped in die Horpestraße, stellte es ein gutes Stück von Bens Haus entfernt ab und schlich in den Garten, um einen kurzen Blick zu riskieren.

Um ihn herum war alles dunkel, das Fenster aber hell erleuchtet, wenn das Licht auch seltsam flackerte.

Dann sah Walter, dass das Wohnzimmer in Flammen stand, dass sich gelbe, rote, auch bläuliche Zungen bereits die Vorhänge hochfraßen und sich unter der Zimmerdecke eine bedrohlich grauschwarze Wolke gebildet hatte, die in Richtung Flur kroch.

Ein gespenstisch leises Inferno.

Rasch sah Walter sich um und entdeckte zwei Gartenstühle aus Metall, packte sich einen und hämmerte ihn mit aller Kraft gegen die Balkontür, die splitterte, aber nicht brach. Er schlug erneut zu: Die Scheibe ging laut klirrend zu Bruch, Rauch schoss hinaus und mit ihm das Fauchen und Knistern des Feuers.

Mit dem Ellbogen stieß er die größten verbliebenen

Scherben aus dem Rahmen, holte tief Luft und sprang dann hinein. Er hielt den Atem an, stürmte durch den glühend heißen Raum und lief rasch der Treppe entgegen, die hoch in den ersten Stock führte, wo vermutlich die Schlafzimmer lagen.

»BEN! BEN!«

Er schrie so laut er konnte, brach dann in schmerzhaftes Husten aus, versteckte Nase und Mund in seinem rechten Ellbogen und rannte die Stufen hinauf, öffnete zwei Türen, hinter denen er nur Bens leeres Zimmer und ein Bad fand. Schließlich riss er die dritte und letzte Tür auf und sah auf dem Bett Ben in den Armen seiner Mutter liegen, die in dem rauchgeschwängerten Raum noch blasser und lebloser wirkte als ihr Sohn.

Er sprang vor, packte Bens Mutter, hob sie auf die Arme und rannte mit ihr die Treppen hinab, stieß die Haustür auf und legte sie vorsichtig auf dem Bürgersteig ab. Seine Lungen brannten, jeder Atemzug schmerzte, als wäre seine Luftröhre verätzt, dennoch rannte er ins Haus zurück, die Treppen hinauf, um auch Ben zu packen und ihn in Sicherheit zu bringen.

Kaum hatte er die Haustür erreicht, sah er, wie sich hinter ihm der Rauch unter der Decke selbst entzündete, eine Feuerstraße blitzartig durch das Haus raste und ihn, mit dem Jungen auf dem Arm, wie ein wütender Hausherr aus dem Eingang auf die Straße warf. Sogar die Tür schlug hinter ihm zu, sodass es wieder sehr still wurde. Walter schleppte sich mit letzter Kraft zu Bens Mutter, um den Kleinen wieder in ihre Arme zu legen.

Ängstlich und hustend tastete er nach ihrem Puls, stellte erleichtert fest, dass er kräftig schlug, und als er es bei Ben wiederholte, kam der Junge zu sich und blickte ihm ins rußgeschwärzte Gesicht.

»Bist du das, lieber Gott?«

Seine Lider flatterten, die Stimme ein Flüstern, aber er lächelte ein wenig.

»Schlaf jetzt, mein Junge!«, flüsterte Walter zurück. »Es wird alles wieder gut.«

Ben schien beruhigt, er nickte ihm voller Vertrauen zu.

Dann verlor er erneut das Bewusstsein.

Im Nachbarhaus waren mittlerweile alle Lichter angegangen.

Ein Mann stand im Türrahmen und blickte zu ihnen herüber.

»Ich habe die Feuerwehr gerufen!«, rief er über die Straße. »Sie sind schon unterwegs!«

Wieder wurde Walter von Husten durchgeschüttelt.

»He, Sie, kenne ich Sie nicht?«, rief der Mann, der sein sicheres Haus nicht zu verlassen gedachte.

Walter dachte daran, wie er das letzte Mal in Bens Garten durch das Wohnzimmerfenster gespinkst hatte. Hatte der Mann ihn dabei beobachtet? Wie sollte er erklären, dass er wieder hier war?

Er rappelte sich auf und lief zu seinem Moped, während der Nachbar ihm hinterherrief, dass er doch stehen bleiben solle. Aber Walter fand, dass es heute wahrlich genug Unglück gegeben hatte, und was er sicher nicht mehr brauchte, war, dass er noch die halbe Nacht auf einer Polizeiwache aussagen und umständlich erklären musste, was und warum er mit der Familie Gregersen zu tun hatte.

Er brauchte dringend eine Pause.

Von allem.

62

Hund begrüßte ihn stürmisch, zuckte aber doch zurück, als ihm der intensive Rauchgeruch in die Schnauze stach. Walter streichelte ihm über den Kopf, stieg rasch aus der Kleidung und eilte hustend in die Dusche. Im Badezimmerspiegel konnte er kleine Rauchfahnen unter seinen Nasenlöchern sehen, auch dass ein paar Wimpern verbrannt waren und die Augenbrauen versengt.

Unter heißem Wasser sah er schwarze Schlieren um seine Füße in den Abfluss wirbeln. Er schäumte sich so lange ein, bis der Geruch nach Rauch schwächer wurde. Als er sich schließlich abtrocknete, fühlte er sich für den Moment erfrischt, wenn er auch weiterhin hustete und ihm die Lungen brannten.

Er zog sich an, packte seine stinkenden Klamotten allesamt in die Waschmaschine und verließ mit Hund das Haus, um draußen ein wenig frische Luft zu schnappen.

Dinge geschahen aus Gründen, sagte man.

Was wäre passiert, wenn er sich mit seiner Familie versöhnt hätte? Wenn sie einander vergeben und Uwe im hohen Bogen aus dem Haus geworfen hätten? Ben und seine Mutter wären gestorben.

Es war, als hätte er sein Glück gegen ihres getauscht.

Als ob ihrer aller Leben in einer Waage läge, die, wenn

man hineingriff, mal auf die eine, mal auf die andere Seite herabsank. Als wäre Glück für alle gar nicht möglich, sondern nur für den, für den man sich schließlich entschied. Und er, Walter, hatte sie beide gerettet, was ihn bei aller Trauer um das, was ihm widerfahren war, doch tröstete.

Er kehrte zurück ins Haus und fühlte sich entgegen seiner Erwartung schlechter als vorher: Hämmernde Kopfschmerzen machten sich breit, sein Herz klopfte laut und schnell, Schwindel machte ihm zu schaffen. Er nahm eine Tablette, kroch unter die Bettdecke und fiel in einen unruhigen Schlaf.

Bilder huschten durch seinen Kopf, Szenen, die in einem defekten Projektor rissen, um durch neue ersetzt zu werden.

Da war der Möbelwagen, der vor seinem Haus hielt, Männer, die ein paar Einrichtungsgegenstände einluden. Barbara und Renate, die den Auszug überwachten, als hätten sie Angst, er würde ihnen etwas stehlen.

Da war sein neues Zuhause in Ründeroth, in das die Möbelpacker sein weniges Hab und Gut einräumten. Und er selbst, wie er in dem Chaos stand und sich fragte, was jetzt nur werden sollte.

Da war Kurt Kettler, sein alter Lehrherr mit dem schwarzen Handschuh, der ihn begrüßte. Der auf seine ernste, zurückhaltende Art zuhörte, als Walter ihn fragte, ob er nicht wieder als Briefträger arbeiten könne. Der ihm versicherte, dass ihn nichts mehr freuen würde, als wenn Walter wieder ein Postler werden würde, und dass er weder zuvor noch danach einen Auszubildenden wie ihn gehabt habe. Und dass ihm egal sei, was in den Zeitungen stehe oder was die Leute so redeten.

Kettler, wie er ihm die gesunde Hand reichte. »Ich weiß, wann ich einen guten Mann vor mir habe. Ich habe es im Krieg gewusst und ich weiß es jetzt!«

Wie er selbst zu weinen begann.

Da war das Gebäude der Neisser GmbH, die zwei Jahre nach Rudolfs Tod aufgelöst wurde. Da waren Barbara und Renate, die geschockt feststellten, dass ein Geschäftsführer, den sie eingestellt hatten, Geld unterschlagen hatte und damit durchgebrannt war.

Da war Barbara, die ihm mitteilte, dass er seine Kinder nicht mehr sehen dürfe. Dass sie Abstand brauchten. Ruhe. Dass sie alle zur Ruhe kommen müssten und er das zu respektieren habe.

Da waren die Kinder auf einem Spielplatz. Sandra, die in seine Arme stürmte und weinte. Die ihm sagte, wie sehr sie ihren Papa vermisste. Da war Christian, weit weg auf einer Schaukel. So wütend.

Da war Renate, die Sandras Hand nahm und sie wegzog. Sandra, wie sie herzzerreißend weinte und *Papa! Papa!* rief.

Da war er am ersten Weihnachten nach Rudolfs Tod. Wie er allein am Fenster stand und nach draußen sah. Auf die Welt, die ihn verlassen hatte. Und umgekehrt.

Da war er, wie er zum ersten Mal dachte: Das ist doch nicht meine Schuld! Ein Gedanke, der ihn zu beherrschen begann. Ihm Kraft gab. Ihm half, mit allem fertigzuwerden.

Nicht meine Schuld.
Ein Mantra.
Eines, das zu einem Lebensinhalt wurde.

63

Als Walter am nächsten Morgen erwachte, hustete er immer noch, aber die Kopfschmerzen hatten nachgelassen. Hund begrüßte ihn, steckte seine Schnauze unter seine Hand, als sorgte er sich um Walter.

Sie gingen nach draußen, was Walter ungeheuer anstrengte, weil er so kurzatmig war, weil ihm immer noch das Herz klopfte, aber das Wetter war schön und so begegnete er einigen anderen beim vormittäglichen Weihnachtsspaziergang, die ihm freundlich zunickten.

Auf dem Rückweg passierte er ein Grüppchen sich unterhaltender Spaziergänger und hörte, dass der Hausbrand im Nachbarort in aller Munde war. Walter lauschte, während er seinen Schritt verlangsamte, und fing einzelne Satzfetzen auf: *Mutter und Kind ... ein Weihnachtsengel hat sie gerettet ... wahrscheinlich der Baum ... Riesenglück ...*

Er konnte sich ein Lächeln nicht verkneifen und zog hustend an der Gruppe vorbei. Zu Hause angekommen fütterte er den Dobermann und schaltete das Fernsehen ein. Und tatsächlich vermeldete ein Privatsender das große Weihnachtswunder von Engelskirchen, bei dem eine Mutter und ihr Kind gerettet worden waren. Beide seien zur Beobachtung ins Krankenhaus gebracht worden.

Natürlich spekulierte man über den heimlichen Helden, der sie gerettet hatte, und forderte ihn auf, sich der Welt zu offenbaren. Auch sie nannten ihn *den Engel von Engelskirchen*.

Eine ganze Weile dachte Walter darüber nach, Ben eine Mail zu schreiben. Doch was, wenn Ben fragte, warum er den Brand nicht verhindert habe? Was nun werden solle, da er kein Zuhause mehr habe? Und überhaupt: Warum ließ der liebe Gott so etwas zu? Hatte er Ben nicht versichert, sein Freund zu sein?

Taten Freunde so etwas?

Am Nachmittag hatte ihn eine solche Unruhe durchdrungen, dass er sich aufs Moped schwang und zum St.-Josef-Krankenhaus fuhr, das sich äußerlich kaum verändert hatte, seit Rudolf dort gestorben war, wenn auch das Interieur modernisiert schien. Er fragte an der Rezeption nach der Familie Gregersen: Ein junger Mann nannte ihm bereitwillig Stockwerk und Zimmernummer.

Walter nahm den Aufzug, versteckte sich hinter den Mitfahrenden und schlängelte sich unauffällig raus, als das richtige Stockwerk erreicht war. Dort stand er kurz unschlüssig herum, überlegte, was er sagen sollte, wenn ihn jemand ansprach, was er tun sollte, wenn er vor dem Zimmer stand. Einfach hineingehen und Hallo sagen? Würde Bens Mutter in ihm den Postboten wiedererkennen? Ben den schmutzigen alten Mann vom Spielplatz, vor dem ihn eine aufmerksame Mutter gewarnt hatte?

Wie würden sie reagieren?

Er trat wie auf Zehenspitzen in den Flur der Station, blickte den leeren Gang hinab, las die Zimmernummern an der Tür. Auf halbem Weg etwa passierte er das Schwesternzimmer. Ein irrwitziger Hustenreiz überkam ihn, instinktiv hielt er sich die Hand vor den Mund, konnte aber ein unterdrücktes Koddern nicht verhindern, sodass im nächsten Moment eine Schwester aus der Tiefe des Raumes auftauchte und ihn neugierig ansah.

»Ja?«, fragte sie.

Walter hustete sich frei, dann sagte er: »Ich wollte nach den Gregersens sehen.«

»Sind Sie ein Verwandter?«

»Nein … ein … Nachbar«, gab Walter zurück.

»Oh, dann haben Sie das Feuer mitbekommen?«

»Ja.«

Sie sah ihn etwas argwöhnisch an. »Haben Sie Rauch eingeatmet? Ihr Husten klingt gar nicht gut!«

»Nein, nein, das ist nur eine abklingende Bronchitis.«

Die Schwester nickte.

»Geht es den beiden gut?«, fragte Walter.

»Den Umständen entsprechend. Wie es um die Mutter bestellt ist, wissen Sie ja wahrscheinlich. Das Jugendamt sucht jetzt den Vater.«

Walter presste die Lippen aufeinander: Das Jugendamt war bereits involviert. Fragten sie sich bereits, ob Bens Mutter noch in der Lage war, ihrer Aufsichtspflicht nachzukommen? Ihr Haus war abgebrannt. Ein Unglück, ja, aber eines, das man ihr anlasten würde. Sie hätte dafür Sorge tragen müssen, dass die Kerzen am Baum gelöscht wurden. Die beiden waren nur knapp dem Tod entkommen – wie sollte das Amt über so etwas hinwegsehen?

»Kennen Sie ihn vielleicht?«, fragte die Schwester.

»Nein, bedaure.«

Wieder dieser Husten.

Die Schwester sah ihn skeptisch an.

Er nickte ihr schnell zu und verabschiedete sich. »Ich komme ein anderes Mal vorbei. Nicht, dass ich noch jemanden anstecke.«

Dann eilte er davon, als wäre er bei etwas Illegalem erwischt worden.

Am Abend dann sah Walter Regionalnachrichten im Fernsehen.

Der Nachbar, der die Feuerwehr gerufen hatte, wurde interviewt. Ein Umstand, den er offenkundig sehr genoss. Ausführlich berichtete er vom heimlichen Retter in der Nacht und den mächtigen Flammen.

Es folgte der Pressesprecher der Polizei, der den unbekannten Retter dazu aufrief, sich zu melden. Er sei ein wichtiger Zeuge und müsse Auskunft über die Vorkommnisse geben. Walter schaltete den Fernseher aus.

Was würde passieren, wenn er sich zu erkennen gab?

War er nicht der Mann, der einst Frau und Kind hatte erfrieren lassen, um sich selbst zu retten? Und jetzt brannte ein Haus nieder, wieder mit Frau und Kind. Würde da die Öffentlichkeit nicht sehr schnell ihr Urteil fällen, egal, was die Untersuchungen der Polizei ergeben würden? Wäre man nicht bald einhelliger Meinung: Wo Rauch ist, ist auch Feuer? Wie lange würde er da Zeuge bleiben – und nicht Verdächtiger werden? Verdächtig. eine Familie gestalkt zu haben. Verdächtig, einen Brand gelegt zu haben.

Verdächtig.

Verdächtig.

Verdächtig.

Später am Abend setzte sich Walter dann doch vor seinen Klapprechner und schrieb Ben eine Mail.

Von: Gott, Lieber <Mein-Gott-Walter@t-online.de>
Gesendet: Donnerstag, 25. Dezember 2022, 19:42
An: Gregersen, Ben <BEN857@gmail.com>
Betreff: Feuer

Lieber Ben,
die kommenden Tage werden sicher sehr anstrengend für euch. Ich möchte, dass du weißt, dass ich immer für dich da bin.
Alles Liebe
Gott

Er schickte die Mail los und schickte in Gedanken das erste und ehrlichste Gebet seit vielen Jahren gen Himmel:

Lieber Gott,
es wird Zeit, dass du hier mal übernimmst. Ich gebe mir wirklich Mühe, aber du siehst ja, wohin es geführt hat.
Liebe Grüße
Dein Walter

64

Auch der nächste Morgen begann mit Kopfschmerzen und Schwindel, dafür hatte der Husten nachgelassen. Nach einem Frühstück mit starkem Kaffee fühlte Walter sich halbwegs wiederhergestellt.

Er studierte gerade die neuesten Internetberichte über den Hausbrand und den *Engel von Engelskirchen*, als sein Mailprogramm mit einem Ton einen Eingang ankündigte.

Und tatsächlich: Ben hatte geantwortet.

Von: Gregersen, Ben <BEN857@gmail.com>
Gesendet: Freitag, 26. Dezember 2022, 09:33
An: Gott, Lieber <Mein-Gott-Walter@t-online.de>
Betreff: AW: Feuer

Lieber Gott,
danke, dass du mich und meine Mama gerettet hast. Die Schwestern hier im Krankenhaus sagen, dass das alles sehr knapp war. Ich würde gerne sagen, dass es mir gut geht, aber es geht mir nicht gut. Die Ärzte haben Mama gesagt, dass sie noch eine ganze Weile im Krankenhaus bleiben muss. Sie haben wohl bemerkt, dass sie sehr krank ist, und möchten ihr gerne helfen. Sie haben meinen Papa angerufen und gefragt, ob ich bei ihm wohnen

kann. Ich habe ihnen gesagt, dass ich bei Mama bleiben will. Was soll ich denn machen, wenn ich zu meinem Papa ziehen muss? Sehe ich dann Mama nie wieder? Und wo wohne ich denn dann überhaupt genau?

Ich bin so traurig, weißt du?

Liebe Grüße

Dein Ben

Von: Gott, Lieber <Mein-Gott-Walter@t-online.de>
Gesendet: Donnerstag, 26. Dezember 2022, 09:42
An: Gregersen, Ben <BEN857@gmail.com>
Betreff: AW: Feuer

Lieber Ben,

du wirst deine Mama nicht verlieren – dafür sorge ich schon. Ihr wird es bald besser gehen und dann kann euch keiner mehr trennen.

Alles Liebe

Gott

Von: Gregersen, Ben <BEN857@gmail.com>
Gesendet: Freitag, 26. Dezember 2022, 09:48
An: Gott, Lieber <Mein-Gott-Walter@t-online.de>
Betreff: AW: Feuer

Lieber Gott,

versprichst du mir das?

Liebe Grüße

Dein Ben

Von: Gott, Lieber <Mein-Gott-Walter@t-online.de>
Gesendet: Freitag, 26. Dezember 2022, 09:53
An: Gregersen, Ben <BEN857@gmail.com>
Betreff: AW: Feuer

Lieber Ben,
ja. Und ich werde immer für dich da sein!
Alles Liebe
Gott

Von: Gregersen, Ben <BEN857@gmail.com>
Gesendet: Freitag, 26. Dezember 2022, 09:58
An: Gott, Lieber <Mein-Gott-Walter@t-online.de>
Betreff: AW: Feuer

Lieber Gott,
danke! Ich bin so froh, dass ich dich habe.
Liebe Grüße
Dein Ben.

Walter starrte auf den Bildschirm und fragte sich, ob er dem Jungen dieses Versprechen hatte geben dürfen. Aber wer, wenn nicht Gott, hätte es aussprechen dürfen? Wenn er Bens Mutter doch nur dazu bringen könnte, neuen Mut zu schöpfen. Neue Kraft. Für ihren Sohn, damit sein Versprechen auch wahr werden würde.

Sein Handy zeigte ihm einen Anruf von Sandra an – sie hatte gestern am späten Abend angerufen, was er wohl überhört hatte. Was wollte sie ihm mitteilen? Dass sie vorbeikommen und ihre Sachen holen würde? Um mit Uwe wieder in die gemeinsame Wohnung zu ziehen?

Er rief nicht zurück.

Lief stattdessen eine ausgedehnte Hunderunde und spürte bereits auf dem Rückweg, dass er sich überanstrengt hatte. Die Lungen brannten wieder, ihm schwindelte so sehr, dass er anhalten und sich an einem Laternenpfahl festhalten musste. Mit letzter Kraft betrat er seine Wohnung – dann brach er noch im Hausflur zusammen.

Der Dobermann schwänzelte um ihn herum, stupste ihn mit der Nase, mit der Pfote, bis er schließlich ein grausames Geheul anstimmte, das sämtliche Nachbarn erboste. Warum machte der verdammte Köter nur einen solch unchristlichen Lärm?

Schließlich mühte sich jemand auf die Straße, um sich über den Hund zu beschweren, und entdeckte im offenen Hauseingang den ohnmächtigen Walter und den Dobermann, der über ihm heulte wie ein Wolf.

65

Walter erwachte im Krankenhaus.

Für einige Sekunden desorientiert.

Man hatte ihm eine Sauerstoffmaske verpasst, die er irritiert herabzog. Aber nur kurz, denn schon im nächsten Moment tauchte ausgerechnet die Schwester über ihm auf, mit der er am Vortag gesprochen hatte. Sie setzte ihm die Maske wieder auf und lächelte ihn an. »Sie haben keine Bronchitis, nicht wahr?«

Walter schüttelte langsam den Kopf.

»Sie sind der Engel von Engelskirchen, richtig?«

Walter zögerte, dann nickte er schwach.

Die Schwester drückte ihm freundlich die Hand. »Schön, Sie kennenzulernen!«

Walter antwortete darauf nicht.

»Die Ärztin wird gleich bei Ihnen sein. Sollen wir jemanden für Sie anrufen?«

Wieder zögerte er.

Dann sagte er leise: »Sandra.«

»Ihre Frau?«

»Tochter.«

Er zeigte auf sein Handy, das auf einem Tablett lag, und suchte der Schwester die Nummer heraus. Die schrieb sie auf und verschwand dann aus dem Zimmer.

Ein paar Minuten später trat eine blonde Ärztin ins Zimmer, begrüßte ihn, fragte nach dem allgemeinen Wohlbefinden und setzte sich schließlich ans Fußende des Bettes. Ihre Miene verriet einige Besorgnis, man sah ihr förmlich an, dass sie nach den richtigen Worten suchte.

»Was Sie getan haben, war außerordentlich mutig«, begann sie schließlich.

Da Walter es nicht kommentierte, fuhr sie vorsichtig fort: »Aber ich wünschte, Sie wären sofort zu uns gekommen. Sie haben wahrscheinlich geglaubt, der Husten, die Kopfschmerzen und der Schwindel würden schon wieder verschwinden, nicht wahr? Aber Sie haben sich eine Rauchvergiftung eingehandelt, das ist sehr gefährlich.«

Da Walter keine Anstalten machte, sich zu erklären, fuhr sie fort: »Eine Vergiftung zeigt sich nicht nur unmittelbar nach dem Eintreten und ist leider nicht immer überstanden, wenn die Symptome abklingen. Sie können noch Wochen, sogar Monate später durchschlagen und Probleme verursachen, die bis zum Tod führen können. Und dafür reichen auch schon leichte Intoxikationen.«

Zu ihrer Überraschung zeigte Walter keinerlei Gefühlsregung.

»Ich will ehrlich zu Ihnen sein: Wir können nicht ausschließen, dass Sie sich Schäden am Nervensystem eingehandelt haben. In jedem Fall aber haben Lunge und Herz etwas abbekommen. Sie haben Rhythmusstörungen, was auch Ihre Ohnmacht verursacht hat.«

Endlich antwortete Walter: »Werde ich wieder gesund?«

Die Ärztin antwortete ausweichend: »Wir werden alles

in unserer Macht Stehende tun. Aber die Wahrheit ist, man erreicht die besten Ergebnisse, wenn man die Vergiftung innerhalb der ersten vier Stunden nach Eintreten mit reinem Sauerstoff behandelt. Jetzt wissen wir nicht genau, was der Rauch bei Ihnen angerichtet hat. Aber eines ist sicher: Er hat etwas angerichtet.«

Walter nickte.

»Es tut mir leid, ich wünschte, ich hätte bessere Nachrichten. Immerhin sind Sie ein Held!«

»Bin ich nicht«, gab Walter müde zurück.

Kurz schwieg die Ärztin.

Dann drückte auch sie ihm aufmunternd die Hand und sagte: »Ich schau vor Dienstschluss noch einmal rein. Und schön den Sauerstoff auf dem Gesicht lassen, okay?«

»Okay.«

Sie verschwand mit einem Lächeln.

Eine knappe Stunde später eilte Sandra ins Zimmer und umarmte ihn besorgt.

»Ist das wahr?«, fragte sie. »Bist du der Engel von Engelskirchen?«

»Können wir über etwas anderes reden?«, fragte Walter zurück.

»Warum? Ich bin so stolz auf dich, Papa!«

»Bitte!«

Sie nickte. »Wie geht es dir?«

»Ganz gut.«

»Was sagen die Ärzte?«

»Alles in Ordnung. War nur ein kleiner Schwächeanfall. Bin halt nicht mehr der Jüngste.«

Sie lächelte erleichtert.

»Du hattest mich angerufen?«, fragte er dann.

»Ja, ich wollte wissen, wie es dir geht.«

»Du willst sicher wieder ausziehen, nicht?«

Zu seiner Überraschung zögerte sie lange mit der Antwort. Um schließlich vorsichtig zurückzufragen: »Ich hatte gehofft, du würdest mich noch ein bisschen bei dir bleiben lassen?«

»Wirklich?«

Sie schluckte. »Ich werde Uwe nicht heiraten.«

Walter fiel ein tonnenschwerer Stein von der Seele.

»Du kannst bei mir bleiben, so lange du willst«, antwortete er.

»Danke.«

»Kannst du mir einen Gefallen tun?«, fragte er.

»Klar.«

»Kannst du herausfinden, was mit Hund ist?«

»Ja, natürlich.«

»Und kannst du für ihn sorgen, so lange ich hier bin? Er hat mich gerettet.«

»Keine Sorge, ich kümmere mich um ihn. Offensichtlich ist er ja doch kein so schlechter Kerl … genau wie du.«

Sie grinste.

»Schon möglich«, gab Walter zurück und lächelte dabei.

»Soll ich dir ein paar Sachen von zu Hause holen?«

»Ja, das wäre gut.«

»Okay. Soll ich Christian Bescheid geben?«

»Wenn du willst.«

»Darf er dich besuchen?«

»Wenn er will.«

Sie schwiegen eine ganze Weile.

Dann umarmte sie ihn zum Abschied und flüsterte: »Alles wird wieder gut.«

Er antwortete nicht, aber als sie das Zimmer verlassen hatte, begann er leise zu weinen.

66

Wer geplaudert hatte, ließ sich im Nachhinein nicht mehr feststellen, aber dass der *Engel von Engelskirchen* gefunden worden war und im Krankenhaus lag, sprach sich so schnell herum, dass, kurz nachdem die Polizei Walter besucht hatte, bereits erste Reporter auftauchten, um ihn zu interviewen. Natürlich ließ man sie nicht ins Haus, aber vom Fenster aus konnte Walter sie vor Aufnahmewagen und Kameras stehen sehen, wie sie ihre Berichte und Einschätzungen für die Nachrichten einsprachen.

Der Polizei gegenüber erklärte sich Walter wahrheitsgemäß, berichtete von den Briefen an den lieben Gott und wie er daraufhin beschlossen hatte, dem Jungen zu helfen. Den Beamten schien das alles schlüssig, jedenfalls stellten sie seine Motive nicht infrage, sondern reagierten mit Verständnis und wünschten ihm bei ihrem Abschied noch eine gute Besserung.

Am Abend indes hatte jemand seine Identität gelüftet: Nicht nur sein Name, sondern auch ein Foto von ihm in Postuniform geisterte durchs Netz. Aber schon am nächsten Tag begann der Heiligenschein, den man dem *Engel von Engelskirchen* gegen seinen Willen aufgesetzt hatte, an Glanz einzubüßen. Denn plötzlich tauchten all die Gespenster aus der Vergangenheit auf und mit ihnen eine Geschichte, die einfach zu gut, zu spektakulär war, als dass man sie der staunenden Öffentlichkeit vorenthalten konnte.

Ein zweites Foto verbreitete sich rasend im Netz: Nicole.

Jahrzehntelang war Walter vor den Erinnerungen an die schwierigste Zeit in seinem Leben davongelaufen, hatte gedacht, er habe eine unendliche Strecke zwischen sich und das gebracht, was sie alle zerstört hatte. Jetzt aber musste er feststellen, dass es Dinge gab, die man nicht hinter sich lassen konnte, die einem folgten, egal, wo man sich vor ihnen zu verstecken suchte. Wie ein Pfeil in einer Sehne, der, je weiter man ihn zurückzog, nur umso höher flog.

Christian meldete sich nicht, genauso wenig wie Barbara.

Vielleicht hätten sie es unter anderen Umständen getan, aber die alte Geschichte wurde in kürzester Zeit ans Ufer gespült, sodass sie alles überschwemmte, was halbwegs trockengelegt worden war. Doch im Gegensatz zu vor über dreißig Jahren nahmen jetzt nicht nur die, die in Lindlar oder Engelskirchen wohnten, Anteil.

Diesmal taten es alle.

In einer Zeit ohne Internet war alles dort geblieben, wo es geschehen war. Und selbst wenn es weitere Kreise gezogen hatte, war es an den Rändern schnell in Vergessenheit geraten. Jetzt jedoch gab es keine Ränder mehr und auch kein Vergessen. Ein Klick reichte, um sich eine Meinung zu bilden, und Millionen Klicks bildeten Millionen Meinungen.

Wie die Meinung von Bernd Voosen, der eine Cousine verloren hatte.

Oder die von Herrn Leyendecker, den Walter fast ins Grab gebracht hatte.

Oder die Meinung der Mutter, die Walter auf Kinderspielplätzen gesehen hatte.

Oder die der Presseabteilung der Post, die Walter freigestellt hatte.

Oder die von Uwe, der Walter für einen gewalttätigen Nazi hielt.

Jeder hatte eine Meinung, nur Walters Meinung interessierte niemanden. Er hätte sich ohnehin geweigert, sie kundzutun, denn er wusste, sie würde seine Position nicht verbessern. Niemand kam gegen Millionen Meinungen an. Nicht einmal der liebe Gott.

Selbst im Krankenhaus konnte Walter die Veränderung spüren.

Die beginnende Skepsis der Schwestern.

Die driftende Freundlichkeit der Ärztin.

Die heimlichen Blicke auf dem Flur.

Sie hatten alle gelesen, gesehen, gehört.

Sie wussten Bescheid.

Sandra rief ihn an, um ihm mitzuteilen, dass sie die Tage wieder nach ihm sehen würde und Hund ihn sehr vermisse. Dass *sie* ihn vermisste, sagte sie nicht.

Am Abend dann verspürte Walter eine schwere Atemnot und geriet in Panik. Sein Herz raste, in einem gewaltigen Hustenanfall spuckte er Blut. Er klingelte nach der Schwester und wurde auf die Intensivstation verlegt, wo sich sein Zustand bald stabilisierte.

Später trat dann ein Arzt an sein Bett.

»Sie hatten eine Lungenembolie. Damit war leider zu rechnen.«

Walter nickte.

»Sie bekommen Blutverdünner und morgen sehen wir uns Ihren Thorax im CT an. Möglicherweise müssen wir einen Katheter setzen. Es sieht aber ganz gut aus. Wir bringen Sie daher wieder auf die Station zurück. Natürlich werden wir Sie weiter überwachen.«

»Ist gut«, antwortete Walter.

»Wir haben versucht, Ihre Tochter zu erreichen, aber das Telefon ist leider abgeschaltet«, sagte der Arzt schließlich.

»Wahrscheinlich die ganzen Reporter«, antwortete Walter matt, ohne daran zu glauben.

67

Die Nacht verlief unruhig.

Walter war an ein EKG angeschlossen worden, das die typischen S- und Q-Zackenausschläge zeigte. Die Nachtschwestern sahen regelmäßig nach ihm und fanden ihn dabei meistens wach vor. Er war müde, aber in seinem Kopf drehte sich ein kreischendes Karussell, das Bilder aus Vergangenheit und Gegenwart durch sein Bewusstsein schleuderte, ihn zwang, alles anzusehen, und nicht einschlafen ließ. Auch machte ihm die Kurzatmigkeit zu schaffen, jedes Schnaufen kam ihm vor, als wäre es das letzte.

Endlich dämmerte der Morgen.

Es gab Frühstück, das er nicht anrührte.

Dann fuhr man ihn zum CT und anschließend zurück aufs Zimmer.

Bei der Visite teilte man ihm mit, dass man keine weiteren Thrombosen hatte entdecken können, was aber nicht hieß, dass es keine mehr gab. Im Gegenteil, die Blutwerte deuteten sogar darauf hin. Seine Sauerstoffsättigung im Blut war nicht gut, das Herz arbeitete zu schnell, sodass man beschloss, ihm zusätzlich noch ein gerinnungshemmendes Medikament zu spritzen, um ein Herzversagen zu verhindern.

Für Walter hörte sich das alles ziemlich niederschmetternd an, wenn die Ärzte ihm auch versicherten, dass sie guter Hoffnung seien. Was sie nicht sagten, war, dass niemand guter Hoffnung sein musste, der eine Situation kontrollierte. Hoffnung begann dort, wo die Möglichkeiten endeten.

Endlich zogen sie ab.

Walter fiel in einen leichten Dämmerschlaf und erwachte von einem leisen Klopfen. Die Zimmertür öffnete sich und glitt leise ins Schloss.

Dann trat Ben an sein Bett.

Walter starrte ihn überrascht an.

»Hallo!«, sagte der Junge mit einem schiefen Grinsen.

»Hallo, Ben«, antwortete Walter schwach, aber erfreut.

Ben drückte ihm die Hand.

»Bist du krank?«

»Ja«, gab Walter zurück, richtete sich auf und schob sich dabei das Kissen hinter seinen Rücken.

»Schlimm?«, fragte Ben.

Kurz war Walter versucht, ihn mit einer kleinen Notlüge zu beruhigen, so wie er es bei seiner Tochter getan hatte, dann aber entschied er sich dagegen. Er wollte den Jungen nicht anschwindeln.

»Ein bisschen schon … Willst du dich nicht setzen?«

Ben blieb stehen und sah ihn aufmerksam an. »Und alles nur wegen mir?«

»Nein, Ben, wie kommst du denn darauf?«

»Weil es doch gebrannt hat. Und du uns gerettet hast.«

Walter schwieg einen Moment, dann antwortete er: »Das war ein Unglück, Ben. Und ich bin sehr froh, dass ich rechtzeitig da war.«

Der Junge blickte ihn neugierig an. »Hat dich der liebe Gott geschickt?«

Eine gute Frage, dachte Walter.

Hatte er das?

»Schon möglich ...«, antwortete er nach einer kleinen Pause und klopfte leicht auf die Matratze. »Willst du dich wirklich nicht setzen?«

Ben kletterte hinauf und machte es sich neben Walter bequem. Seine Beine ragten waagerecht über die Bettkante, die Hände lagen ruhig in seinem Schoß. Vermutlich konnten nur Kinder so sitzen, ohne dass ihnen schon nach fünf Minuten der Rücken durchbrach.

»Wie geht es deiner Mama?«, fragte Walter.

»Ich hab ihr von dir erzählt«, antwortete Ben.

»Ja?«

Er nickte.

»Und was sagt sie?«

»Sie sagt, dass sie sich schämt.«

Walter schluckte.

»Aber warum denn?«

Ben betrachtete seine Finger und antwortete: »Sie sagt, dass ein Fremder auf mich aufgepasst hat und nicht sie ... dass sie sich das nicht verzeihen kann. Und dass es dafür keine Entschuldigung gibt.«

»Doch, gibt es. Sie ist sehr krank.«

Ben zuckte ratlos mit den Schultern.

»Weiß deine Mama, dass du hier bist?«

Er zögerte, dann nickte er, wie um sich selbst zu bestätigen: »Ja.«

»Hm«, machte Walter.

Ben saß ruhig da, starrte vor sich hin, während Walter sich fragte, was er wohl auf dem Herzen hatte, denn dass ihn etwas beschäftigte, war mehr als offensichtlich.

»Ben?«, fragte er.

Er blickte zu ihm auf.

»Ja?«

»Was sorgt dich?«

Er ließ sich lange mit der Antwort Zeit, dann aber sagte er: »*Du* hast mir geschrieben, nicht der liebe Gott, oder?«

Walter sagte nichts.

»Ich habe es mir schon gedacht … Aber es war so cool! Ich meine, wer kennt schon den lieben Gott?«

Walter nickte.

»Und …«

Er stockte.

»Was?«, fragte Walter.

»Du darfst aber nicht böse sein …«

»Werde ich nicht.«

»Ich war schon enttäuscht, als ich herausgefunden habe, dass du nicht der liebe Gott bist.«

»Das verstehe ich. Ich wäre auch enttäuscht gewesen.«

Der Junge sah ihn mit großen Augen an.

»Wirklich?«

»Ja, natürlich. Mit dem lieben Gott befreundet zu sein ist doch was ganz Besonderes. Glaub mir, ich wäre gerne der echte liebe Gott gewesen.«

Wieder schwiegen sie.

Dann lächelte Ben ihn an.

»Ach, weißt du: Du warst gar nicht so schlecht als lieber Gott.«

Das kam so überraschend, dass Walter kurz auflachte, was automatisch in einen Hustenanfall mündete. Erst nach einer guten Minute war der genügend abgeflaut, dass er antworten konnte.

»Danke, aber ich glaube, so gut dann auch wieder nicht.«

»Mir hast du geholfen!«, antwortete Ben.

»Das finde ich schön.«

Ben senkte den Blick und zupfte an der Bettdecke herum. Da gab es noch etwas, was ihm auf der Seele lag. Dieser Junge konnte nichts verbergen, alles lag wie ein offenes Buch vor einem.

»Was noch, Ben?«, fragte Walter freundlich, um es ihm etwas leichter zu machen.

»Also, ehrlich gesagt, Mama weiß nicht, dass ich hier bin …«

»Nicht?«, fragte Walter überrascht zurück.

»Ich habe sie gefragt, aber sie hat gesagt, dass ich nicht zu dir gehen soll.«

Walter schluckte. »Warum nicht?«

Er kannte die Antwort und bereute bereits die Frage, die Ben dazu zwang, etwas in Worte zu fassen, von dem er nicht wusste, wie er es ausdrücken sollte.

»Wegen all der Sachen, die im Internet stehen.«

»Verstehe«, antwortete Walter.

Seine Kehle fühlte sich rau an.

Ben sah zu ihm auf und sagte: »Weißt du, ich habe überlegt, ob das sein kann, was überall behauptet wird, und dann habe ich entschieden, dass ich es nicht glaube. Weil du kein böser Mann bist, sondern ein guter.«

Walter fühlte, wie ihm die Tränen über die Wangen rollten und Bens Gesicht verschwamm. Dieser Junge war so unschuldig und mit einem so großen Herzen gesegnet, dass er jeden mit seinem Großmut beschämen würde.

»Warum weinst du?«, fragte Ben.

»Weil ich glücklich bin, Ben.«

»Darum weinst du?«

»Ja.«

Dem Gesicht des Jungen war deutlich anzusehen, dass er nicht ganz verstand.

Dann aber legte er seine Hand auf die Walters und sagte: »Du musst den Menschen sagen, dass du kein böser Mann bist.«

Walter musste so heftig schlucken, dass es schmerzte.

»Es tut mir alles so leid, Ben. Ich habe dich angelogen. Du hast mir vertraut. Und jetzt hast du alles verloren. Das ist ganz allein meine Schuld! Ich wollte dir helfen, aber ich habe alles falsch gemacht.«

Ben sah ihn erschrocken an, dann aber rückte er näher an ihn heran und umarmte ihn schließlich.

»Du bist nicht schuld. Du bist an gar nichts schuld.«

Nach all den Jahren der Verzweiflung, nach all den Vorwürfen, den quälenden Fragen und den Versuchen, mit dem fertigzuwerden, was geschehen war, sprach ihn ein kleiner Junge frei.

Endlich frei.

Walter hielt Ben fest und antwortete leise: »Du weißt nicht, was mir das bedeutet, Ben. Ich danke dir.«

Der winkte lässig ab und antwortete grinsend: »Nicht dafür.«

Sie lachten beide.

Walter legte kurz seine Hand auf die Wange des Kleinen und sagte dann: »Du solltest jetzt wieder zu deiner Mama, bevor sie sich Sorgen macht.«

»Okay.«

Ben rutschte vom Bett herunter.

»Und glaub ruhig dran!« Walter lächelte mühsam. »Das wird wieder mit deiner Mama. Ihr werdet wieder zusammen sein und ihr wird es besser gehen. Die Ärzte können ihr helfen!«

»Meinst du?«, fragte Ben ein wenig skeptisch.

»Ja …«, sagte Walter, um dann mit einem Schmunzeln anzufügen: »Denn was der liebe Gott zusammenfügt, das kann der Mensch nicht trennen!«

Ben grinste. »Du bist aber nicht der liebe Gott!«

Walter nickte.

»Ich weiß.«

Ben ging zur Tür und drehte sich auf halbem Weg nach draußen noch mal um. »Kann ich dich wieder besuchen kommen?«

»Immer!«

»Okay.«

Der Junge verließ das Zimmer.

Walter saß in seinem Bett und sah zum Fenster hinaus.

Wie still es plötzlich war.

Wie friedlich.

Schnee fiel.

Alles verwandelte sich.

Alles hatte sich verwandelt.

Und in dieser unbeschreiblichen Ruhe fühlte er die Sekunden verrinnen. Und noch ehe seine Tränen getrocknet waren, noch ehe das Lächeln auf seinen Lippen verschwunden war, verlor sich sein Blick.

Es war Zeit zu gehen.

DANKE

Mein Dank gilt vor allem zwei Männern, ohne die dieses Buch sehr viel ärmer wäre. Da ist vor allem Florian von Altenstadt von der Deutschen Post, der immer für mich und meine vielen Fragen da war. Daneben Horst Martens, der mit Erscheinen dieses Buchs nach fünfzig Jahren Briefträgertum in die wohlverdiente Rente geht. Sein kleines Postmuseum in 26215 Wiefelstede / Bokel ist immer einen Besuch wert. Schreiben Sie ihm doch einfach eine Mail an Horst.martens1@ewetel.net, wenn Sie Lust haben, es sich anzusehen.

—

Albert erreicht ein Antrag, der NICHTS beantragt – der Beginn eines neuen Lebens ...

272 Seiten / Auch als E-Book

Formulare sind Albert Glücks Welt: Er ist Sachbearbeiter im Amt für Verwaltungsangelegenheiten – und wohnt sogar da. Als er Anna trifft, Künstlerin und ein Wunder an Unordnung, steht seine Welt Kopf.

www.dumont-buchverlag.de

Ein berührender Roman über wahre Werte

448 Seiten / Auch als E-Book

Gabor Schoening ist erfolgreich und gut aussehend, aber zwischenmenschlich eine ziemliche Null. Ausgerechnet fünf Sonderschüler, denen Gabor Tango beibringen soll, machen ihm klar, was im Leben wirklich zählt.

—

Die fulminante ›Wege der Zeit‹-Reihe – über ein Jahrzehnt deutscher Geschichte

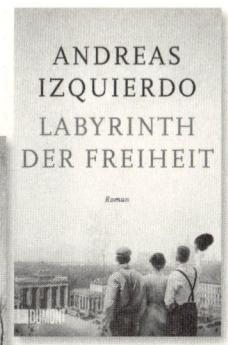

1910. Carl, Isi und Artur kommen aus einfachen Verhältnissen, aber haben große Träume. Andreas Izquierdo erzählt klug, voller Empathie und mitreißend von drei jungen Erwachsenen, die in einer Welt im Umbruch darum kämpfen müssen, nicht sich selbst oder einander zu verlieren.

www.dumont-buchverlag.de   **DUMONT**

—

»Eine fulminante Wiederbelebung
des Schelmenromans«

FRANK SCHÄTZING

512 Seiten / Auch als E-Book

Oktober 1912. Das Osmanische Reich droht auseinanderzubre-
chen. Albanien nutzt die Gunst der Stunde, erklärt sich unabhängig und sucht einen König. Der Schausteller, Rumtreiber und
geniale Kleinkriminelle Otto Witte wagt einen Coup: Albanien
sucht einen König? Albanien bekommt einen König! Fünf Tage
geht es drunter und drüber im Balkanstaat ...

www.dumont-buchverlag.de